➤ 《村妇·荆钗》完成于一九九五年中秋节。叶金中摄于一九九五年夏。

刘绍棠

中国乡土文学作家。一九三六年二月二十九日生于北京通州大运河畔的儒林村。一九四八年参加革命。一九四九年开始发表作品。一九五三年加入中国共产党。一九五四年考入北京大学中文系学习。一九五六年加入中国作家协会，从事专业创作。至一九五七年被划右派时，已出版了《青枝绿叶》《山楂村的歌声》《运河的桨声》《夏天》《中秋节》《瓜棚记》《私访记》等七本书。

一九七九年右派冤案得以改正，重获创作权利。带病顽强拼搏了十八年，为后人留下了五百多万字的乡土作品。即十二部长篇小说：《春草》《狼烟》《地火》《豆棚瓜架雨如丝》《这个年月》《敬柳亭说书》《十步香草》《京门脸子》《野婚》《水边人的哀乐故事》《孤村》《村妇》。二十多部中篇小说：《蒲柳人家》《渔火》《瓜棚柳巷》《花街》《草莽》《荇水荷风》《蒲剑》《鱼菱风景》《小荷才露尖尖角》《绿杨堤》《烟村四五家》《柳伞》《年年柳色》《青藤巷插曲》《黄花闺女池塘》《碧桃》《二度梅》等。两部短篇小说集：《青枝绿叶》《蛾眉》。十一部散文短论集：《乡土与创作》《我与乡土文学》《一个农家子弟的创作道路》《我的创作生涯》《论文讲书》《乡土文学四十年》《蝈笼絮语》《如是我人》《红帽子随笔》《我是刘绍棠》《四类手记》。

《京门脸子》获得北京市优秀长篇小说奖。《敬柳亭说书》获得首届中国大众文学优秀长篇小说奖。《蒲柳人家》获得全国优秀中篇小说奖。《蛾眉》获得全国优秀短篇小说奖。中短篇小说多种被译成英、法、德、俄、日、西班牙、泰国、孟加拉、阿尔巴尼亚等国文字。

上世纪八十年代以来，不遗余力地倡导乡土文学，创作上坚持“中国气派，民族风格，地方特色，乡土题材”。他的全部作品，都是写大运河的乡土乡亲，形成了独具特色的大运河乡土文学体系。

刘绍棠文集

村妇·荆钗

刘绍棠／著

北京出版集团公司
北京十月文艺出版社

1

一九五一年夏秋之交。西瓜开园，桑葚红里透黑，南瓜秧爬上了房顶，葫芦坠儿垂落到地面，青纱帐豆棵里的蝈蝈儿叫得正欢，挂锄时节村村都有自乐班，唱戏的唱戏，走跷的走跷，跑旱船的跑旱船。处处花草香，人人有喜色。

然而，金榜题名的牛蒡，却是硬着头皮，哭丧着脸，一步三寸地回家；而且是月上柳梢走夜路，不是鬼鬼祟祟，也像偷偷摸摸。

他怕见自己的媳妇秀子，也怕见干姐姐啭儿。秀子是火烧云，啭儿是刀子雨。火烧云能烤焦了人，刀子雨能把人穿个透心凉。秀才遇见兵，有理说不清。啭儿和秀子，比狗肉将军张宗昌那些驴脾气的侉子兵更难动之以情，晓之以理。

啭儿不识字，连自己的姓名都不认得。秀子能认得自己的姓名，却不会拿笔写在纸上。丈夫是个文墨书生，秀子觉得自己在乡女村妇中高出一头，脸上像搽了白粉红胭脂，光彩照人。可是，牛蒡劝她看图识字，学会写信，她却一听就头疼欲裂，反感透顶。牛蒡磨破嘴皮，她便抓破脸皮，大哭大叫，大吵大闹，寻死觅活。秀子只想赶快生儿子，并且不一而足。韩信用兵，多多益善，秀子恨不能肚皮每十个月就一起一落，胎胎双生。然而，牛蒡念书入迷，没有秀子的生产热情高；一个巴掌拍不响，于是年年颗粒无收，事与愿违。秀子从迫不及待变得急不可耐，越来越焦躁、气恼、怨恨、愤怒。夫妻本是并蒂莲、连理枝、比翼鸟，却一变而翻脸成仇，见面眼红，吵骂不解气，就动手厮打。牛蒡本来视回家为畏途，从此就更一个学期都不回家一趟，寒暑假也留在县城勤工俭学。

啭儿虽是个文盲，却因穷人的女儿早当家，从小就包揽家务，一家老的少的都得听她调遣，嫁给秀子的哥哥大昌，进门还是一家之主；大昌软得像一摊稀泥，被啭儿搓圆揉扁，随心所欲拿捏。自幼发号施令，别人遵命而行，啭儿不但脾气霸道，而且也自以为比谁都高明。在秀子心目中，啭儿是个无所不知，无所不能的偶像。牛蒡虽然是北运河沿岸上百个村念书最多的人，但在文盲啭儿的眼里，仍是个可玩弄于股掌之上的毛孩子。

秀子一根肠子通到底，啭儿每根汗毛梢上都长着心眼儿；她劝秀子拦阻牛蒡考大学，以免放鸟出笼，一离运河滩便成了断线风筝，眼盯不见，手抓不着。秀子是啭儿的应声虫，啭儿把她卖给人贩子，她还能给啭儿点钱。秀子觉得，牛蒡能够赶上她哥哥大昌，也就不算白活一世，应该心满意足。啭儿却是武大郎开店，不愿牛蒡高出她丈夫大昌一头。大昌教过小学，当过小学校长，调到乡里当教育助理，眼下是乡政府秘书，高升一步就能当上乡党委副书记或副乡长。虽然还不是全乡一把手，连七品芝麻官也算不上，但在这方圆一二十里地面也是屈指可数的权贵。只要大昌不调离本乡本土，就仍旧拴在啭儿裤腰上，仍是啭儿手里牵线的木偶。所以，县里曾想选调大昌到城里工作，都被啭儿上蹿下跳，大哭大叫大吵大闹满地打滚儿，把大昌的调动搅黄了。她教给秀子也照方抓药，不许牛蒡高飞远走。

谁知牛蒡为了专心考学，躲到他的老师黄叶地先生在北京的家里，全神贯注温习功课，直到考中以后，才不得不回家苦度暑假，等候燕京大学开学。他脚下走得慢，脑瓜里却转得快，左思右想如何跟秀子和平相处，熬过暑假这漫长的五十天。将秀子哄得烟消云散，眉开眼笑，牛蒡十拿九稳，不费吹灰之力。但是，他有七十二变，也瞒不过啭儿这只哮天犬的眼睛。啭儿难缠，不是她能掐会算，足智多谋，运筹帷幄之中，决胜千里之外，而是由于这位文盲村妇性情多疑，又自以为是。她怀疑谁居心不良，用心险恶，你就是嘴上抹了糖，甜言蜜语，天花乱坠，把死人哨翻了身，她也心如铁石，不为所动。她虽然没有长着顺风耳和千里眼，并没有耳闻目睹牛蒡偷鸡摸狗，拈花惹草，却认定县城是口大染缸，女人脸皮厚，牛蒡至少跟一两个女学生相好，还像王金龙进京赶考，在青楼勾栏院嫖几个玉堂春。哪怕牛蒡给秀子吃下蒙汗药，啭儿却有解酒药；费尽唾沫把秀子哄得如醉如痴，啭儿一巧破千斤，在秀子耳边吹口冷气，秀子马上就从昏迷中惊醒而恍然大悟。射人先射马，打蛇要打头，牵牛必须扯住牛鼻子，擒住秀子也就先得拿下啭儿。所以，他回家之前，还是拐个弯到啭儿家串个门。

走到三岔路口，牛蒡眼前三条路，向左通向老庄户，老庄户是乡政府所在地；向右通向刘家锅伙，一进村口就是他家的柳篱小院；中间偏左的那条路通向苏洼子，啭儿家就住在村边。

子曰："三人行，必有我师焉，择其善者而从之。"牛蒡面临的是三条路择其善者而行。左不是右不是，只有走中间道路了。

"恭喜！"突然，他的肩头被拍了一下，有人嘎嘎笑道。

不用回头看，一听声音就猜出是内兄大昌。大昌有一张老公嘴，一条鸡婆嗓儿。

"大哥，我愁断了肠子！"牛蒡转身面向内兄，哭丧着脸叫苦，"我考上了大学，怕惹得秀子跟啭儿姐姐生气。"

"我锦上添花，再送你一喜。"大昌的目光从眼角溜瞅着牛蒡，"双喜临门，啭儿跟秀子也就眉开眼笑了。"

大昌留个平头，溜肩膀水蛇腰，低眉顺眼，一团和气，话到舌尖留半句，一步险棋不敢走，喜怒哀乐都不形于色。他跟谁都不露真相，表真情，说真话，也就人人都觉得他老实可靠，忠厚可信。

大昌卖关子，牛蒡摸不着头脑，直着眼睛问道："怎么个双喜临门？"

"你考上大学，县教育科都引以为荣。"大昌扯着牛蒡的胳臂坐在堤坡柳荫下，"我趁热打铁，保举你当乡政府的教育助理，他们二话没说就点了头。"

"当教育助理？"牛蒡更蒙了头。

大昌掏出烟荷包，点起他自己削磨的山核桃木烟斗，深深吸了一大口，咽进肚里串遍五脏六腑，笑眯眯道："乡政府原来的教育助理，调到县教育科当副股长，空缺正该你补上。"

"我还要上大学呀！"牛蒡嚷道。

"秀子只想给你戴上笼头，不愿把缰绳撒手。"大昌拉长了脸，

“你能当上教育助理，就因为你有考上大学这块金字招牌。念大学要花四年，四年你早当上乡长了。”

“我不是官材！”牛蒡急得要哭。

“将相本无种，男儿当自强。”大昌循循善诱，“当官之道，并无定法：一要长眼，二要有心。全靠自学。”

“我这个人有眼无珠，更缺少心肺！”牛蒡梗着脖子，顽固不化。

“那我就不想多费唇舌了！”大昌气哼哼站起身，狠瞪牛蒡一眼，“你磨扇子压手火上房，也别找我救驾。”说着，甩手而去。

牛蒡已经惹怒大昌，也就不想到啭儿面前自讨没趣。无路可走，只有回家。明知山有虎，也得虎山行。舍得一身剐，还怕跳火坑？牛蒡气壮如牛打道回府。

2

家里盆天碗地，空无一人。牛蒡放了心，可又犯了怵。炕席上的尘土，灶膛里的灰烬，都看得出秀子至少已有三五天没在家里住了。本来，这也怪不得她。一个孤身女子，丈夫常年出外念书，万一有个偷儿钻窟窿，恶贼砸门窗，人单力薄赤手空拳，不怕破财却失不得身。平日住到哥哥大昌家，跟嫂子啭儿搭伴也是理所应当。然而，牛蒡几天前就寄出平安家信，说定今日回家团聚，到家连一张冷脸子也看不见，那就是摆出了“坚壁清野”的阵势，早已准备打一场两口子之间的内战了。

牛蒡乘兴而归，进门却像被冷水浇头。

他压住满肚子火气，打扫了东屋，又打扫西屋。洒扫庭院，内外整洁，累得灰头土脸满身臭汗。缸里没有一滴水，只得下河洗身，浮了几圈爬上岸，肚里咕噜噜，肠子搓成绳，却又找不到一碗米半瓢面。又累又饿，火上浇油，鼻孔里喷出的怒气能烫化三尺之冰，烤焦石碾磨盘。气胀胸膛，却不能填饱肚皮，他的目光落在带回的几盒什锦糕点上。他考上大学，理应给他家的老亲旧好送礼；虽不是有福同享，也算得有喜同乐。秀子是井底之蛙，只见过巴掌大的一块天，到县城的潞河中学看丈夫，爱吃通州大顺斋的糖火烧。牛蒡买了五斤，想叫她吃个够，心里甜，嘴里香。谁想，落花有意，流水无情，拎着猪头烧香，佛爷却转身掉过屁股，不赏他的脸。怒火化成食欲，他只有大吃大嚼糖火烧，发泄胸中怨气。

二斤糖火烧入肚，嗓子眼儿叫渴，他只得又拎起一只柳罐斗，到河边土井里打水。牛蒡虽然念完了高中，考上了大学，算得上个城里人，更是个学富五车的文墨书生。然而，他的许多泥腿子土性，却旧习不改，一成不变。喜欢喝生水便是秉性难移。西方人日常生活习惯也喝生水，所以他又可说是“洋气”十足。不过，他喝生水又有亲疏远近之分。土井水甜，自来水有一股过滤的怪味儿。牛蒡只觉得刘家锅伙他家门外这眼土井的水最好喝。

拎上满漂漂一柳罐斗井水，他蹲下身子，双手捧住柳罐斗，吹了吹漂浮在水皮上的青苔绿藻，咕咚咕咚连喝八大口。

“好一头撅尾巴驴！”一个粗门大嗓的女人拍着巴掌笑道。

牛蒡一听就知道是秀子。

打是疼，骂是爱，越疼越爱拿脚踹，这就是秀子的个性。

牛蒡抬起头，转过脸瞪她一眼，黑着面孔哼道：“你还知道自家有个窝儿？我都饿得前胸贴后腔啦！”

“我是老家雀儿打食，才能一口一口喂你呀！”秀子提起一个蓝花土布包袱，蓝花土布包袱里有个岗尖岗尖的大海碗，大海碗里都是一个肉丸的饺子，“你得给我全吃下去。”

二斤糖火烧和一柳罐斗井水，早已把牛蒡的肚皮胀得滚圆，无隙可入。慢说一大海碗饺子，哪怕是一个饺子也不想吃，吃不下。但是，秀子是个二踢脚双响麻雷子的爆竹脾气，不吃便会惹恼了她，惹恼了她便天下大乱，鸡犬不宁。

“我想下河……”牛蒡不敢给脸不要脸，便想下河浮水，多扎猛子，不能把满肚子的糖火烧消化得一干二净，也要腾仓清库，给一大海碗饺子挤出容身之地。

“你心里有鬼！”秀子马上变脸，“是不是你身上有城里娘儿们的狐骚味儿？”

在牛蒡眼里，秀子是个长不大的黄毛丫头，有头无脑，愚昧无知。他嬉笑着拎起柳罐斗，把半斗水泼进河里，说：“从头到脚我一尘不染，你却是张嘴便醋气冲天。”

“回家上炕耍贫嘴吧！”秀子搡了牛蒡一掌，牛蒡踉踉跄跄。

一进柴门，秀子就搂住牛蒡的脖子，连说：“想死了我，想死了我！”

“这就叫饿了吃糠甜如蜜，饱了吃蜜也不甜。”牛蒡哭笑不得，可也不能不强作欢颜，“久别胜过新婚，只愿你叫我过个欢欢乐乐的暑假。”

“那你得给我装满了窑，挂上了驹儿。”秀子越发多情，话也更粗，“我好草好料喂你，只当养一匹种马。”

“你又嘴臭！”牛蒡忍不住起火。

“城里的娘儿们嘴香，你咬舌头吃过几口？”秀子又扳倒了醋缸。

“嚼蛆！”牛蒡甩开她，气哼哼直奔屋里。坐在炕沿上，脸色灰白铁青，胸膛一起一伏，哆嗦着嘴唇，“泼妇，泼妇！”

秀子不依不饶追进屋去，一见牛蒡气得七窍生烟，便转怒为喜咯咯笑起来，说：“你又不是属狗的，怎么一捅就龇牙？鼠肚鸡肠还算个男子汉大丈夫哩！”

“拿镜子照照你自个儿，像不像女人？”牛蒡也反唇相讥。

秀子把蓝花包袱放在八仙桌上，像黄鼠狼叼鸡，一阵风把牛蒡扑倒在炕上，说：“那我就叫你看看是真是假，是骡是马？”

“大白天，你文明点儿……”牛蒡在秀子的胯下告饶。

“我跟你是明媒正娶两口子，又不是偷来的锣鼓敲不得！”秀子像饥餐渴饮，欲火中烧，也就顾不得关门闭户，脸皮铜钱厚。

一鼓作气，再而衰，三而竭。

“敲骨吸髓，敲骨吸髓……”牛蒡像一摊烂泥，泡在汗水洼子里。

秀子解下她的花兜肚，轻擦柔抹牛蒡脸上的汗珠儿，活像一头母牛舐犊情深，说：“我杀母鸡，叉甲鱼，割驴鞭，给你补身子。”

牛蒡浑身疲软，昏沉沉睡着。一觉睡到太阳落山，满屋炖鸡香气钻鼻子，令人忍不住垂涎三尺。他坐起身，一片夕阳照在炕沿下。两只花斑硬壳的甲鱼，蠕动着爬进了门槛，蹲在那一小块阳光里，伸出长脖子，圆瞪两只绿豆眼儿，惊吓得牛蒡失声尖叫：“秀子！”

秀子进屋把两只甲鱼拎起来，笑道：“这是刚才啭儿姐送来的，你可要替我争口气，别亏负了啭儿姐的一片热心。”

牛蒡一阵烦躁，粗脖子红脸吵道：“一个巴掌拍不响，不生孩子怎能只怪我一人？”

“姑奶奶的肚子是块旱涝保收的宝地，只怪你撒下的烂种不出苗儿！”秀子咬牙切齿，“骡子配马，怎能下驹？”

“泼妇！”牛蒡张手要打，一见秀子抄起了剪子，连忙收手，“我想带你到医院妇科治病，你牵着不走打着倒退，我看你才是怕露马脚的骒马。”

“放屁！”秀子啐道，“你跟我说过，医院妇科男大夫多，不是摸娘儿们的奶子，就是掏娘儿们的鲇鱼嘴。一个摸完了又一个摸，一个掏完了又一个掏！你愿当软盖儿活王八，我还不想丢人背兴不要脸哩！”

“住口，住口！”牛蒡双手掩耳，又仰躺炕上。

“那就跟我到送子娘娘庙拴娃娃！”秀子嘻嘻笑道，“红线拴个胖小子，胖小子的两颗雀蛋就是两粒种子丹；你一丸我一丸，十月怀胎当年有收成。”

“装神弄鬼我丢不起这个脸。”

“你跳不出我的手心。”

“打死我也不去！”

“嘻，打死你我当寡妇呀！虎毒还不吃子哩！”

“八抬大轿进门，我不起驾。”

“等着瞧吧！看看你的胳臂能不能拧过我的大腿？”

秀子的嘴没遮拦，横着是风竖着是雨，牛蒡没把她的恫吓听进耳朵。

3

早晨，柳篱外杜梨树上的几只喜鹊，喳喳叫醒昏睡的牛蒡。他睁眼一看，日头爬上窗棂烧屁股，却看不见秀子的影子，听不见秀子的响动。一夜被秀子竭泽而渔，牛蒡想挺身坐起，却像剔了骨头，腰酸无力，三起三落。这时，红门帘高高挑起，干姐姐啭儿端着一碗热汤走进来。

啭儿嫁给表哥大昌，年年胎胎都是落地死。二十八九不到三十，原来的面如满月，已经瘦削得颧骨突出，过去那黑白分明的豆荚眼也塌陷了眼窝，红得像熟透的桑葚儿般的嘴唇，只有干裂没有了鲜艳。

不过，一大早洗了脸又梳了头，圆髻上还插上一大朵粉红秫秸花，竟显得水灵灵桃红柳绿起来。

"画上的大美人儿显了灵呀！"牛蒡伸着懒腰，打着哈欠。

他自幼父母双亡，吃啭儿娘的奶长大，穷家被褥少，一床被子三口人：干娘、啭儿和他，身下滚炕席。所以，两人开口不管深浅，动手不知轻重。

"滚起来，到祖坟给爷爷磕头去！"啭儿掀开被子，在牛蒡的光身上拍了一掌。

"祭祖？"牛蒡忙把被子裹住了腰，"人前显贵，太张狂了。"

"你考上了大学，还不该给老人家报喜？"啭儿嘬起嘴唇，吹着热汤，"秀子起早就奔轿子房，给你租一套长袍马褂、插花礼帽、十字披红，比新郎官还风光。"

“已经成立新中国。人人进入新社会，轿子房怎么仍旧原地踏步呀？”牛蒡皱着眉头，磨磨蹭蹭穿起汗衫和西服裤。

“人家轿子房也不是死心眼儿老脑筋。”啭儿把汤碗送到牛蒡嘴边，“这两年花轿不时兴，他们新买了三匹高头大马，大姑娘小伙子骑马成亲，比花轿更显得八面威风。”

“满碗腥气，什么汤？”牛蒡捏着鼻子，摇头转脸不敢看。

“十全大补甲鱼汤呀！”啭儿笑道，“一早一晚连喝三日，儿子十拿九稳，就像窝里掏螃蟹。”

“又是猫咬尿脬空欢喜呢？”

“那就是秀子亏理，大昌答应我给他妹妹当替身，给你生个儿子。”

“咱俩还是尊重主权，互不侵犯吧！”牛蒡怯生生喝了一口甲鱼汤，心里马上作呕，“你怎不放一点酸、甜、咸、辣的作料儿？”

“原汁本味儿才有灵验。”啭儿哄孩子一般劝道，“喝呀，喝吧！别叫秀子得理不饶人。”

牛蒡咬了咬牙，把心一横，咕咚咕咚一口气将一碗甲鱼汤喝光，抹了抹嘴，说：“两口子是一男一女，不生孩子怎么就该我棍打五八，秀子就不该棒打四十？”

啭儿一声又一声叹气，说：“秀子为等你回来坐胎，头两个月就吃白煮衣胞子。”

“白煮衣胞子？”牛蒡奇怪地问道，“我怎没听说过这道菜？”

“谁家下驴下牛，下猪下羊，驴驹儿、牛犊儿、猪崽儿、羊羔儿的衣胞子，秀子都讨回家来，白水一煮就吃。”啭儿不知是胃酸，还是口馋，口水顺着嘴角直淌。

“哇！”牛蒡却忍不住呕吐，满肚子的甲鱼汤倾泻一地。

却在这时，三班鼓乐沿着河边吹吹打打而来，啭儿把牛蒡扯下了炕，催道：“眼看鼓乐进门，赶快梳妆打扮。”

牛蒡刷牙洗脸梳了梳头，还没顾得喘口气，三班鼓乐堵住了门口，一匹笼头扎着大红缎花的高头大马，被轿子房的两个伙计牵引着进了门。这两名伙计在野台戏子班是个跟头虫，常给关云长扮演马童，一招一式都走锣鼓点儿。秀子也是武旦的扮相，脸上搽粉贴片子，又描起柳眉点朱唇。牛蒡一见虽没有大惊失色，却也情不自禁目瞪口呆。正当他蒙头愣脑的时候，只听秀子像杨排风一声令下：“给眼前的这位新科大学士也赶快扮上！”于是，另有两个轿子房的伙计抢上前来，把长袍马褂、插花礼帽、十字披红给牛蒡穿戴齐整，一个拦腰，一个抱腿，将牛蒡送上一匹黑马背上。

刘家祖坟，坐落在河滩泥鳅背白沙冈的柳棵子地里，风水先生咬定这里高踞龙背之上。刘家锅伙只有几十年村史，刘家祖坟也只有坟墓两座；正面一座是爷爷奶奶合葬的大坟，侧面一座是爸爸妈妈合葬的小坟。穷门小户，没有墓志，没有供桌，更无石人石马，两堆黄土馒头上爬满青草绿藤，围站一溜杨、柳、榆、枣树，树上搭满鸟窝，从早到晚乱嘈嘈噪叫，九泉之下的老人倒不冷清寂寞。

牛蒡和秀子双双下马，只见爷爷坟前早已跪倒一片人，不是爷爷的干儿子，就是爷爷的干女儿，还有干儿子的儿女，在最前排牵头的是啭儿。

在爷爷坟前，啭儿摆放了香、烛、纸马、金箔、银锭，还有八盘九碗酒、肉、面食、干鲜果品。三班鼓乐高奏《得胜还朝将军令》，牛蒡焚香跪拜，秀子敬献了祭礼。啭儿点燃纸钱以头抢地，放声大哭。

啭儿有一条金嗓子，刘家锅伙男女老少都夸她是画眉十三啭。倘能进城到音乐学院深造，用不了三年零一节，就能成为一鸣惊人的花腔女高音。

她的哭坟，敢说是花腔女高音的一曲咏叹调，有泣有诉，亦泣亦诉，夹叙夹议，合辙押韵，集顺口溜、打油诗、数来宝、巫婆跳大神儿和长舌妇骂街于大成。

她向爷爷哭诉的是牛蒡考上大学虽给刘家光了宗耀了祖，但是娶妻而不生一儿一女，又给刘家断了子绝了孙；一功一过，二者比较，过了秤又过戥子，还是功小过大，罪属不孝。

牛蒡大热的天穿一身长袍马褂，又被十字披红勒得胸口透不过气，浑身早已热汗淋漓，又被啭儿嘲骂得火气攻头，哎呀一声昏倒在爷爷坟前。

昏迷中，好像大雨滂沱，清醒一看，却是被河水浇头，躺在啭儿怀里，啭儿狠掐他的人中，这才醒转。

三班鼓乐和两匹高头大马已经撤走，牛蒡和秀子租赁的两套喜服，也脱下来物归原主。牛蒡眼前，除了秀子和啭儿，只剩下爷爷的干儿子杜大活驴，还有杜大活驴的两个儿子马桩和门闩。

"新科状元醒啦！"杜大活驴大笑着喊嚷道，"那就赶奔送子娘娘庙拴娃娃。"

牛蒡一听，从啭儿怀里挣脱开来，撒腿就跑。

"追！"啭儿大叫。

秀子在啭儿的叫声中飞身跃起，有如鹞鹰子捕抓脱兔，把牛蒡扑倒在地，问道：“又不是送你下汤锅，你怎吓得抱头就跑？”

牛蒡抡胳臂踢腿抗争，嚷道：“你们就是想把我当随意煎、炒、烹、炸的鱼肉，我偏不愿任人宰割！”

狗急了跳墙赛过猫，兔子急了累死鹰，牛蒡虽然书生文弱，气急败坏也能迸发出一股男子汉的蛮力，秀子被他踹翻，他爬起身又跑。

“马桩，门闩，上！”一直隔岸观火的杜大活驴，吼叫一声如雷贯耳。

马桩和门闩是刘家锅伙有名的赤发鬼和青面兽，三步两步追上牛蒡，四只手像四把铁钳，将牛蒡抓住，牛蒡一动也不能动。

啭儿早有准备，抛过一根麻绳，说：“他敬酒不吃吃罚酒，那就拴上个捆猪扣儿！”

秀子咯吧折断一棵小柳树，也扔过去说：“给你们这根穿心杠，抬到送子娘娘庙去。”

大丈夫牛蒡，大学生牛蒡，五尺多高一百多斤的男子汉牛蒡，被最疼爱他的两个女人如此伤害，哀莫大焉。

4

刘家锅伙北走不到一里，老庄户村后河高岸上，有一座青堂瓦舍的送子娘娘庙。铜钱花眼的灰框白墙内，还有三间茅檐低小的厢房，住着一老一少两名道姑。

眼看将到送子娘娘庙，啭儿才叫马桩和门闩把牛蒡放下，给他松开绑绳。牛蒡的手腕和脚腕被勒得黑紫，麻木得手不能握拳脚不能迈步。啭儿只得又叫马桩和门闩架着牛蒡行走。秀子和啭儿手脚趴倒爬行，一步一个头碰地，叩着响头爬进送子娘娘庙里。

送子娘娘庙中的一草一木，都要个吉利；火红多子的石榴树，累累挂挂的黑枣树，一嘟噜一串串的葡萄架。还有核桃树、苹果树、栗子树。只因水土不服，桂圆树难活。就连花盆里养的也是满天星草珠子。天井一块巴掌大的土地，种上的是一畦花生。目光所及，触景生情，都令人一见就能想到早生贵子，多子多福。

送子娘娘，不知何许人也。书无所录，史无可考。谣传，送子娘娘本是运河上游某个小村的一位贫寒农妇，又是一个感天动地的孝女。三九三伏，都到河边撒网捕鱼，孝敬父母公婆。她婚后数年不育，但是有个算命先生给她相面，却咬定她是十男九女的大全福人。够不够，四十六，送子娘娘却过了四十六还没有一点响动。年已八十的老婆婆，本来疼爱儿媳如亲生女儿，然而行将就木却看不见隔辈人，便着了急，起了火，恼在心里，恨在脸上，不是咒就是骂。送子娘娘羞愧难当，坐在河边哭了三天两夜，河水都涨高了一尺。哭得头昏眼花天旋地转，一头栽下大河，忽然摇身一变而化成了一条金鳞赤尾的鲤鱼。她看见风吹清波簇簇绿藻中，一条条大肚子姐妹正在坐月子，一串串鱼子脱身而出，成百上千的小鱼便嬉戏出没水中。送子娘娘正看得出神，几条黑头鲫呱子从她上下左右穿梭而过，她只觉得浑身燥热发烧，口中连吞了不知多少水沫，肚子一下子膨胀起来，像身怀六甲即将临盆的孕妇。一天，她忽然醒转，却是躺在自家炕上，肚子上像扣了个葫芦瓢儿，已有三个月身孕。原来她投河被一个老渔翁打捞上岸，丈夫把她背回了家，昏迷不醒几个月，梦中坐胎。胎儿在母腹中躁动，踢醒了她。几个月后便分娩，一胎生下两个儿子，乐得八十岁的老婆婆抹平了满脸的皱纹，扔下拐杖走家串户，拧着两只粽子小脚往来如梭。两个儿子刚摘奶，眨眼肚子又滚圆，这一胎生下一双女儿。从四十七到五十五，年年不空窝，九胎成双成对，只有一胎是单产。到五十六岁封了门，不多不少正是十男九女。自己不能生养，便当起了老娘婆子，从五十六到九十九，三十三年她亲手接到人间的孩子不够一万，也有八千。反正在数目上比孔圣人的三千弟子多。说也奇怪，不知她手法妙，还是手气高，找她接生的女人生儿子的多，一胎双生的多。于是，她的名气越来越大，名声越来越高，河东河西，上游下梢，一传十，十传百，众口能铄金，也就能把一个老婆子吹得神乎其神。在她死后，方圆左右村村庄庄的田夫村妇，都感念她的恩德，有钱的出钱，有力的出力，纷纷给她立庙。老庄户村后河高岸上这座送子娘娘庙一砖一瓦，都是一家家穷门小户双手捧来的。

只因这几年秽声四溢，才门前冷落，香火衰弱。

眼下的当家道姑，原是早年运河花船上的鸨母，已经五六十岁，秃头、独眼、龅牙、满脸横肉。她那三十多岁的弟子，是个来路不明、形迹可疑的女人。那是三年前，解放军包围国民党占领下的北平时，这个女人孤身无伴，从城里逃出来，走到送子娘娘庙，脚打了泡寸步难行，就在独眼当家的屋里借宿养伤，后来就拜独眼女当家为师，留在庙里不走了。又过了几个月，独眼女当家的和她的弟子到河边抬水。两只水筲穿一条扁担，一头搭一人肩上。她俩刚到河边，放下水筲，却见河边水草丛中，躺着个半死不活的女人。近前一看，是个十八九岁的小媳妇，脖子上勒着绳套，虽然昏迷不醒，鼻翅还一开一合翕动。她俩把这个小媳妇抻上了沙滩，空净灌进肚里的河水。过了一会儿小媳妇睁开了眼，呻吟了两声，便死去活来了。独眼女当家刨根问底盘查她的来历，才知道她本是个童养媳，十三岁才见了月信便被迫圆房，圆房五年不但肚皮没有鼓起一回，而且连月信也不见了踪影。公婆和丈夫起了黑心，要下毒手，想把她勒死扔下大河，另娶新妇。小媳妇从窗根下走过，无意之中偷听入耳，吓出一身白毛汗，鬼叫连天逃命。丈夫发觉，拎着一根麻绳追赶到河边，小媳妇进退两难只有投河。却在这时，丈夫抛出绳套正勒住她的脖子，她便戴着绳套落水，一直被河水冲到送子娘娘庙脚下。

独眼女当家和她的弟子，过去都是穿绫罗裹绸缎，吃山珍咽海味，四体不勤吃不了苦，受不了累，最怕到河边抬水，正想要个不花钱的粗使用人，便收留了她，管独眼女当家叫师奶。

送子娘娘庙虽不是一块净地，却也装模作样立下几条清规，不是陪着妻子拴娃娃的男人，都不许跨进庙门。杜大活驴父子被拦在门外，只把牛蒡放了进去。然而，走进院门，想进送子娘娘面南背北的主殿，却又被挡了驾。送子娘娘虽是九十九岁老太婆，可在男女有别的古礼上十分考究。女人进香，可以仰视送子娘娘的面孔；男人祭拜，便得蒙住眼睛，不能偷看庐山真面目。不过，也有谣传，说是那个三十多岁的女道姑，是个采阳补阴的狐狸精，凡是她看中的男子，都要雁过拔翎，荞麦皮也榨出二两油。

啭儿和秀子进了殿，牛蒡便在院里转磨。他想逃走，庙门外有杜家父子把守，插翅难逃。送子娘娘庙前面有门，左右有墙，后身却以大河陡岸为界防。眼下，三位老少道姑已不到河边抬水。陡岸上安装了一个辘轳架，那个童养媳出身的道姑，每天从早到晚摇着辘轳，绞起一柳罐斗又一柳罐斗的河水，浇灌花木蔬菜。牛蒡心中一动，走上前去。

“道姑，辛苦！”牛蒡有求于她，不能不礼下于人，点头哈腰堆着笑脸。

童养媳出身的道姑矮小黑丑，肉泡眼蒜鼻头，满嘴参差不齐的黄牙板子，一年难得有人给她好脸子看。牛蒡的彬彬有礼，使她受宠若惊，深受感动，便也嬉笑问道：“你是刘家锅伙那个文曲星吧？”

“过奖，不敢当。”

“陪媳妇来拴娃娃？”

“胁从。”

“我劝你别羊入虎口。”

“怎讲？”

童养媳出身的道姑咬着牛蒡的耳朵，满嘴喷着大葱气味，压低嗓子，说：“我那狐狸精师傅，剥你的皮，吃你的肉，喝你的血，嚼你的骨头。”

牛蒡捏住鼻子，假装惊恐，摸出几张票子，说：“道姑救我！”

“钱是身外之物。”道姑推开他的手，“我不贪财。”

“那我该怎么报答你的救命之恩？”

“搂搂我。”

“原来你也犯淫戒！”

“染缸里扯不出白布。”

牛蒡正想洁身自爱，拒不从命，却听㖞儿和秀子从主殿走出来，叫他进殿叩拜送子娘娘。非此即彼，二者必居其一，牛蒡只求得大于失，不必有百利无一害，便匆匆亲了亲童养媳出身的女道姑那喷着大葱气味的嘴，忙抓住辘轳架的吊绳，在女道姑的摇送下下降脱逃。

啭儿和秀子喊哑了嗓子听不到回声，便到庙门外搜寻，只见杜家父子戒备森严，蚊蝇也难漏网；退回庙内，搜遍角角落落，也不见人影，转到殿后，那童养媳出身的女道姑半闭着眼睛，舌头舔着嘴唇，笑眯眯哼唱着经文，一斗一斗打水不停，毫无可疑之处。

“他又不是杨花柳絮草籽儿，难道上了天入了地？”啭儿和秀子，急得团团转。

啭儿嗓音嘹亮，秀子喊声沉远，高一声低一声就像叫魂儿。

早已过河的牛蒡，深一脚浅一脚跑过浅滩，钻进青纱帐飞奔狂跑，一口气跑出十几里，喉咙干得像直脖子烟囱，划根火柴就能火冒三丈。他在一块瓜地连吃了两个黑蹦筋儿，才解了干旱，赶路回京。

5

牛蒡像一名被追踪、围猎、搜捕的丧家逃犯，直到中南海红墙外府右街路西的黄宅门口，他才觉得如同釜底游鱼蹦出了锅。

匈奴史学家黄叶地先生，是牛蒡的恩师。牛蒡考入潞河中学，从初中一年级念到高中三年级，黄叶地教过他国学、日语和英文。黄叶地又是潞河中学图书馆馆长。图书馆的工作人员，都是勤工俭学的学生，牛蒡便是其中之一。黄叶地先生的夫人白碧云，是女子师范附属幼稚园园长，文静、端庄、优雅、秀丽，沉默寡言，温和善良，但是体弱多病，不喜交往。他们的女儿鸣翠，也在潞河中学念书，比牛蒡低两班，是个多才多艺的少女，酷爱古典诗词和京戏昆曲。

白碧云先生因深受教育救国思想影响而念师范，念完女子师范便到乡村教小学，是牛蒡的开蒙老师。当时，县城里的女教员都很稀有，乡村更是罕见；因而，白碧云先生在北运河城乡上下颇负盛名。后来，她跟从燕京大学毕业，到潞河中学兼课的黄叶地恋爱结婚，才回城当幼稚园园长。过了几年，牛蒡投考潞河中学，在潞河中学校园外偶遇白老师，白老师喜出望外，竟不去上班，把他带回了家。所以，牛蒡在入学之前便拜识了黄叶地先生，入学之后就更穿堂入室，情同家人了。

五年前白碧云患肺结核病故，黄叶地先生居丧二年，续娶了袁乃曼当填房。袁乃曼原是国民党县党部书记长的外室，曾跟白碧云在女子师范同学。她念到高中二年级，便被国民党县党部书记长金屋藏娇。书记长已有一位小脚黄脸婆儿，生下两男一女，她不甘为妾，便在县党部控制的城内女界联谊会上挂了个交际部长的头衔，在县城女文化人圈子里活动。隶属美国教会的潞河中学，虽不享有正式治外法权，却号称教育自治，校园中立，不许国民党在校内公开活动。于是，书记长便打发袁乃曼披着女界联谊会的民间社团外衣，到潞河中学拉拢女教员和女学生入会，火候一到便吸收为国民党的秘密党员。袁乃曼向潞河中学渗透，必须曲径通幽，老同学白碧云住在丈夫黄叶地的公寓，正可充当她进入潞河中学的踏脚石。从此，她便成为黄家的常客。白碧云当年患病，仍然带病教书，回家便只能卧床，黄叶地又不愿雇老妈子，女儿鸣翠本想管一管家务，白碧云怕她念书分心，强迫她住在女生宿舍，周末才许回家；因而，一日三餐，都是黄叶地炒菜做饭。百无一用是书生，烹饪炊食上也是如此。烧煳的卷子夹生的饭，炒烂水菜炖焦鲜鱼，顿顿难免。

日子一长，白碧云肺病之外又添胃病；黄叶地更是骨瘦如柴，脸色挂灰。袁乃曼的光临有如久旱下甘雨。袁乃曼不但越俎代庖，而且进一步充当了家务大总管。白碧云是个澹泊宁静的人，最不愿在柴米油盐上劳心费力，袁乃曼大包大揽，她正求之不得。她跟袁乃曼自幼同窗共砚，情同双胞胎的亲姐妹，虽然她在爱情上十分守旧，却又并不厌恶袁乃曼的轻佻浪漫。所以，袁乃曼的喧宾夺主，她并不觉得是引狼入室。黄叶地是一位“板凳须坐十年冷，文章不写一句空”的书呆子学者。他埋头研究的匈奴史，是个无人问津的冷门。其实，匈奴史传湮没无存，可算无门可入。他就像一名考古家，独自在大戈壁进行发掘，只想全神贯注，专心致志，不愿为家务琐事而一心二用。同时，他还是中共地下党员，但要涂上灰溜溜的保护色，表现得颓废痴迷和呆头呆脑，连白碧云都蒙在鼓里，才能万无一失。那么，必须假戏真做，进入境界，与所扮演的角色浑然一体，天衣无缝，不能出门装傻，回家精明，一不小心就露出了马脚。他烧煳了卷子夹生了饭，炒烂水菜炖焦了鲜鱼，都是做戏给人看。袁乃曼打入他那戏剧化的生活，妨碍他的演出活动。他断定袁乃曼是夜猫子进宅，来意不善，便想巧施妙计，赶快将袁乃曼赶走。然而，白碧云跟袁乃曼感情深厚，如果变脸发怒，粗暴无礼，不但有损自己的声名，而且也伤害白碧云的自尊，都很不适当。想来想去，终于想出一个借刀杀人的毒招。由于白碧云患病多年，他们之间也就多年没有夫妻生活。于是，他便可假扮好色的登徒了，背地里跟肥白妖艳的袁乃曼调情，惹恼了白碧云而下逐客令，他再向白碧云说明真相。

袁乃曼三十出头，徐娘半老，风韵只算残存。她充当县党部书记长的外室十年多，当年的高烧早已冷却。县党部书记长年过半百，升迁无望，散发着政治腐尸的气味，毫无可取之处，正想择主而事。黄叶地的挑逗，恰合她意。不过，她却不等黄叶地把刀借到手，就把她对黄叶地的欲念，向白碧云直言相告。如此厚颜无耻，大出黄叶地的意外。更令黄叶地想象不到的却是白碧云竟一口答应，还感激不尽，说："有劳妹妹李代桃僵了。"

黄叶地作法自毙，自投罗网，自寻烦恼，自讨苦吃，自作自受，自个儿挖坑埋自己。他想摆脱困境，已经骑虎难下，逃不出袁乃曼的掌心。袁乃曼比当年迷恋县党部书记长狂热得多，巧施种种手段，将黄叶地紧箍在她那丰满、成熟、浓香、滚热的胸脯上。她不但把身子移交黄叶地，也把心完全交给了黄叶地，同床共枕换了脑筋。一方面是国民党的秘密特工，一方面又是共产党的地下交通。她从国民党内刺探的情报，通过地下交通站转送共产党的军分区，围歼进攻解放区的国民党军，破获潜伏在解放区的国民党特工窝点。县党部书记长自知罪该万死，服毒自杀。不久，白碧云病重咯血而亡。黄叶地和袁乃曼，一对旷男怨女，便在潞河中学基督教堂举行了婚礼。袁乃曼辞掉了女界联谊会的职务，应聘到潞河中学女生宿舍当舍监。

北平解放以后，黄叶地被调到北平军管会工作，奉命到私立燕京大学当军代表。袁乃曼也入了党，在内八区工会当女工部副部长。三十年代入党的黄叶地，仍不改书呆子本色。只不过是候补党员的袁乃曼，却是一身百分之百布尔什维克的老干部架子。

牛蒡不但是黄叶地和白碧云的双重得意门生，而且有匈奴人后裔的背景，对匈奴史也极感兴趣，课外自愿、真诚、专心地为黄叶地查找资料，抄写卡片，成为黄叶地在学术研究上不可缺少的助手。白碧云是他的开蒙老师，深知他父母早丧，家境贫苦，更怜爱他如自家子侄。他们的女儿鸣翠，比牛蒡小三岁，也跟牛蒡亲如兄妹。牛蒡文理两科都是高才生，鸣翠却是平日不努力，急时抱佛脚。每到中考大考之前，通宵达旦开夜车。牛蒡便被抓来当差，伴读侍讲，耳鬓厮磨，奉陪到底。黄叶地和白碧云夫妇，不把牛蒡当外人，也就忘了男女有别，并且连牛蒡已婚也完全忽略，丝毫不加戒备。

然而，袁乃曼却是个女卫道士。虽没有拒牛蒡于黄家门外，但严禁鸣翠与牛蒡亲近。鸣翠本是爹娘的掌上明珠，自幼娇生惯养长大，她犯起脾气火烧房，黄叶地和白碧云也不会变一变脸色，哪里能够忍受人品不正的后娘袁乃曼的百般刁难？她大闹了一场，砸碎了袁乃曼卧室的每一只花瓶，每一只茶杯，临走还给花梨木软床上浇了一盆脏水，便住到女生宿舍，节假日也不回家。黄叶地三请四叫，她也不赏老爹的脸，而且高声宣告："有我没她，要她没我！"与袁乃曼不但不能在一张桌子上吃饭，而且也不愿头顶一块天。解放以后黄叶地和袁乃曼双双调到北平工作，袁乃曼想把鸣翠转学到慕贞女中，鸣翠却死活不肯，更与家庭绝缘。黄叶地不肯牛不喝水强按头，仍旧允许她留在潞河中学念书，反倒叮嘱牛蒡严密监管。但是，鸣翠还是不肯回家一趟，多亏牛蒡好说歹劝，鸣翠才答应放暑假回北京住一住，只是不进黄叶地的公馆，租房另立门户。黄叶地无可奈何，忽然想起他念大学参加地下党活动时，在柳树井胡同许家，租过一间北屋西耳房，一住数年，跟许家亲如家人。便亲自到许家拜望那位大嫂，收留鸣翠住下；许大嫂二话不说，马上腾房。鸣翠住下之后，也不跟老爹商量，就转学到贝满中学。这是因为，牛蒡考上了燕京大学，她也不愿一个人留在潞河中学了。

牛蒡逃到黄家新居门外，虽然一块石头落了地，想到袁乃曼却又忐忑不安；心正七上八下，鸣翠骑着自行车来了。

6

那时的府右街，中南海西门红墙外，有个菱角形状的街岛。街岛上花木繁荫，茂林修竹，鸟啼虫鸣，闹中取静。绿漆栅栏围起三座绿草如茵的花园，每座花园里都有一幢砖木结构、古色古香的小楼。花园楼房之外，还有两座三进大四合院，更是侯门官邸气势。这些宅院，过去软禁过从宫中逐出的嫔妃，栖宿过皇上宠用的没有名分的美人。民国以后，多次拍卖和转售，买主和卖主都是腰缠万贯的达官贵人。日伪燕京道尹郜毓桂，搜刮民脂民膏，为其爱妾乔簃秋购置了其中一座花园楼房。乔簃秋是有名的京剧女演员，为三十年代北平京剧坤伶之首，以唱程（砚秋）腔而享有盛誉。因仰慕四大名旦之一程砚秋有书斋御霜簃，乔簃秋住进府右街街岛的花园楼房之后，便又给这座花园楼房命名为簃楼。郜毓桂也是潞河中学和燕京大学出身，虽比黄叶地高三班，却曾有过亲密的同窗之谊。郜毓桂也是一位史学家，以研究后妃学闻名。他大胆假设，小心求证，将吕后和武后的情夫面首，一一列举，绘声绘色。黄叶地正是由于有郜毓桂这柄保护伞，才不当燕京大学的副教授，到位于通州的潞河中学当教员，燕京道开府通州，黄叶地活动起来方便得多。黄叶地的任务，是跟北平的文化界爱国人士交往，转达党的方针政策。郜毓桂每日下班，乘车返回北京官邸，交游官场，纵情声色。黄叶地每回进城，便都搭他的车，也就不曾引起怀疑。日寇败降，国民党接收，郃毓桂犯有汉奸附逆罪被捕入狱，乔穆秋虽是优伶，戏班里不出贞节烈女，却偏要三从四德，宁可含辛茹苦，也不肯粉墨登场，演戏挣钱。穆楼作为敌产充公，只给乔穆秋两间下人的平房栖身。典当度日吃空山，过惯了享乐生活的乔穆秋便像凤凰落地不如鸡。黄叶地于心不忍，白碧云便带着女儿鸣翠，看望了乔穆秋几回，顺便也送了几笔钱，杯水车薪，也算雪中送炭。鸣翠自幼听过乔穆秋十多出戏的唱片，潜移默化而沉醉痴迷。那时她家虽然住在通州潞河中学校内，每个礼拜天却不远数十里骑车进城到穆楼，拜乔穆秋为师学戏。而且自取艺名萤秋，以程（砚秋）腔的一只小小萤火虫自居。在潞河中学除夕同乐晚会上，鸣翠演出《六月雪》中《出斩》一折。她不但强迫牛蒡给她写彩纸海报，而且给她配演刽子手。《出斩》一折，窦娥呼天喊地，八句要唱三十分钟。牛蒡怀抱鬼头刀，把窦娥押赴刑场，在舞台上转来转去，一言不发，一字不唱。从这以后，鸣翠每回进城找乔穆秋学戏，牛蒡都要陪同往返。乔穆秋的住处，跟黄叶地和袁乃曼的宅院，只有咫尺之遥，鸣翠却数过家门而不入，牛蒡无形之中也跟黄叶地疏远起来。耳濡目染，近朱者赤；牛蒡虽没有学会程腔，却变成了程迷。

牛蒡高中毕业之后报考燕京大学，暑假留在潞河中学等候发榜，鸣翠也不回北京度假。潞河中学是一座大花园，绿树浓荫，鸟语花香，风景宜人，凉爽幽静，每年暑假都向外出租。有的租几间教室办讲习会，有的租下宿舍和操场办夏令营，还有的是野鸳鸯躲在此处度蜜月，穷画家流连忘返写生作画。讲习会和夏令营各办各的文学、戏剧、音乐、舞蹈、绘画班，只有高低上下之分。潞河中学有个从美国进口的百年校风，那就是学生不管是出身穷家还是来自富户，都喜欢勤工俭学。暑假时间长，留校学生都在各种讲习会和夏令营找份差事挣钱。牛蒡原来酷爱数、理、化。只因有一年基督教团契在潞河中学举办文学讲习会，大学者朱自清先生应聘前来讲学，古今中外散文大家作品选讲四个小时，散文习作的讲评两个小时。牛蒡正给文学讲习会当杂役，被拨到朱先生身边服侍左右。近水楼台月先得，牛蒡免费听了朱先生四堂课，写了一篇散文，署了个假名，混在讲习会会员的习作里，交给朱先生批阅。牛蒡本名刘儒林，从这一篇习作起，他才有了这个笔名。朱先生仔细审阅了这些习作，讲评课上对牛蒡的散文赞不绝口。他请作者起立，认识认识，却没人答应。又连叫几声，牛蒡才不得不红着脸答道："是我！"朱先生笑了，说："怪我一叶障目了。"本来，朱先生在讲评课后，就从通州南站坐火车回他任教的清华大学。发现了牛蒡这个人才，竟决定改日再走，跟牛蒡促膝长谈一个整夜。牛蒡深得教益，也深受感动。谁想，朱先生走后两个月，便从清华大学传来噩耗。原来朱先生早已身患重病，却又家累沉重，无钱医治，贫病交加，与世长辞。牛蒡在运河边上洒泪遥祭朱先生，便立下了弃理学文的志向。如果不是燕京大学提供一份奖学金，牛蒡便报考清华大学了。

他考大学又等候发榜，没有捞到勤工俭学的美差。正巧，游泳池有个救护员闹时令症，上吐下泻卧床不起，牛蒡便补了这个缺，当几天替身，挣几个散钱。

潞河中学有个活水游泳池，名曰荷月湖。岸上碧柳白杨，水中绿藻红莲，共分三个池塘。一个深水，深可没顶；一个浅水，浅到脐下。难得的是还有一眼温泉，日夜喷涌出散发硫磺气味的热水，汇聚一池，弥漫白雾，浸泡沐浴可以治疗皮肤病。为了防止校外人偷泳污秽水面，也为了防校内人夜泳发生危险，每天都要有人巡逻守夜，牛蒡便担当了这个守卫者的角色。守夜要冒风险，又睡眠不足，便工钱加倍。重赏之下必有勇夫，牛蒡为了双倍工钱，火坑敢跳，岂怕水塘？荷月湖边有个牛舌头半岛，像一柄匕首插入湖内，牛舌头岛上搭起一溜芦苇席棚，为游泳上岸的人遮阳蔽雨。牛蒡环绕荷月湖巡逻一圈，便回到牛舌头半岛席棚下坐一坐，躺一躺，伸展四肢歇歇腿脚，打个盹儿解一解困乏。为了上岸下水都方便，牛蒡光着膀子，只穿一条游泳裤衩，赤脚一双木屐，手拎一根武松打虎的哨棒，十足是个泥腿子，一点也不像文墨书生。

这天夜晚，他巡逻到后半夜，腹中饥饿难忍。一时半会儿还熬不到天亮，想到女生宿舍潞南园外，有一片菜园、瓜园和果园，偷几个瓜果也可压一压饥。没有瓜果便学阿Q偷拔尼姑庵的青萝卜，只要吞下去能填肚子，石头瓦块土坷垃，也可饥不择食。

牛蒡心头刚刚生出这个邪念，忽然一阵荇水荷风吹来，吹上牛舌头半岛，吹裂遮掩月亮的浮云，漏下青幽幽的银光，牛蒡呼吸了一口清香的空气，眼前一阵放光，只见岸上花树中闪出一道人影，直向牛舌头一溜小跑而来，像一只惊窝飞逃的夜鸟，又像一只从这簇草丛蹦向那簇草从的蚱蜢。忽然，人影跑到半路中途，一个踉跄收住了脚，呆呆站立，沉吟许久，又扭头原路而回。月色朦胧，牛蒡看不见那个人影的面孔，却从那人扭转的体态断定，必是黄鸣翠无疑。她使的是京剧旦角涮腰的手段，乔篘秋亲授，程派的路数。

“鸣翠！”牛蒡追上去。

鸣翠站住脚又转过身，眼神迷乱，没头没脑地笑了笑，说：“我梦见你冻饿得像《鸿鸾禧》的薄情郎莫稽，《哭井》里的穷书生吕蒙正，从梦中惊醒，就跑来给你送吃的。”

“我正饿得濒于死亡的边缘。”牛蒡见她手中拎着一盒饼干，一把抢过来，“你做梦还忘不了京戏，可谓刻骨铭心，不可磨灭。”

“人生如梦，梦如人生。”鸣翠嬉笑道，“我在梦里比醒着明白，睡眼有远见，梦呓是预言。”

牛蒡连嚼几块饼干，才有力气开口：“痴人说梦，我亲眼得见了。”

“想听吗？我给你说两个梦。”鸣翠更显出一副神魂颠倒的神气，“一个梦我预见了我的未来，一个梦看见了你的命运。”

“半夜三更，我是使君有妇，你是罗敷无主，不可疏忽男女之大防。”牛蒡伸手一指花树林中的小径，“还是不如归去，天光大亮白日梦呓吧！”

“我明天回北京。”鸣翠满面愠怒，转身而去，“我的梦中所见，历历在目，我的未来是被眼泪淹死，你的命运也是悲剧结局。”说着，呜咽着跑走。

一别十日，二人重逢，难道眼泪淹死人的悲剧即将开场吗？

7

黄宅，三合小院，朱门铜锁，青石台阶，门前龙爪槐绿树，墙挂爬山虎青藤。原是艺文大学校长冯天俸的一位外室的金屋香巢。

冯天俸是关外一个家有万顷良田的大地主之子，曾跟张少帅赌场比富，一掷千金不眨眼，连开十八宝，他输了十五局，少帅输少赢多却不敢恋战，甘愿退款求和。然而，他虽富甲关东，敢比陶朱、石崇，上流人却看不起他，骂他肚子里黄的多黑的少，也就是满腹屎尿而少有墨汁，气得他真想杀光天下读书人。后来张少帅创办东北大学，自任校长，他也不甘示弱，东施效颦，还要压过少帅一头。少帅的东北大学办在沈阳，他在北京重金礼聘名流学者，开了个艺文大学，不但自任校长，而且从美、英、法、德、日的野鸡大学买了五个名誉博士头衔，因而人称“五金博士”。从这以后，谁称呼他冯博士便必有重赏，自以为能与胡（适）博士相映成趣。于是，学界有人在报上征联，上联是：“冯博士胡博士都嗜史（屎）成癖”。据说，应征者甚多，都被冯天俸高价购买版权，不能得见于报章。

艺文大学开学头一天便炸了营，三百名学生未入教室便宣布罢课。原来，在大礼堂举行开学典礼，校长冯天俸登台训话，他说他开大学好比开了个砖窑，校长是窑头，教授是把式，学生是坯子，念四年书便像烧成了砖。语无伦次，比喻失当，学生大哗，跺脚喊叫打口哨。冯天俸暴怒，破口大骂，一句一个关东特产的“妈拉巴子！”学生们也不含糊，来而无往非礼也，“投桃报李”骂他是活驴、野驴、疯狗、黑瞎子（熊），他火得更高，喝令校役报警。北京警察厅的长官姓鲍，本是张少帅副官出身的爱将，只想袖手旁观，隔岸观火，火烧得不大还看不过瘾，哪里肯派一个警察前来镇压？后来，还是请出学界老大出面，才给冯天俸圆了场。从此，便对艺文大学毫无兴趣，每年开学只派遣他的秘书代读训词。他自己故态复萌，仍旧纸醉金迷，寻花问柳，出入舞场，驰骋宝局，串够八大胡同，吃遍十大菜系，又捧女戏子，玩大鼓妞儿。府右街的小三合院，便是为了藏娇之用。新盖的茅房三天香，山珍海味吃多了也腻歪。一个外室姘上两个月便看不顺眼，花上几两黄金的遣散费，便可除旧更新。北平解放前夕，他带着一妻四妾十二名子女，包乘一架专机南逃。扔下了艺文大学，也抛弃了不知多少姘妇。当时住在府右街三合小院的姘妇是个东交民巷六国饭店的女招待，冯天俸逃走，她不得不重操旧业。艺文大学的总务长，是冯天俸留下的代理人，随机应变，通风报信。他也是冯天俸房地产的大总管。一天，女招待下中班回来，只见小三合院门前，龙爪槐树下，堆放着她的被褥衣箱，十几个泥瓦匠和小工，正在从内到外进行大修。她上前一问，才知道大总管已将小三合院收回，修理之后做军代表公馆。女招待本想倒地打滚儿哭叫，一听“军代表”三个字，吓得全身哆嗦成一团凉粉，大气也不敢出，叫来一辆三轮车，装上衣箱被褥，逃之夭夭溜之大吉。

小三合院内，有两架藤萝，两口鱼缸，六棵石榴、海棠、夹竹桃。三间北房是黄叶地和袁乃曼的卧室、书斋和客厅，两间东厢房，留给鸣翠倦鸟归巢。两间西厢房，一间厨房一间餐室。袁乃曼每天早出晚归，下班只像住客店。黄叶地却是夜里不想睡，早晨不起床，白天到校扮演军代表，晚上回家当他的匈奴史学者。二者都不能全心全意，也就只落得工作、学术两败俱伤。

牛蒡和鸣翠门外相见，敲门之前却要做成一笔交易。

“我还没有勾魂，你便鬼使神差而来！”鸣翠跳下自行车，眉开眼笑，“我不能白帮你的忙，你也得助我一臂之力。”

牛蒡像被装进闷葫芦，呆头愣脑瞪眼睛，憨笑着问道：“你的话就像残章断简，我读不通听不懂。”

“美国基金会中止了给燕京大学的财政赞助，你没有了奖学金，到哪儿找钱念书？”鸣翠幸灾乐祸地挤眉弄眼问道。

“这可真是逼我走到穷途末路了。”牛蒡喟然长叹，“乡里正想留我当教育助理，我本已一口回绝，看来只有这条退路可走，高等学府今生与我无缘了。”说着，转身就走。

“慢！好马怎能去吃回头草？”鸣翠一手扶住车把，一手扯住牛蒡的袖子，“他乡遇故知，有如久旱逢甘雨；我早已巧作安排，能使你绝处逢生。”

“快讲！不要拿我的忧愁苦恼开心取乐！”牛蒡窝着火问道。

“我加入了学联京剧团，星期日允许营业演出，挣得的戏份供你上学。”鸣翠不许牛蒡开口，快嘴说下去，“小三合院东厢房是本人的闺阁，借给你居住；不但不收分文房租，还不要你的水电费。”

“你的戏份儿，我怎能据为己有？”牛蒡摇头不止，“你的绣房，我更不该鸠占鹊巢。”

“你不愿白花我的钱，那就写个高利贷的借据。等你升官发财以后，加倍偿还。”鸣翠一边敲门，一边玩笑，“我那两间房你也并不是白住，课外得给我父亲当助手，恐怕还得给我后娘当听差，敢保你占个小便宜却吃了个大亏。”

“我怕师母……”

牛蒡吞吞吐吐，门环一响院里传来脚步声，拔门闩开门扇，站在门里的是黄叶地。黄叶地脸色灰黄，首如飞蓬，胡子邋遢，目光呆滞，酷似病入膏肓。牛蒡大惊失色，鸣翠也瞪圆了眼睛。

“爸爸，您病啦？”鸣翠抢步进门，声音发颤问道。

“儒林，请进。”黄叶地瓮着鼻音，嗓音嘶哑，“门外不是长谈之地，到客厅里详叙吧！”

进院，黄叶地想把他们引进北房，鸣翠却拦道：“到我的屋里说话，我才轻松自如，畅所欲言。”

“也好。”黄叶地点头，站脚。

鸣翠摸出钥匙，打开东厢房屋门，挑起竹帘，说：“大学教授和大学生光临中学生的寒舍陋室，蓬荜生辉，不胜荣幸。”

两间小屋，没有隔扇，内外相通，只在一张单人床外，挡着两扇绢绣紫檀屏风。一张书桌和一座梳妆台之外，便是两只单人沙发，两只春凳，两张坐椅，十分寒素。但是墙壁上挂着十个镜框，都是程砚秋的剧照，令人觉得好像走进一个老戏迷的卧室，而不相信这是妙龄女子的绣房。这十张剧照是：《鸳鸯冢》《红拂传》《青霜剑》《六月雪》《贺后骂殿》《文姬归汉》《碧玉簪》《春闺梦》《荒山泪》《锁麟囊》，差不多算得上程派代表剧目大全了。

“真是程迷心窍！”牛蒡笑道，“你从哪里找来这么多剧照？”

“本是乔老师的珍藏，她重新翻拍赠送给我。”鸣翠凄然一笑，“可惜我缺乏幼功，今生只能唱票，下不了海。”

黄叶地跌坐在半旧的沙发上，哼道：“不务正业、不走正路的迷途羔羊！”

“您是不是受了我那后娘的窝囊气，在我身上发邪火？”鸣翠高挑眉毛，拉长了脸。

黄叶地点起香烟吸了一口，叹道：“是受了你后娘的气，对你也窝着火。”

“那个恶婆娘为什么给你气受？”鸣翠怨恨交加，满面怒容。

“我犯了错误，受了处分，丢了官儿。”黄叶地把只吸了一口的香烟抛进痰盂。

军管会决定，艺文大学停办，并入中法大学，黄叶地从军代表改任副校长。艺文大学总务长，也就是冯天俸那个大总管，没有在中法大学安排职务，想到香港经商。那时，大陆的人到香港去，用不着申办护照，只要有个公家单位证明，到广州办个过境签证，便可随便出入。这位冯天俸的大总管，跟黄叶地同事一年多，工作任劳任怨无可挑剔，两人虽无私交却印象颇佳，于是便给他开了证明信。谁想，大总管刚走三天，公安局的刑警便来抓人。原来，这位大总管是个国民党中统局留下的潜伏特工。大总管这时已经逃到香港，大骂共产党“铁蹄蹂躏文化古都”，但是称赞黄叶地是个“有人味儿的共匪”。于是，黄叶地不但被撤职，从行政十级降到十四级，而且受到留党察看处分，被打发到燕京大学教书，却没有任何职称和头衔，要等到处分解除才能安排。

黄叶地的地位虽不是一落千丈，政治前途却已暗淡无光。袁乃曼也受了他的连累，仕途遭遇坎坷，行政十七级的袁乃曼眼看就要升官，调任房管局副局长，晋升为十六级。黄叶地被撤销党内外一切职务，袁乃曼的升迁变成了平调，改当房管局人保科科长。她又羞又恼又气又怒又怨又恨，跟黄叶地哭闹了三天三夜，已经六天不给黄叶地做饭，黄叶地只得到街上饭摊吃牛肉大葱馅饼小豆粥，喝豆汁嚼薄脆。

“好个恶婆泼妇！”鸣鞏怒火中烧，一声叫骂，好像《贺后骂殿》的闷帘叫板，“刘老兄，我要留在家里给可怜的老爹保镖，你到我在柳树井许家那间房去住。”

“翠儿，你回家来，我就不是茕茕孑立，形影相吊了！”一向喜怒不形于色的黄叶地，竟然老泪纵横。

“老师，您本来无意从政，今后专心学术，未必不是塞翁失马。”牛蒡劝慰道，“我在课外，给您查找资料，抄抄写写，尽快赶早出版您的《匈奴刘氏王朝的兴亡》。”

“你这些慰勉的话正中下怀。”黄叶地一扫满脸愁云笑起来，“艺文大学教务处副处长，中法大学也没有接收他，我给他担保，教育局准许他办个私立补习夜校，我给你每周要了四个钟点（课时），一个月可以拿到四五十万（旧币），够你上学的费用了。”

“柳暗花明，皆大欢喜！”鸣翠鼓掌叫好，“我下厨炒几个菜，你们师生畅饮几杯。”

慨当以慷，幽思难忘。何以解忧？唯有杜康。

8

吃过苦中作乐的酒饭，借酒浇了愁的黄叶地上床酣睡。鸣翠顾不上洗涮碗筷，赶忙抽出身子，带领牛蒡到柳树井胡同许家去。

鸣翠跟牛蒡肩并肩走在府右街的林荫人行道上，沿途一棵棵绿树，竟有一只只黄鹂宛转鸣唱，引逗得鸣翠情不自禁哼起程腔。

遥望街岛簃楼，鸣翠叹道：“你教补习学校，用不着我的钱了，我把戏份儿孝敬乔老师。”

“她是大汉奸的小老婆，你那点戏份儿她能看得上？”

“乔老师已经一贫如洗了。”

“如此挥金如土，你那点戏份儿更不够填海眼了。”

“她并不是花钱如流水，那点积蓄都被劫收大员掠夺一空，连个金戒指也没有了。”

“她怎么不唱戏呀？”

“京剧公会找她挑班或搭班，她偏要给那个‘镇反运动’中枪毙的汉奸丈夫守孝三年，才肯重施脂粉，再操旧业。”

乔簃秋虽年近四十，脾气仍很刁钻古怪，不懂人情世态。孤身女人过日子，最怕闲言碎语。她不但严禁青年男子进门，就连皓首老翁也不许到她家走动。针鼻儿的窟窿斗大的风，千里之堤溃于蚁穴，万分小心也保不住一时大意，只有自我封闭才能洁身自好。

然而，对于牛蒡，乔簃秋不但全无敌意，解除戒心，而且一见如故，亲如一家。

还记得头一回相见那一天，那一天是个礼拜日，牛蒡洗净的校服挂在宿舍庭院还没有晒干，鸣翠却逼他陪伴进城到乔簃秋家，学习程派的几个水袖姿势。急如星火，分秒必争，鸣翠找出黄叶地当年在燕京大学念书时的一身夏季学生装，从头到脚给牛蒡披挂齐整。两人肩并着肩走上花红草绿的街岛，只见一个三十多岁的中年妇人，头上梳着圆髻，圆髻上插一朵白绒花，一张秀丽俊俏的清水脸儿，却是愁眉锁眼寡妇相。她上身穿着半旧的杭纺元宝衫子，下身是一条紧腰黑绸子肥裤，脚上是一双白绫素花皮便鞋。妇人坐在藤萝架下石凳上，面前一辆湘妃竹白篷顶的童车，摇曳着童车低声吟唱：

上天天无路，入地地无门。

慢说我心碎，行人也断魂。

没来由遭刑宪受此大难，
看起来世间人不辨愚贤。
良善家为什么反遭天谴？
作恶的为什么反增寿年？
法场上一个个泪流满面，
都道说我窦娥死得可怜。
……

“如泣如诉，若断若续，程腔正宗本色！”鸣翠轻声赞叹。

“这不是《窦娥冤·法场》吗？”牛蒡一副内行神气。

“程先生之外，乔师父举世无双。”

“她就是乔簃秋？”

“嘘！洗耳恭听。”

牛蒡连忙屏住呼吸，侧耳聆听，比上黄叶地的课还全神贯注。

“霎时间大炮响尸首不全……”乔簃秋唱完最后一句，收住尾腔。

“师父！”鸣翠跑过去，亲亲热热又恭恭敬敬叫了一声。

乔簃秋抬起头，满面晶莹泪珠，泪眼迷蒙望见牛蒡面影，脱口而出叫道：“黄君！”

跑到她身边的鸣翠，惊问道：“师父，您叫谁？”

乔簃秋从腋襟上解下麻纱手帕，擦干了眼泪，又一瞥牛蒡，不好意思一笑，说：“我眼差了，只当是大学生时代的你父亲。”

鸣翠压低嗓子，说：“您是不是又为那人而哭？”所谓那人，指的是汉奸郜毓桂。

“我只等给他送葬时哭一场了。”乔簃秋垂下眼睛，看童车里熟睡的女婴，“人非木石，皆有恻隐之心，我是为这个苦孩子流泪。”

鸣翠低眼一看，车中女婴不过百日，一头黄毛，白嫩圆脸儿，花骨朵小嘴，梦中像是被乔簃秋的程腔感动，抽搐着嘴角啜泣。忍不住好奇心，惊问道：“这是谁家的孩子？”

乔簃秋两眼溜瞅四外，嘴贴着鸣翠耳边，说：“石嫂狱中所生。”

“那个共产党老妈子？”话刚出口，鸣翠慌忙捂住嘴。

“进屋细说。”乔簃秋忽又面露难色，“你那个同伴……我就不招待了，你替我请他多多原谅。”

“他是个明白事理的人，不会气恼。”

“这个年轻人是谁家的少爷，哪家的公子？”

“农家子弟，乡下人。”

“书生，还是听差？”

“我父亲的得意门生。”

“你的师兄？”

“情同手足。”

“姓什么，叫什么？”

“还是您红袍审来蓝袍问吧！”鸣翠吐了吐舌头，向牛蒡招手，“刘兄，过来拜见乔师父。”

牛蒡赶忙整衣正冠走上前来，向乔簃秋深鞠一躬，说：“请乔师父多加指教。”

“您并没有拜我为师，不该如此称呼。”乔簃秋整着脸子，叫牛蒡碰了个不软不硬的钉子。

鸣翠见牛蒡神色尴尬，忙打圆场，笑道：“就叫乔老师吧！”

“这更不通了！”乔篴秋的脸像雪中加霜，“为人师表，一要学问大，二要品格高，我这个下九流的戏子，怎敢辱此清名？”

牛蒡觉得乔篴秋十分拗性，眉头一皱，眼珠一转，计上心来，说：“刨根问底，我家祖上也吃过梨园饭。”

鸣翠反倒先吃一惊，说：“闻所未闻。”

“想当年，二百八十里北运河，沿途十二大码头，有个跑码头唱野台子戏的金奎班，后来同光十三绝之一，内廷六品供奉，伶界大王谭鑫培（小叫天），大红大紫之前跟着金奎班跑遍京东八县。我爷爷在金奎班保镖护台，虽然不会唱戏，可人人都管他叫大师哥。”牛蒡滔滔不绝，如数家珍。

此话不假。数十年后，谭鑫培的曾孙谭元寿谈起他的家世，特别强调他曾祖父在京剧界取得崇高地位和辉煌成就，京东八县（北运河流域）跑码头奠定了雄厚基础。

乔篴秋脸色突变，问道：“恕我嘴冷，令祖可是刘二皇叔？”

“您怎么知道？”牛蒡也惊问起来。

“更要请你恕我犯上不敬之罪。”乔篴秋激动得呼吸急促，“令祖母可是在金奎班唱二旦的金秋灯？”

“听我祖父说过，我祖母自幼被辗转拐卖，不知自己的真名本姓。”牛蒡有一说一，有二说二，“只因被卖给金奎做养女，才姓了金。”

“我的侄儿！”乔篴秋喊了个程腔叫头，泪如雨下。

鸣翠大惊失色，问道：“师父，您是牛蒡的亲姑姑？”

“我是……他爷爷的干女儿。”乔簃秋哭得像受尽欺凌的出嫁女，看见了娘家人，“他奶奶是我母亲的师姐。”

“原来您是莲灯姑奶奶的女儿双玉儿！”牛蒡更感到惊奇迷惑。

“正是。”乔簃秋哭着问道：“你听谁说过我的小名？”

牛蒡也鼻酸洒泪，说：“我爷爷年老怀旧，常常念叨我那早丧的爹刘金榜，也念叨干女儿双玉儿。”

“干爹呀！我落到这步田地，是苍天有眼现世报呀！”乔簃秋梗直脖子悲哭昏迷，鸣翠忙背她进院回屋。

童车里的女婴被吓醒，哭得也一声比一声高，像要扯断了脖子，牛蒡只得抱起这个小女孩儿在街岛团团转。

9

莲灯到前清遗老郃某人家当上炕老妈子。郃某人曾任翰林院六品正字，还在肃王府教过三贝勒诗文。

三贝勒是京戏名票，雅号桐花馆主。遗老郃某的大儿子郃毓桂，也是个戏迷大少，跟三贝勒是物以类聚的酒肉朋友。桐花馆主唱旦，郃大少就习小生。三贝勒是败落的皇室贵胄子弟，活像个“梦里不知身是客，一晌贪欢”的李后主（煜），也就爱唱苦戏。他扮演的戚姬、虞姬、宓妃、梅妃、赵五娘、贺太后、雪艳娘、金玉奴……能唱得令人潸然泣下。郃毓桂以演穷生见长，穷生穿着打满花花绿绿补丁的富贵衣，多是势利小人。郃毓桂演得惟妙惟肖，活灵活现。两人常在郃宅后花园的凉亭上清唱、走台、彩排，在后花园喂鸟浇花的小丫头双玉儿，竟耳濡目染，潜移默化，无师自通，一鸣惊人。

一天，三贝勒和郜毓桂在凉亭上唱得乏累，便歇一歇嗓子，坐下来喝龙井香片茶。忽然，花鸟飘香鸣啭中，有个娇嫩的女声，喂过了鸟浇完了花畦，旁若无人唱起《贺后骂殿》的一段悲调，而且手舞足蹈有身段。

“咦，程老四的味儿！”桐花馆主惊呼。

程老四，就是此时刚当选为四大名旦之亚的程砚秋（梅兰芳565分，程砚秋540分，荀慧生530分，尚小云505分）。程砚秋也是个家道中落的旗人贵族子弟，卖身学戏，受尽苦罪，倒仓后变成鬼音，多亏高士名师指教传授，创立了一唱三叹、余音绕梁的程腔，在旦角演唱艺术上超过了梅兰芳（程砚秋100分，梅兰芳95分），总分名列第二，时年二十四岁。三贝勒虽三十有五，却颇有见贤思齐之古风，程砚秋唱一出他学一出，并将桐花馆主这个老字号，更改为秋影馆主，以程砚秋之影子自命。近朱者赤，唱小生的郜毓桂也跑了调儿。本来上台张嘴就是姜（妙香）味，后来被秋影馆主熏染得姜、程杂烩，也就令人不堪入耳。于是，他兴趣转移，从戏迷变官迷，念着大学就踏进仕途，给一位亲日大官僚当私人外文秘书。三贝勒的万贯家财踢蹬个精光，贵胄之身不敢下海，就大开秋影馆方便之门，收徒传艺挣钱抽大烟。

双玉儿是头一科头一名艺徒，师父赐名小艳秋，一炮而红。

程砚秋原名程艳秋，三十而立改艳为砚，小艳秋也不怠慢，急忙更名露姓。小艳秋变为乔簃秋，起名的人是比郜毓桂低三班的燕大小同学黄叶地。黄叶地是真正的文墨书生，诗词歌赋无所不精，妙笔生花文情并茂，为人少年老成，风雅而不轻佻。他所写的评说乔簃秋演唱艺术文学，慧眼独具，恰到好处。乔簃秋一字一句读十遍，感动得常常泪下四条胡同（两行泪水两串鼻涕）。

乔簃秋被郜毓桂强娶为三姨太太，黄叶地便以避嫌为借口，不再给乔簃秋写戏评，也不跟郜毓桂来往。

日寇入侵，古都沦陷，郜毓秋认敌作父当汉奸，官运亨通，为人不齿。奇怪的是，清高孤傲的黄叶地却不怕背上黑锅，常到郜公馆走动。郜毓桂很了解黄叶地书生意气，不是跟他争夺乌纱帽的"官敌"，而且在学术界已颇有名声。权衡利弊，他觉得实相交往并无害处，只会给自己脸上增光添彩。于是，黄叶地成为郜毓桂最为欢迎的常客。

郜毓桂到死都不知道，黄叶地那时已是地下共产党员，突然跟他重归旧好，正是怀有不可告人的目的。他还把一个名叫石嫂的乡下女人带到郜公馆，给乔簃秋当贴身女仆，也没有引起一点怀疑。

程砚秋深明大义，在城外青龙桥买地务农，退隐田园。乔簃秋菊坛独步，无人匹敌，大红大紫了三年多。日本鬼子战败投降，郜毓桂以附逆罪坐牢，乔簃秋也盛极而衰，偃旗息鼓。程砚秋重新登台，光彩夺目，盛况空前，乔簃秋更不敢抛头露面。

国民党本来跟卖国贼穿连裆裤，抓了不少汉奸，判罪的不多，杀头的寥寥无几。郜毓桂不惜重金，租得一间高等单人牢房，冬有暖气、夏有电扇、沙发、茶几、席梦思床，每日有同和居、砂锅居、丰泽园、全聚德、一条龙、东来顺、烤肉宛、穆柯寨、会仙楼的小伙计，拎着大红食盒给他送来八大菜系的珍肴美味。直到北平和平解放，共产党的看守长断了他的口福，才吃窝头啃咸菜喝面粥。

金莲灯已死，乔簃秋不懂居家之道，如果不是石嫂这个大总管像一只把家虎，不许枉花一分一文，坐吃山空早就一干二净，冻饿个半死。乔簃秋能够苟活下来，石嫂是她的支柱主心骨。万没想到，一天闯进几个国民党特务，给石嫂戴上手铐，蒙上眼睛堵住嘴，推推搡搡押上警车，尖叫疾驰而去。乔簃秋这才知道，石嫂并非文盲农妇，而是通晓英、日两国外语和多种地方口音的共产党地下工作者，名叫石箭。

石箭之名，出自史典。西汉北平太守李广，单人独骑到蓟州盘山打猎，天黑见一白额猛虎奔跑马前，搭弓连射三箭，每箭都穿入虎身，迸溅火花。白虎中箭不倒，李广打马穷追，累得白虎卧地哮喘，李广也栽下马来，昏睡不醒。天明，士卒兵弁寻到此处，只见三箭没羽，嵌入卧石。石箭惨遭毒刑炮烙，骂不住声，一字不招。特务威逼利诱乔簃秋提供可疑线索，乔簃秋只会悲悲切切啼哭，却没有说出是黄叶地将石箭带到她家。牢中产女，石箭给女儿起名石囡。囡的字形，正像女子拘押牢房。石囡满月，石箭被绑赴刑场，慷慨就义。乔簃秋竟柔中有刚，无所顾忌，将石囡抱回家中收养。牛蒡陪同鸣翠学戏，见到童车里的石囡时，石囡已经百日。乔簃秋与牛蒡情同姑侄，也就不向他隐瞒石囡的来历。牛蒡和鸣翠返校，向黄叶地说起此事，黄叶地热泪盈眶，说出一句令人摸不着头脑的话："乔簃秋，像个程派的人。"

解放以后，部毓桂还没有判决，石囡也无人认领，乔簃秋仍然不能搭班唱戏，生活十分窘困。

有一回，在黄家吃饭，牛蒡说起石囡聪明狡黠，活泼可爱，皮肤白皙，发黄卷曲，不像汉家女儿。

"她妈是鲜卑人骨血。"黄叶地喝得酒酣耳热，脱口而出。

袁乃曼恶狠狠斜他一眼，嗔他言语失当。

牛蒡毫无感觉。又说："石囡的妈妈是共产党员，爸爸也应是革命家，眼下全国都已解放，难道就找不到？"

黄叶地酒涌上脸，突然大骂道："她那个爸爸铁石心肠，是个冷血动物！"

"老黄，你这是感情用事，违反保密守则！"袁乃曼气得嘶叫起来。

那时，解放不久，解放前的地下活动，还不能与外人道。

鸣翠提出个折中方案，说："那就把石囡抱到咱家来，乔师父腾出身子唱几出中场，也能挣出两三个月嚼谷。"

"不可！"袁乃曼冷酷无情，"这个孩子的妈，有叛变嫌疑。"

"石箭如果是叛徒，我爸爸能够活到今天坐在这里跟你推杯换盏吗？"鸣翠跟后娘吵起来。

"那个女人是你爸爸的'革命'姘头！"袁乃曼泼妇嘴脸，醋气熏人。

"你是一只披着人皮的母狼！"鸣翠把满口嚼烂的饭菜啐在袁乃曼脸上，掀翻饭桌扬长而去。

来到街岛，只见乔簃秋手牵着刚会走鸭子步的石囡，从簃楼走出来，愁容满面，脸有泪痕，哼唱着《文姬归汉》中缠绵悱恻的程腔唱段：

伤心竟把胡人嫁，
忍耻偷生计已差；
月明孤影毡庐下，

何处云飞是妾家！……

悔当日生胡儿不忍捐弃，

到如今行一步一步远足重难移……

歌吐心之声，鸣翠最是乔簃秋的知音人。她从乔簃秋的悲中含怨，怨中有怒，敢怒而不敢言里，听出她忧心忡忡，满肚子苦水。赶忙压下自己心头的火气，快步走上前去，轻声问道："师父，又受了谁的委屈，跟我说吧！"

乔簃秋竟扑到鸣翠肩上，大放悲声。

原来，今天上午八点，一辆吉普车将乔簃秋和石囡接到东交民巷一座花园小洋楼里。有位姓路的副部长，和蔼可亲地接见了她，还抱着石囡看了又看，亲了又亲。路副部长陪她们坐了五分钟，便握手而退。然后，有一位冷面孔的女同志，拿着两份文书，叫她签字画押。头一份写的是，以她所见所闻，石箭被捕以后，没有叛变投敌表现。她马上提笔落下她的姓名，还按上手印。另一份，却要她证明，石箭在她家佣工，时常外宿。乔簃秋想了又想，挖空心思，从石箭1944年冬到她家，到1948年春被捕的三年多，没有外宿一回，连私事外出也没有几次，都是提前或及时返回。

她不肯在这份文书上做证，冷面孔的女同志又变换了话题，问道："黄叶地是不是常到你家留宿，石箭跟他有无暗中偷情？"

乔簃秋虽是汉奸家属身份，也连声叫屈："你们这不是逼我陷害黄先生吗？"

冷面孔的女同志喝退她回家考虑，威胁她要将石囡交给孤儿院。

“暗箭难防，有人陷害我父亲。”鸣翠沉吟半晌又问道，“师父，那个路副部长叫什么名字，什么长相儿？”

“名字我不知道，只记得他是大高个儿，国字脸，山东口音。”乔簃秋忽又一皱眉，睫毛哆嗦了几下，“这位路副部长目光带刺儿，笑脸藏着杀气。”

“路坦！”鸣翠摇头笑了，“路伯伯是我爸爸的老朋友老领导，多年生死与共，唇齿相依，谁敢在我爸爸身后动刀子，他就不答应。”

10

走出府右街口，鸣翠和牛蒡站住脚等车，到柳树井胡同许家去。

“许家有几口人？”牛蒡问道。

“一夫一妻二女。”鸣翠回答。

“男主人吃哪一行饭？”

“是个留用的伪铁路警察，死样活气，沉默寡言。我在她家住了一年多，难得听见他开过一回口。”

“女主人呢？”

“我爸爸在燕京大学念书时，她家在校外的海甸街上开了小饭馆，许大妈出嫁之前在小饭馆跑堂。我爸爸常到小饭馆吃饭，日久天长亲如一家，从事地下工作，常请许大妈代送情报。”

“她怎么嫁了个伪路警呢？”

“许大妈的老爹得了一场大病，请医抓药，借下一笔又一笔驴打滚儿高利贷，老爹趴炕半年才死，买棺发丧又借了一大笔钱。债主子堵门，只得自卖自身，许大伯出价最高，就买下了她。”

“一个伪路警，能挣多少钱？”

“他兼做走私生意。”

“黄先生从此就跟她失去了联系？”

“我父亲大学毕业，留校当助教。为了省钱，也为了掩护，租住了她家一间房，一住几年，就是你将住的那间。”

“看在我是黄先生门生的面子上，许大妈不会不多加关照。”

“你要好自为之哟！”鸣翠好像语意双关。牛蒡想要问个明白，一辆放空的双座三轮车沿路而来，笑问道：“要车吗？”鸣翠点头招手，车停路边，鸣翠拉着牛蒡的胳臂上了车。

“男女同车而坐，未免招摇过市吧？”牛蒡东瞧西看，坐不安定。

“你是鲁迅先生笔下的古久先生！”鸣翠呸道，“孔老夫子都敢跟南子乘车兜风，你怕哪家子？”

你一言我一语，说说笑笑不知不觉，车进柳树井胡同，在路北一个小院门口停下来。

鸣翠下车抢着付钱，又跨步上前叫门。

“谁呀？”院里，一个女孩甜脆地问道，“是翠姐吧？”

“丫头，快点儿！”鸣翠假装瓮声瓮气喝道，“你又逃学了是不是？”

“我们那寡妇班主任拿我当木鱼儿敲打，勒令停我三天课，逼我写一份检查！”脚步声中，女孩愤愤不平地走来开门。

门闩一拔，荷叶门张开，迎面站立一个笑眼儿桃花脸的十二三岁小姑娘。

“你一定又违犯了校规！”鸣翠见她只穿背心短裤光着脚，马上沉下脸，“死丫头，忘了自个儿是男是女了吧？回屋穿衣裳去！”

许家二丫儿鼻孔里哼了一声，噘起嘴扭头跑回上房。

“你的口气，像大小姐呵斥小丫鬟。”牛蒡皱了皱眉头。

“我这是‘新松恨不高千尺，恶竹须应斩万竿’！”鸣翠瞪起眼睛，“我不对她严加管教，许大妈就会把她娇惯成下流坯子。”

拐过门壁，牛蒡只见是个巴掌大的小院，北房三间，东西厢房才各有一间。许大妈一家人住北房，东厢房是堆房灶间，西厢房鸣翠住着。院子虽小，花畦、藤萝、葡萄架一应俱全。

丫头儿穿上旧纺绸元宝小袄和黑洋布长裤，脚下一双襻带布鞋，越发是丫鬟气象了。

“活是个四凤！”鸣翠又无名火起，“换上学生装来见我。”

鸣翠打开西厢房门锁，把牛蒡带进屋去。小屋四壁雪白，明亮的玻璃窗，粉莲纸糊顶棚。两张单人床之间一张书桌和一只书架，临窗小小梳妆台上，花瓶里插着的是从郊外采来的野花，屋角是放洗脸盆的铁架。

“这不是潞河中学的女生宿舍吗？”牛蒡笑道，“墙上怎不挂一张程派剧照？”

“我怕分散丫头儿的注意力，念书不专心。”鸣翠指了指对面那张铺着方格粗布褥单的小床，“她跟我同住。”

牛蒡不安，说：“我鸠占鹊巢，害得她也无枝可栖了。”

“她本来住在北房西屋，我不愿她那个狐媚子姐姐传染她一身毛病，才对丫头儿实行强制隔离。”说着，鸣翠挑起眉毛，“牛蒡，我警告你，你对那个狐媚子要多加小心，万分警惕，不可稍有麻痹大意。”

“你吓得我毛骨悚然。”牛蒡故作惊慌，“如此可怕，她是何许人也？”

“一个火车上跑单帮的女奸商，”鸣翠嘴里像咬着一颗臭花生，“集厚颜无耻、狡诈油滑、虚情假意、谎话连篇于一身。”

“那我睡觉也要睁一只眼闭一只眼。”牛蒡看了一眼书桌上的小闹钟，时针已经指到下午两点，“黄先生午睡快醒了，你该回家看一看。”

“那我就把你寄存在这间斗室了。”鸣翠向屋外喊道，“丫头儿！”

“喳！”门外，丫头儿应声答道。

“又偷听！”鸣翠开门把丫头儿扯进屋来，“我割下你的耳朵。”

丫头儿换上了白汗衫和蓝背带裙子，梳起两条羊角小辫儿，清秀而又顽皮。

“缺少一条红领巾。”牛蒡玩笑道，“戴上红领巾就更为‘壮观’，令人刮目相看。”

“她配当少先队员吗？”鸣翠轻蔑地讥笑道，“比男孩子还贪玩淘气，小学老师没一位同意她入队。”

“眼下我上了初一，八抬大轿请我，我也不赏光。”丫头儿翘着鼻子，流里流气的神态，像个街头巷尾好打架的男孩儿，“过个二年，不当党员也得当团员。”

“你给自己标价够高呀！”鸣翠更尖刻地讽刺，突然一拍桌子变了脸，“老师为什么停你的课，坦白从宽！”

丫头儿大大咧咧，满不在乎，笑嘻嘻答道："程家二德子给我写了一张字条儿，没交到我手里就给老师抢过去了，不到十句话倒有二十多个错字。"

"字条儿写了哪些话？"

"我一字一句都不知道。"

"那你怎么知道话不到十句，错字儿就有二十多？"

"班主任老师说的。"

"看来，你并无过错，停你的课，是冤枉了你。"

"不冤！"丫头儿一副敢作敢当的神气，"有一回我跟二德子一块逃学，到天坛草棵里捉过蛐蛐儿。"

啪！鸣翠一个巴掌扇过去，牛蒡手疾眼快，背向鸣翠抱住了丫头儿，鸣翠的巴掌落在牛蒡的脊梁上。

"过几天我得了空再审你，不砸断你的双腿也揭下你一层皮！"鸣翠恶狠狠吓唬道，"我先把你交给刘老师，代我对你进行管教。你念书不专心，品行不端正，刘老师替我打你个一佛出世，二佛升天。"

丫头儿却面无惧色，大模大样问道："这位刘老师，教小学还是教中学？"

"牛蒡兄正念燕京大学，是我爸爸的学生。"鸣翠吆喝道，"我给你聘来这位老师，不要一分束脩，算你三生有幸。"

"原来是我干爹的学生呀！那跟我是平辈。"丫头儿好像得了理，"只能当我大哥，不配当我老师。"

鸣翠又要发火，牛蒡忙说："言之有理，言之有理。讨教师妹可有学名？"

“干爹给我起名叫许迢迢。”丫头儿十分得意，响亮答道：“前程远大，不可限量的意思。”

“住口！送我走。”鸣翠两手一扳丫头儿的肩膀，拧了个回身向后转，“牛蒡兄，躺下稍息。过两天我快刀斩断家里那一团乱麻，得空来看你。”

“把你的被褥带去。”

“嫌我脏了？”

“我怕粗手泥腿腌臜了你……”

“拆拆洗洗，使唤丫头儿。”

鸣翠带着丫头儿走后，四下沉静下来，孤独的牛蒡犯起了愁：峙儿和秀子是在家哭天喊地，还是踩着他的脚印追进城？想到这两个令人一想就头疼欲裂的母老虎，他又心惊肉跳七上八下六神不安。

牛蒡正失神丢魂儿眼发呆，丫头儿一阵风跑进来。

“刘大哥！”丫头儿冲进门来就扑到她的床上，“翠姐有令，晚上九点以后不许我在你屋里磨蹭，白天起腻她不管。”

“你这个翠姐，闲事管得太多！”牛蒡哼道，“我要给你抱打不平。”

丫头儿却打了个滚儿，仰躺眼看顶棚唱起来：“桃花红，李花白，谁管梨花叫姐姐？姐姐疼，姐姐爱，姐姐急了拿脚踹。”

“你说她是恨铁不成钢？”

“世上真疼我的只有三个人：一个是我妈，一个是翠姐，一个是我干爹。”

“他们都怎么疼你？”

“我要星星，我妈不给月亮；我要月亮，我妈搬梯上天给我摘。我要星星，翠姐给我一个满脸花；我要月亮，翠姐给我一个锅儿贴（耳光）。我要星星，干爹给我一本书；我要月亮，干爹给我一支笔。”

“黄先生常来你家？”

“他一个月跟我见一回面，都是叫我妈带我到天坛逛公园，吃好的。”丫头儿突然惊跳尖叫起来，“刘大哥，你拐弯抹角套我的话，我到干爹面前参你一本，叫他骂你一顿！”说着，破门而出跑进北房。

扔下牛蒡迷惑不解。

11

礼拜六晚上，许家大团圆。

头一个进门的是许大妈。牛蒡隔窗一看，不禁哑然失笑。这位许大妈大不过三十七八，虽是被服厂女工却毫无市井俗气。走路的姿态，眉眼的动静，都像肚子里有墨水的女子。她的俊俏虽已过了时，却仍存动人的风韵。她长得跟啭儿并不相像，牛蒡一见她却马上想到啭儿。也许这两个毫无牵连的女人，在性格、心思、命运上有相似之处？不能鹦鹉学舌，模仿鸣翠，管她叫许大妈。叫大姑最为亲切，比较相宜。

牛蒡刚要出门招呼，丫头儿抢先从北屋扑出来，娇声憨态问道：“妈！明天是礼拜日，干爹有没有给您打电话，带我到哪儿玩？”

“颐和园，万寿山。”已被牛蒡心中改称的许丫头儿妈，喜上眉梢，笑挂满脸，“昆明湖划船，石舫上吃活鱼，玉带桥上看荷花……”

“我长这么大，还没见过颐和园的大门朝哪边开呢！”丫头儿高兴得拍掌蹦跳，“妈，您小时候上过万寿山吗？”

“那时候你姥姥家住在海甸镇上，离万寿山只有几里，想逛抬脚就走，一年少说也得逛十趟。”

“是干爹带您去吗？”

“我逛颐和园的时候，你干爹还没考到燕京大学，井底的蛤蟆只见过八仙桌大的一块天。”

“干爹也念过燕京大学？”

“又要回燕京大学教书了。”

西厢房的牛蒡暗吃一惊：“黄先生的行踪，许丫头儿妈怎么了如指掌？”心头升起一团疑云，反倒不想出门相见了。

然而，丫头儿那张快嘴，却一会儿也闲不住，说：“咱们家来了个刘大哥，住翠姐那间房，就是燕京大学的学生。”

“你干爹和翠姐都给我打过电话，我已经知道了。”

“老有人给您打电话，人家厂长不烦呀？”

“他敢！”

“厂长能怕一个靠他赏饭的妇道人家？”

“他过去是你干爹的地下交通员，一年到头给你干爹跑腿儿，常到咱家找我讨一碗粥喝。”

“小要饭花子？”

“卖报的报童儿，跟小要饭花子差不多。”

牛蒡整了整衣冠，走出屋躬身施礼，慌乱中叫了一声：“许……许大……许大……”

“哈哈哈哈！”许丫头儿妈咯咯笑起来，“怪不得黄叶地说你比他更是个书呆子，果真不假。”

“我该怎么称呼您呢？”牛蒡堆着笑脸问道，“鸣翠管您叫大妈，我不愿人云亦云。”

“当年我管你师父叫大哥，你就管我叫大姑吧！”许丫头儿妈脸色一暗，面露倦意，“回屋看书吧！一会儿我做得了饭，打发丫头儿叫你。”

“刘大哥，等你有了徒弟，你的徒弟也得管我叫大姑。”丫头儿像个孝女，搀扶着伛偻下腰的妈妈走进北房。

牛蒡回屋看了几行书，便迷迷糊糊趴在书上睡着了。

不知睡了多时，有人在他肩上拍了一掌，他没睁开眼便笑问道：“丫头儿，叫我吃饭？”

那个拍他肩膀的人哧哧笑，一股浓郁黏腻的香水气味钻进他的鼻孔，呛得他连打了两个响如爆竹的喷嚏。他揉开眼睛一看，灯光下站立一位解放后早已销声匿迹的时髦女子：烫发画眉，眼影口红，浓施脂粉，耳环、金表、钻戒，穿一件紧箍丰腴腰身的大朵粉牡丹花苏绸旗袍，雪白大腿黑丝筒袜，光着趾甲涂着蔻丹的双脚，套一双红绫软缎绣花拖鞋。不是贪官的姨太太，就是奸商的外室。

“你是谁？”牛蒡慌忙坐起问道。

“房东。”这个时髦女子点起一支异香气味的纸烟，“许百媚。”

“房东不是你家大姑吗？”

“我不知你说的大姑是何等人。我只知道房东是我老爹，我是他的全权代表。”

“别忘了你的妹妹丫头儿。”

“丫头儿是我妈的丫头儿，不是我爸爸的丫头儿，这个小院没有她的一砖一瓦。”许百媚陡地变了脸，活是《聊斋》里的画皮凶相毕露，不像女鬼也似泼妇，“这间房子我要住，你搬到北房西屋去。”

“我一个外姓旁人，住在正房不方便。”牛蒡人在屋檐下，不得不低头，换上一副笑脸缓和当前紧张局势，“请问许小姐在哪个单位发财，谁是领导？”

“本人是六国饭店舞厅从业人员，归内八区工会女工部管。”许百媚是满脸敌对态度，“统管我们的是袁乃曼副部长，听说又升官了。”

“袁乃曼主任是我的老师的妻子，我和许小姐可算大水冲了龙王庙。”

“废话少说，搬！”

“这要取得大姑的同意。”

“借她点胆子，她敢牙迸半个‘不’字吗？”许百媚一个转身，摔门而去。

牛蒡正左右为难，丫头儿吱溜钻了进来。

“刘大哥，我妈打发我来，劝你搬到北房去，我们娘儿俩更好服侍你。”

“我随遇而安，就怕鸣翠不愿意。”

“翠姐本来住北房西屋，女流氓走江湖跑码头一去不回，翠姐才搬到西厢。”

“怎管你姐姐叫女流氓？”

“她念过二年初中，降了三回班。学校把她除名，她就当舞女，跑单帮，换了一个又一个男人，不是女流氓又算什么玩意儿？”

“你俩相差至少八九岁，大姐小妹理当亲亲热热，怎么反倒水火不容？”

“她一定跟你满嘴嚼蛆，说我是我干爹的骨血。”

“未曾耳闻，没……没听见。”

“我倒愿意真是干爹的亲生女儿。有个老革命的爹，不比反革命的爹脸上放光？”

牛蒡的心格登一跳，忽然想起他在潞河中学念高一时，白碧云老师卧床在家，有一回他到黄家给黄叶地先生整理书稿，进门就听见白老师和黄老师发生口角。他一脚门里，一脚门外，听进耳朵两三句。白碧云拍打着鸭绒枕头，呻吟喊道：“你把那野……野女儿带来给我看看，放在我身边调教，她那……店小二出身的妈，只会把一块白布染黑……”牛蒡有进无退，咳嗽一声，屋里的争吵才戛然而止。

“难道丫头儿真是黄先生的？……”牛蒡一阵起疑，心怦怦乱跳，头上冒了汗。这时，丫头儿抱着许百媚的湘绣软缎被褥进来，跟在她身后的许百媚，双手捧着梳头匣子化妆品。

驱逐出境，不可避免。牛蒡不敢恋栈，赶忙起身离去。

“慢！”许百媚喝道，“抓你个苦力，把丫头儿那张破床搬走。”

“你不许我跟你同住呀！”丫头儿噘起了嘴，嘴能挂油瓶儿，赌气把许百媚的被褥扔到墙角，“早知道我才不给你当驴哩！”

“那你这头小驴儿一来一去都别跑空。”许百媚恶毒冷笑道，“把你跟黄鸣翠的被褥驮北房驴棚去。”

搬到北房，才知道北房比西厢破陋。他将栖身的西屋，顶棚黑黄，被老鼠咬得大窟窿小眼。四壁有漏雨的一道道残迹，不像鼻涕也像口水。靠墙有一张床板搭起的大铺，被褥陈旧，却还洁净。屋里没有写字的书桌，只有吃饭的八仙桌；没有靠背座椅，只有两只矮凳。有书只能放在窗台，窗台上无地自容，只得存放床下。放在窗台会遭到雨淋，存在床下就难免鼠咬。

牛蒡把丫头儿的单人床双手撑过头顶，走进北房问道："大姑，放哪儿？"

"西屋里，靠窗台。"

"这……"

"她爸爸回家，睡这个单人床。"

丫头儿的嘴又闲不住，说："我爸爸不爱刷牙，不爱洗澡，不爱洗脚，一身臭气能熏死蚊子，我妈哪能跟他睡一张床上？"

"他一个月才回一趟家，交上工资吃顿饭，难得留在家里过夜。"许丫头儿妈赶忙解除牛蒡的疑虑，"他死乞白赖要住下，我要逼他从头到脚洗个透亮，才能跟你住一间屋子。"

"快做饭去吧！刘大哥的肚子里，老常（肠）跟老魏（胃）都打起来啦！"丫头儿催她妈快下厨房。

"咱俩也不能饭来张口，左膀右臂打下手。"牛蒡挽起丫头儿的胳臂，紧随许丫头儿妈身后。

厨房里，丫头儿剥葱，牛蒡择菜，许丫头儿妈掌灶，刀勺叮当乱响。

"还不开饭呀？饿得我快要胃穿孔啦！"西厢房里，许百媚声声尖叫，拍桌打椅子伴奏。"宁丢江山，不失约会，有个老客等我见面。"

许丫头儿妈掂着炒勺答道："刚得两个菜，你再忍一会儿。"

“把这两个菜给我端过来！我囫囵儿口急着上路。”许百媚主子口气，大小姐架子。

“一张嘴吃两个菜，噎死你！”许丫头儿妈嘟哝着，“丫头子，给你姐姐送菜去。”

“我不当下三烂！”丫头儿梗着脖子不服从。

“活该我是老妈子的命！”许丫头儿妈端起两个菜盘。

牛蒡笑着解劝，说：“女儿不是外人，您也说不上委屈了。”

“她是她爸爸的女儿，不是我的女儿！”许丫头妈扔下这句话，气哼哼离开厨房。

牛蒡如坠五里云雾中。

12

礼拜日牛蒡睁眼一看，不见许丫头儿妈母女的身影，也听不见她们的响动。看来是起个大早，出城逛颐和园，登万寿山去了。他披衣而起，忽又想起昨晚他上床时，西厢房的许百媚还没有回来，现在一定还没有睡醒。于是，他下床蹑手蹑脚，刷了牙洗了脸，到厨房找到一碗玉米粥和两个烧饼，还有一碟洒了香油的咸菜，便坐在门槛上连吃带喝，背朝院子，只听风吹藤萝簌簌响。

他吃得正香，肩上被拍了一掌，吓得他差一点儿筷子落地摔碎了碗，回头只见鸣翠站立背后，眼泪汪汪，眼泡子红肿，脸色憔悴，好像大病了一场。

牛蒡急忙把碗筷泡进瓦盆，转身问道：“鸣翠，你怎么一脸病容？”

“刘兄！”鸣翠扑到他的肩上，搂着他的脖子啼哭起来。

“隔窗有眼！”牛蒡轻嘘一声，“许家那位大小姐侵占了西厢房。”

“我刚才见她跟着一个留仁丹胡的大胖子，勾肩搭臂走进留香饭店呀！”鸣翠奇怪，“难道她有分身法，一半出外，一半在家？”

牛蒡探头向西厢房看了看，才看见西厢房的房门挂着锁，说：“原来她昨晚出去，一夜未归。”

“变相野妓！”鸣翠又呸又啐，“所以我才给你打预防针，不许你招惹她。”

牛蒡从瓦盆里捞出碗筷洗净，才陪着鸣翠走进北房西屋。牛蒡刚想重提厨房里的问话，听个下回分解，鸣翠却一头趴在床铺上，像受了委屈的三岁孩子，放声大哭，踢蹬双腿。

“受多大委屈，谁委屈了你？有话快说！”牛蒡跺着脚吆喝道。

“我爸爸是个伪君子！”鸣翠一骨碌从床铺上坐起来，“我亲妈还活着的时候，他跟丫头儿妈勾搭成奸，还生下了那个黄毛丫头。”

“癔症，梦话！”牛蒡黑着脸。

“他亲口对我说的！”鸣翠急赤白脸，“他跟我谈了一夜。”

“黄先生发高烧，还是喝醉了酒？”牛蒡不想信以为真。

“昨天晚上，袁乃曼那女人假扮贤妻，给我爸爸收拾到燕大住宿的行李，偷看了他的日记，便像猫抓狗咬蝎子蜇了一般，大哭大叫大闹起来。”

“师母的脾气越来越暴躁了。”

“谁是师母，师母是谁？”

“袁乃曼……你的后妈。”

“我的亲妈白碧云，你该怎么称呼？”

“那是我最尊敬的白老师，比对黄先生还尊敬。”

“今后不许你管袁乃曼叫师母。”

“该怎么叫？”

“她喜欢别人称呼她的官衔，你就叫她袁主任。”

“话不离题，你还是言归正传吧！”

“我本想出马上阵打抱不平，听来听去原来是一桩桃色事件，不但不想助我爸爸一臂之力，还把他喊到我屋里审问。”

“你把黄先生陷于多么尴尬的境地！”

“我开门见山，单刀直入，一句话就问了个水落石出。”

“你是如何逼迫黄先生的？”

“我对他说，你从实招供，我还管你叫爸爸，胆敢撒谎半句，断绝父女关系。”

“鸣翠，你这是穷凶极恶，犯上之罪！”

“刘兄谬矣！认罪的是我爸爸，争取我的宽大。”

“黄先生何罪之有？”

“我只泄露给你一个人，你可不得外传。”

“我守口如瓶。”

“溜了嘴割舌头。”

世家子弟出身的黄叶地，在燕京大学念一年级时，头脑里毫无革命思想，天天做的是“红袖添香夜读书”的才子佳人梦。海甸镇小饭铺里，十五岁的小家碧玉莲儿（许丫头儿妈的奶名）映入了他的眼帘，合演了一出久盛不衰的爱情悲剧。他们悄悄相爱，偷偷同居。那时，大学生中的少爷公子哥儿，在校外租住公寓或小公馆，养个外室，司空见惯不算稀奇。黄叶地虽不敢公开进行，还是被他家老爷子的耳目得知。一封加急电报把他召回了家，进门就挨了老爷子的一顿马鞭子。他家老爷子是个杂牌军的参谋长，工于心计又粗暴狠毒，打得他七昏八醒，又关进军法处的死牢接受“再教育”，跟死囚同吃同住上刑场，上刑场只算陪绑，不吃黑枣子（子弹）。关押一年整，黄叶地改变了娇生惯养的浮躁、狂傲和任性，驯顺安静起来。然而，脑瓜子却被赤化了个透。军法处的死牢里，关着个判处绞刑监候的共产党人。此人潜伏在这支杂牌军里，不但刺探军情，而且暗中策反，名曰从事地下兵运工作。他在绞索套上脖子之前，争分夺秒抢时间，给黄叶地换脑。此人绞死之后一个月，黄叶地被他爹特赦而出，回京复学。不忙返校，先奔海甸，才知道莲儿卖身葬父，已经嫁人。去年今日此门中，人面桃花相映红；人面不知何处去，桃花依旧笑春风。他难过了一阵子，换了脑也就减少了儿女情。不想，过了十来年，黄叶地已经跟白碧云结婚，鸣翠眼看要上小学，他在燕大教书，没有到潞河中学，在北平城内做地下学运工作。有一回，为了甩掉盯梢的尾巴，他闪进一个曲巷陋宅旧门里。更想不到，正在小院里生炉子的少妇，竟是阔别十年的莲儿。莲儿人比黄花瘦，面容憔悴，目光哀怨，一副凄凉悲苦之相。黄叶地虽有满腹衷情，但是身处险境，也就顾不上向莲儿倾诉思念，只是连连低声求助。莲儿却一不惊慌二不忙乱，将他收藏到北房西屋床铺下。盯梢的尾巴跟丢了黄叶地，便在这条小胡同方圆左右徘徊走动，不肯离去。黄叶地出门就像自投虎口，只得在莲儿家留宿。

那时，莲儿的丈夫当路警，每天都押车远行，顺便走私贩运，一个月难得回家住一住。莲儿便带着丈夫前妻的女儿百媚过日子。路警的前妻扔下这个女儿，跟着姘头私奔，不知去向。莲儿虽是后娘，却更像老妈子。

黄叶地回家不归，莲儿只得自卖自身葬父。嫁过去之后，才知道路警是个阉了的公鸡劁了的跑猪，买她不是为了娶填房，而是雇个老妈子替他把女儿拉扯大。所以，十来年路警没有玷污过她的清白。黄叶地十分伤感，又非常愧疚，两人倾诉衷肠，禁不住旧情复发。三天之后，黄叶地平安脱险，离别时却一步两回头。黄叶地为了活动方便，路警为了多得一个房租，都同意莲儿的安排，北房西屋租给黄叶地住。当时西厢房存放着路警的走私毒品，严禁外人入内，连莲儿都不许看一眼，钥匙挂在路警的腰上。黄叶地每月在燕京大学住十多天，到通州住十来天，只是偶尔在这里停留几日。有一回，两人同房，已经懂事的百媚推门而进，正撞见他们鸳鸯戏水，巫山云雨。黄叶地羞愧难当，赶忙搬了家，他到通州潞河中学教书，这也是原因之一。莲儿怀了孕，生下丫头儿，她也就升了格，变成许丫头儿妈。黄叶地一直跟她不通音信，解放后黄叶地被调进了城，跟袁乃曼感情不和，才又想起已成许丫头儿妈的莲儿。他们带着丫头儿，逛公园吃小馆，也算弥补一点天伦之乐。

“黄先生苦在心中呀！”牛蒡叹息。

“那他就该跟袁乃曼离婚，跟许大妈重修旧好。”

“黄先生和袁主任是革命伴侣，不是露水夫妻，怎能一言不和就各奔东西？”

“你胆敢跟我爸爸唱反调，竟跟袁乃曼一鼻孔出气！你不配当黄叶地的弟子，我找一把扫帚，把你扫地出门。”

“黄先生有何言语，是何态度？”

“我爸爸宁死也不愿再跟她同室而居，同榻而眠。”

“袁主任又有何言语，是何态度？”

“她也是个‘宁死’，不过是宁死不离。”

“捆绑不能成夫妻，袁主任难道连这个浅显的道理都不懂？”

“捆、绑、不、能、成、夫、妻？！”鸣翠一字一顿，鼻孔里哼哼冷笑，“不能冲破你那个秀子的桎梏，这句话你又懂多少？”

“秀子是个不识一字的文盲，不出狭天窄地的井底之蛙，跟袁主任有天壤之别，怎能相比？”

“我倒要问你，你敢不敢学习老师争取自由解放的精神？不想师承就不必打听。”

“黄先生下一步打算怎么走？”牛蒡避实就虚，不离主题。

“袁乃曼死皮赖脸不离婚，我爸爸只得跟她干净、彻底、全部实行分居。”鸣翠挥动拳头，“他搬到燕京大学宿舍去住，永不跟袁乃曼见面。”

“袁主任同意？”

“这正合她的心意，他们已经在协议书上签字。”

“虽已有名无实，却仍藕断丝连。”

“我借你三分胆子，你东施效颦一回给我看看。”

“我从家乡逃亡，已经走在老师前面了。”

“吹牛！脸皮三寸厚。”

两人正嬉笑打闹，外屋房门被砰的一声踢开；牛蒡抢出一看，只见丫头儿满脸汗水，像个丢盔弃甲的败兵，哭丧着脸儿回来了。

“玩累了吧？”牛蒡给她打水洗脸，笑问着，“赶快上炕恢复元气，下礼拜日逛圆明园，更值得一看。”

“我妈回不来了。”丫头儿擦着脸，吸溜鼻子啼哭起来。

“怎么回事儿？”鸣翠也从西屋跳出来，“车撞伤了，还是丢了钱？”

“她留在了海甸，给我干爹当老妈子，不回城里了。”

鸣翠和牛蒡不约而同四目对视，都是满目惊诧和狐疑神色。

13

黄叶地被贬到燕京大学，无官一身轻，每周两节课，十分叫座，却又颇为悠闲。他住在未名湖畔独居楼的一间宿舍里，在小灶食堂入伙。不过，只有阴雨天气，难以外出，他才到小灶食堂吃饭。削职为民，戴罪之身，当时燕京大学的党员仍处于地下状态，黄叶地沉默寡言，谨小慎微，尽力收敛自己，不引人注意。他的每日行踪，只有选修他的课程的牛蒡知道。牛蒡视黄叶地如孔子，自己将子路、颜回和子贡集于一身。除了听课不侍从，吃饭不侍膳，睡觉不侍寝，只要能忙里偷闲，便伴随黄叶地左右。每天，黄叶地不上课，便关在图书馆专门阅览室，埋头查书和摘录。坐到上午十一点半，便离开图书馆，走出西校门，踱到海甸镇老虎洞胡同，许丫头儿妈早在小院门口笑脸相迎。食不厌精，脍不厌细，许丫头儿妈为他烹炒色味香三全其美的饭菜，还烫得二两莲花白宫酒。酒足饭饱，睡个午觉，下午三点返校。二进图书馆。六点再到许丫头儿妈那里吃晚饭，七点半在返校途中，沿乡间小路散步一个小时。回到宿舍，牛蒡早已恭候，给他灌满暖壶，取走他白天在图书馆的摘录，拿回去誊写在卡片上。

从礼拜一到礼拜五，黄叶地从不外宿，许丫头儿妈也不进燕园。礼拜六晚上，黄叶地天大黑才悄悄跨进许丫头儿妈那半掩的街门，等他插上门刚一转身，丫头儿从屋里飞跑出来，脆生生喊一声："爸爸！"一头扎进他的怀里。

黄叶地抚摸着她头上的孩儿发，慈爱地笑问道："这个礼拜又考试了吗？第几名？"

"老问人家考多少分！"丫头儿撒娇地挣脱黄叶地的怀抱，翘着两条小辫跑进屋里，"妈，我翠姐叫我吩咐您，明天炒菜要口淡一点儿，别伤着她的嗓子。"

"牛蒡口重，也不能慢待。"黄叶地紧跟着走进来。

"众口难调，我只有两只手呀！"许丫头儿妈脸上挂笑嘴里叫苦，"反正不许你吃辣椒，免得逗得翠儿口馋，吃个没够，毁了那条赶得上乔篸秋的金嗓银喉。"

"丫头，你翠姐还常到乔家去吧？"黄叶地关心地问道。

"一礼拜去两回。"丫头儿活像个戏台上的报子，"礼拜一学戏，礼拜四对戏，为了礼拜五登台。"

"那她还有时间念书吗？"黄叶地着了急。

"刘大哥天天回家，礼拜一和礼拜四晚上到补习学校教书，礼拜二、三、六都是给翠姐补课，翠姐闭眼也能考八十分。"丫头儿眉飞眼动，赞不绝口，“刘大哥不光指点翠姐，还掰开揉碎了给我指教，我也没考过不及格。”

“刘大哥管得了你这个刺儿头？”许丫头儿妈不放心地问。

“我心甘情愿当磨房里的驴。”

“怎讲？”

“听刘大哥吆喝。”

“哪儿听来的村言土话？”

“刘大哥口传我心受。”

“这是骂人的话。”

“我也学会了骂他。”

“怎么骂？”

“我是磨房的磨。”

“又怎讲？”

“听驴的。”

“牛蒡也成了驴呀？”

“他说他是牛脖子，驴脾气，登高像猫，下水像鱼。”

“展翅摇翎还能飞上天。”黄叶地洗了手擦了脸，在饭桌正座的太师椅上坐下来，丫头儿搬一只小圆凳坐在他身边。许丫头儿妈在下首相陪。黄叶地吃一碗她给盛一碗，甘当女招待。

吃过晚饭，丫头儿牵着黄叶地的手，在小院里转了几圈，便连打哈欠犯了困。跑回东屋，洗脸洗脚爬上了炕，钻进被窝之前却又耍赖，叫嚷她妈和黄叶地，一左一右坐在她的枕边，两人同哼一支催眠曲，哄得她含笑入睡。

夜深沉，繁星撒满了天。海甸是个镇，三分城市风光，七分乡村景色。四野沉寂，虫唧、鸟啼、驴鸣、犬吠伴着风声进宅入户，黄叶地情不自禁产生退隐田园的归去来兮之思。他坐在西屋的一把旧藤椅上，报纸看了一张又一张，杂志翻阅一本又一本，心情躁动不安，不能平静。堂屋，熄灯一团黑，丫头儿妈在轻声静悄地洗澡。忽然，她扒着西屋门框，裸露挂满水珠儿的半个肩膀，笑问黄叶地道："你洗不洗？还有热水。"

"我在学校澡堂洗过了。"黄叶地抬起眼，看见丫头儿妈的膀子一笑，"你是四十岁的人，三十岁的脸蛋，二十岁的身子。"

"老不正经！"丫头儿妈呸了一口，落下门帘。

黄叶地听得出，丫头儿妈进了东屋，一会儿又从东屋走出来。于是，他宽衣解带上了床，半个身子靠墙，点起一支烟，静候丫头儿妈飘然而至。

他吐出一团烟雾，丫头儿妈恰在这时笑吟吟进屋。黄叶地听是脚步声，急忙抬头，烟雾中只见丫头儿妈胸前的白绫子肚兜，白绫子肚兜上红了樱桃绿了芭蕉。他正想调笑几句，丫头儿妈一头扑上来，压在他身上，捂住他的嘴。

黄叶地一口一口吸着烟，没有碰一碰丫头儿妈。丫头儿妈像一条鱼翻了个身，仰起脸儿盯着心事重重的黄叶地，黄叶地却一眼看见了她胸前的樱桃芭蕉，忍不住嘴角一动笑了笑，叫着丫头儿妈的小名，说："我记得，这条肚兜还是你十六岁那年绣的。"

"亏你还没忘个一干二净。"丫头儿妈眼里闪着泪光，"红樱桃绿芭蕉，是你爱看的，花样儿是你找人画的。"

“那时你十六，我二十。”黄叶地突然心情激动，两条胳臂搂紧丫头儿妈，“我那时是个豪门大少，对你是三分喜爱，七分玩弄，想起来就觉得自己可耻。”

“我明白。”丫头儿妈闭着眼睛点点头，“正是我没有妄想到你家当少奶奶，才为了葬父自卖自身，不想给你守节。”

“我回京复学，到海甸旧地找你；凤去楼空，心如刀割。”黄叶地声音呜咽，说不下去。

“跟阉驴子入洞房那天晚上，他撕烂我的衣裳、咬我、抓我、拧我、掐我……我才懂得你待我多好。”丫头儿妈把脸埋在黄叶地胸前，啜泣起来，“只因想要临死之前见你一面，我才几次拿起菜刀，还是没舍得抹脖子。”

黄叶地想抽出一只手给她擦泪，丫头儿妈却不许黄叶地松开胳臂。

“我的脑瓜子里多一点儿革命思想，就更觉得对你问心有愧。”黄叶地喉咙又被泪水梗塞，“你生养了丫头，我这个父亲没操一分心，没尽一分力，愧上加愧呀！”

屋门外，吸溜吸溜，丫头儿啼哭。

丫头儿妈从黄叶地身上惊起，黄叶地也跳下了床，开门把女儿迎进屋来。

“做噩梦了吗？”丫头儿妈低声柔气问道。

“爸，妈！给我转学吧！”丫头儿又抽泣起来，“妈不在身边，天天黑夜刚刚睡着，就听见女鬼哭，吓醒了一身冷汗。”

“是不是百媚那个骚货吓唬你？”丫头儿妈问道。

“不是！”丫头儿连连摇头，“不是。”

“疑神疑鬼，鬼自疑生，是不是看你翠姐的戏，产生了幻觉？”黄叶地也柔气低声问道，“你翠姐爱唱《六月雪·法场》《文姬归汉·哭冢》……都有死呀鬼啦，给你造成心理负担，引发了噩梦。”

“不是，不是！”丫头儿哭喊着，“不是窦娥吓……是……翠姐黑着灯扎在牛蒡大哥怀里哭，叫我害怕。”

“你翠姐装神弄鬼，吓唬你吧？”丫头儿妈打岔。

“他们……他们……”黄叶地一拍大腿，长叹一声，“我早该料到必然如此……”

“翠姐想跟牛蒡大哥成一家子，我当他们的媒人。”丫头儿在爸爸妈妈身边心安神定，又酣睡起来。

丫头儿妈把女儿背回东屋，想陪着女儿躺一会儿，不想打了个盹儿便睡到了下半夜。睁眼下炕，忙进西屋，黄叶地正半靠着墙，一支接一支抽烟，烟头扔了一地，满屋子烟雾，像冷灶湿柴不起火，呛得丫头儿妈连连咳嗽。推开窗户，撩起门帘，烟气滚滚而出。

“你怎么还没睡？”丫头儿妈又坐到黄叶地怀里，“那个叫牛蒡的大学生，是你的得意门生，难道还舍不得把鸣翠许配他？”

“他……家里……有媳妇儿……”黄叶地把一口浓烟咽进肚里。

“啊！”丫头儿妈失声一叫，“牛蒡岂不……成了陈世美？”

“惹恼了乡下女人，比袁乃曼更难缠。”黄叶地忧心忡忡，有如芒刺在背。”

“袁乃曼松了口？”丫头儿妈怦怦心跳着问道。

“她要跟我做交易，讲价钱。”

“要多少？我还有两只包金手镯，卖了钱都给她。”

“她为了官升一级，叫我开个假证明。”

“又不费你一分一文，那就给她开一个。”

“你不懂，不要胡说！”

“大学教授，给我讲个明白。”

“这是党内秘密，不可与外人道。”黄叶地把只吸了两口的香烟摔在地上，“睡吧！”

丫头儿妈的柔情蜜意，没有将黄叶地陶醉入睡。听着丫头儿妈那摇篮曲一般的鼾声，黄叶地却更睡不着。

袁乃曼想从房管局人保科科长升任妇联副主任，必须增加革命资历，提高政治身份。她要黄叶地给她写个伪证，证明她在国民党县部的女界联谊会当总干事，是受地下党的派遣。如果黄叶地肯写这个证明，袁乃曼就同意离婚。黄叶地胆敢不写，她就要揭露黄叶地跟丫头儿妈的丑行。

作假，政治上生活上一举两得；不说谎话，便要被开除出党。冷像冰窖里卧，热像炕头上坐。黄叶地辗转反侧，活像沙滩上翻滚的鱼。

清早丫头儿妈醒来，只见刚刚入睡的黄叶地，眼角嵌着两颗眼泪。

14

心黑而又脸皮厚，袁乃曼耍了个不露痕迹的手腕，便将黄叶地陷入绝境。她没用黄叶地写伪证，就当上了区妇联主任。虽不是拿人血染红顶子，却也是以戕杀黄叶地的政治生命为代价，换取了因大义灭亲而官职一跃而上。但是，她却又鼻涕眼泪地不肯跟黄叶地离婚。逢人便讲，政治上铁面无私，生活上不落井下石，还要以治病救人的态度，帮助黄叶地改邪归正，重新入党。

被开除出党又离不了婚的黄叶地，正赶上大学的院校调整。燕京大学的文、理学院，并入北京大学，黄叶地列入编外人员名册。留在北京可以到中学教书，要想仍在大专执教，只有自愿发配边疆那遥远的地方。

正巧，黄叶地有个地下介绍入党的老同学，在一个边远的省管教育。这个遥远的地方，一个县才有一所高小，一个专区才有一所初中，那位老同学打算在三五年内，每个县建立一所初中，每个专区建立一所高中。人往高处走，边荒之地无人光临，师资严重不足。老同学便独出心裁，创办教师专修馆，选拔优秀小学教员，脱产一年学习，毕业之后教初中。此人感念黄叶地的启蒙，也佩服黄叶地的学问，竟不怕株连，力排众议，礼聘黄叶地出任教师专修馆副馆长。冠盖满京华，斯人独憔悴；黄叶地不想留在北京破帽遮颜过闹市，甘愿西出阳关无故人。

走西口之前，黄叶地受到处分，归入编外，等候重新安排工作的那些日子，他不敢到海甸老虎洞跟丫头儿妈见面，在丫头儿妈那温馨丰腴的怀抱里得到安慰。燕大已被北大兼并，未名湖畔的宿舍楼改换主人，不允许他这个编外人员借住。袁乃曼的府右街小三合院，虽有他的一席之地，他岂能摧眉折腰寄人篱下，在袁乃曼面前低头。于是，只得来到柳树井，借住在牛蒡屋里，也成了女儿鸣翠的累赘。

牛蒡已念完大二。他那些描写乡镇民俗的小说，颇为引人注意，小有文名了。但是，同时也听到了不少冷言恶语，说他是双脚迈进新社会，身子还在旧时代。商务印书馆在解放后将历史悠久而停办多年的

《小说月报》复刊，分三期刊出了他的十五万字的长篇小说《大河小镇》。复刊的《小说月报》，连载老舍的百万余字《四世同堂》，他这个还没有走上文坛、未登大雅之堂的后生小子，能跟老舍同刊同期刊登作品，就好像黄鸣翠能跟马连良同台演出一样，自幽谷迁于乔木，一下子闪闪发光照花人眼。私营的海燕书店慧眼独具，最能识货，马上跟牛蒡签订出版合同，三个月内将《大河小镇》出书。稿酬每千字70斤小米，这本书他挣到小米10500斤，相当于80多石，50亩地的收成，折合人民币一千六百万元（旧币）。他一边上大学，一边教补校，每月给秀子寄十万元。后来从报刊上时常赚到稿费，每月给秀子寄十五万元。现在，有了这笔巨额版税，他每月给秀子寄二十万元。因而，他虽然两年不回家，秀子每月有活钱进门，也不猜疑他早有二心。不过，秀子贪财，却并没有好吃懒做，穿红戴绿，仍然鸡鸣即起，日出而作，破衣烂衫，粗茶淡饭，泥里滚草里爬。牛蒡寄给她的钱，她没有枉花一分一文，全都放了高利贷。两年来牛蒡共寄给她四百万元，她所得高利竟达六百万元。买了八亩地，雇了一个老长工。刘家锅伙的乡亲都夸她有福气，又会过日子。牛蒡听到这个消息，虽然连呼愚蠢，也只好由她自得其乐吧！

老师将远走边荒，牛蒡无力回天，只得力所能及尽到孝心。他从丰泽园、一条龙、便宜坊、会仙居、穆柯寨、砂锅居、同和居买来各种独具特色的美味吃食，供老师享用。

“你挣钱不容易，不要挥金如土。”黄叶地于心不忍，又无食欲，起急地劝阻牛蒡，“你要把钱存起来，有备无患。不要学我，每月的薪水花个一文不剩，急用钱时悔已晚。”

“老师，我现有存款两千五百万，每月还能收入几十万稿费。”牛蒡扳着指头报账，“您的三卷学术专著被出版社退了回来，我想拿一千万块钱，找誊印社给您油印一百套。剩余的一千五百万块钱给我那乡下老婆，赔偿她的损失，请她还我自由。”

“多谢了！”黄叶地眼含热泪，“你家里的妻子，应该得到你的同情和尊重；只有把她妥善安置以后，你跟鸣翠才能进一步考虑婚嫁。我的前车之鉴，你应引以为戒。”

“我家的秀子虽然粗野，却没有袁乃曼的狠毒。”牛蒡粗心大意，对于老师的切肤之痛和肺腑之言并未深思，“城里人无赖，大姑那个路警丈夫也是宁要虚名死缠住大姑不放。”

“我走后，拜托你也多照应丫头儿母女。”

“您放心吧！有事弟子服其劳。”

“那我就轻装出发了。”

“您临别不想跟大姑和丫头儿告个别吗？”

“我的一动一静，都在袁乃曼的监视之下，不敢轻举妄动。”

一连三十日，牛蒡在誊印社督阵。誊印社有位金铁笔，是个落魄的前清宗室子弟，能写瘦金书，会画工笔画，拜过名师，得过真传。后来以画广告为生，仿宋体的美术字，印刷体的仿宋字，铁划银钩，人人叫绝。此人虽然身怀绝技，却偏是一身酸懒架子，每天只要挣够了饭钱、酒钱、烟钱，那就多一个字也不写。脾气大，眼眶高，不是名人高品，千金难买他一点一横，一撇一捺。但是，他拿到黄叶地的《匈奴史探》《匈奴索隐》《匈奴钩沉》，竟二话不说，连夜刻印。五十万字二十天刻完，一字不丢，一笔不差。全书结尾处，还留了个“沐浴薰香敬刻”

的落款。感动得黄叶地把头一本样书，就题赠金铁笔“雅正”。

教师专修馆开学前八天，黄叶地提前动身。大件行李都已托运，只拎一只手提箱上路。

前门车站上火车，给他送行的只有牛蒡和鸣翠。三辆三轮车刚到正阳门，黄叶地似有所思，嘱咐牛蒡和鸣翠先行一步进站，他转个圈一会儿就回来。说罢，催促三轮车夫匆匆就走。

牛蒡和鸣翠买了两张月台票，进入站口就看见袁乃曼带着两名随从，早已在此等候。袁乃曼官运亨通，年将四十发了福，满脸横肉，官气十足，神态傲慢，凶眉恶眼，令人望而生畏，避之唯恐不及。她叼着香烟，背着手在月台上踱来踱去，看见牛蒡和鸣翠走进来，她只眼角一瞥，不屑一理。牛蒡和鸣翠也不想理她，找个绿椅坐下，眼盯着检票口。

一分钟又一分钟过去，袁乃曼越来越焦躁，脚步沉重而凌乱。牛蒡和鸣翠也不安起来，盯着检票口要把眼珠瞪出来。突然，开车的预备铃响了，袁乃曼好像恍然大悟，把手中刚点着的香烟摔在地上，跺脚喊了一声：“上当啦！”恶狠狠地向牛蒡和鸣翠啐道：“你们放烟幕蒙住我的眼睛，我要揭穿你们的真相！”说着，气哼哼匆匆而去。牛蒡和鸣翠莫名其妙，你看看我我望望你，如坠五里云雾中。

在京郊通州境内的双桥车站，站外一片柳棵子地里，黄叶地跟丫头儿母女依依惜别，丫头儿牵着他的衣角不撒手，丫头儿妈一遍一遍擦着淌个不止的满脸泪水。

这时，火车扯着一路白烟奔驰而来，黄叶地叮咛丫头儿妈道：“带好咱们的女儿！你家那个百媚是袁乃曼的暗探，叫牛蒡和鸣翠多加小心。”说着，把丫头儿的手掰开，飞跑进站。

小站停车两分钟便又开动，黄叶地从车窗里探出半个身子，向丫头儿母女挥手。泪流满面的丫头儿妈突然把女儿按倒地上，吆喝道：“给你爸爸磕头！”丫头儿头碰地咚咚响，哭叫道：“爸爸，一路平安！”抬起前额滴血的头，只见火车虽已远去，黄叶地的胳臂还在不停挥动。

“丫头，回家吧！明天咱们娘儿俩搬回柳树井，跟你翠姐和牛蒡过团圆日子。”丫头儿妈牵着女儿走出小站，送黄叶地的三轮车，恭候把她们母女送回海甸，黄叶地已经预付了车钱。

这辆三轮车跟袁乃曼乘坐的三轮车没有走碰头。袁乃曼乘坐三轮车奔向东交民巷六国饭店。许百媚在六国饭店当舞女，上班晚下班迟。袁乃曼在六国饭店门口下车，许百媚浓妆艳抹，骑着凤头自行车，花枝招展而来。

一见袁乃曼，许百媚赶忙下车，满脸堆笑鞠着躬，甜蜜蜜叫了声：“袁主任！”

袁乃曼黑着脸走上前来，喝骂道：“你这个蠢货，我轻信了你的情报，黄叶地从我面前金蝉脱壳。你拆我的台，我送你进班房！”

“袁主任，饶了我吧！”许百媚吓得珠泪滚落两腮，“您重新分配任务，我一定立功赎罪。”

“今晚你要给我捉奸拿双！”袁乃曼两眼像冒鬼火，嘴里磨着牙，“捉住有妇之夫牛蒡，拿到偷野汉子的鸣翠。”

“我听过十来回窗根，他俩只拥抱接吻，不同床共枕。”许百媚虽然极有兴趣，却面带难色。

“黄叶地一走，他俩心焦难受，饮鸩止渴便会通奸，你今晚必能一箭双雕！”袁乃曼阴毒地狠笑，像猫扑老鼠之前的残忍神态。

“袁主任料事如神，我不成功则成仁！”许百媚跨上车，回柳树井一显身手。

明枪容易躲，暗箭最难防。牛蒡和鸣翠哪里知道，已经有人给他们挖得杀人不见血的陷阱。

15

五年前，牛蒡正念北京大学三年级。他不愿住校，而在这座小院的北房西屋寄宿，是受远行边荒之地的恩师黄叶地之命，照看留京的师妹黄鸣翠，也为大姑和许迢迢母女顶门立户。那时，他们三姓四口人，吃的是一锅饭，牛蒡与联合国对比，戏称之曰联合家。

四口人一天忙到晚。早起，黄鸣翠骑上她那辆凤头车，到灯市西口私立贝满女中念高三。贝满女中被收归国有，改为公立，更名女十二中。鸣翠对上大学没有多少兴趣，她想下海唱戏，黄叶地和牛蒡都不同意。正巧位于地安门的河北高中，戴了顶高帽叫河北师专，只念一年就可被分配当初中教员。于是，她便想报考中文科，混上一年出来，教上两班初中一年级的语文，课余每星期唱一场。过渡一年半载，就不当教员当演员。

她搭的是个混合班。

这个混合班名叫正阳京剧团，成员都是街道居民中的票友，没有固定单位的京剧演员。上有四个婆婆管辖这个小媳妇，四个婆婆是：区文化科，区民政科，区劳动科和区公安分局。鸣翠能够加入这个剧团，都是靠她老爹黄叶地的面子。区文化科长原是艺文大学学生，黄叶地当过艺文大学的军代表和代理校长。区民政科长在解放前的私立中国大学混过几年，黄叶地在中国大学兼过课，教过这位科长几个月。区劳动科长是地下交通，蹬车送他走访四九城的进步人士。鸣翠有如此强大的后盾，本来可以在正阳京剧团挂头牌，但是送她上剧场和散戏接她回家的是牛蒡，不愿她回家太晚，只叫她唱倒第二的压轴戏；为了精益求精，只演几个最拿手的折子戏。而且，不管她的戏瘾多大，牛蒡只许她一个星期唱两回，星期六的夜戏和星期日上午的日场。梨园界讲究饱吹饿唱。也就是在上戏之前，演员不敢贪吃，怕坏嗓子，文武场的演奏人员却要吃饱，吹奏起来才有气力。但是程砚秋却与众不同，上戏前能吃个炖肘子，喝一瓶白兰地。还有一位名气很大的旦角能吃三十个饺子。鸣翠也有此嗜好，每回有戏，大姑便尽其所能，大显身手，给鸣翠填鸭。鸣翠的饭菜，不但不许迢儿享用，连牛蒡也不能染指。

那时，一人每月十五块就能吃上大米白面，三顿都有荤腥。大姑做绣活，一月能挣三十块，都花在伙食上。鸣翠每月接到老爹三十元汇款，如数交给大姑支配，戏份儿才留给自己花费。牛蒡每月稿费不少，拿出六十元给大姑过日子。他劝大姑不必揽作外活，但是大姑手闲不住，不愿吃闲饭。她给牛蒡和鸣翠白当老妈子，还要自己掏饭钱，牛蒡和鸣翠都感到于心不忍，问心有愧。

大姑的男人，那个伪铁路警，解放后留用，却又被定为历史反革命分子，派到山旮旯子里的岔道口搬动路障，一年也不回家一趟，家里都当没他这个人。许百媚原在六国饭店当舞女，三十出头眼角出现鱼尾纹，嫁给一个五十多岁的资本家当填房，立即辞工，住起深宅大院当阔太太。

牛蒡写小说，想有个宽敞安静的房子，打算租下这间西厢房，许百媚死活不肯。反倒是她那个资本家丈夫，听说过牛蒡的文名，愿跟牛蒡交个朋友，不但慨然应允，而且免费提供使用。许百媚老大不高兴，牛蒡也不愿领这个情，只有通过买卖方式，公平交易，双方才心安理得。那时，房价便宜，最后以五百元成交。但是，牛蒡虽然花了钱，却不想当房产主。大姑和许迢迢跟许百媚曾是一家人，为了避嫌，不肯充当买方。于是，牛蒡便自作主张，在房契上写的是鸣翠的名字。

牛蒡又花了二百元，抹墙、吊顶、安装玻璃窗，不留许百媚旧巢的一点残迹。一个星期六的晚上，牛蒡陪鸣翠上戏，大姑和许迢迢母女从北房西屋给牛蒡迁居。牛蒡自幼睡惯了大炕，睡单人床嫌窄，早就买下一张比大炕小不了多少的双人床，沿墙床边不但堆放书报，而且有一张小方桌，可以盘腿坐在床上写作。此外，还有早买的大写字台、两只单人沙发和一只花梨木书橱。

全堂家具搬到西厢房，许迢迢上下左右看了个遍，拍着巴掌嬉笑道："今晚上翠姐跟牛蒡大哥能入洞房了。"

"撕烂你的嘴！"大姑沉着脸吓唬道，"你牛蒡大哥在老家有媳妇，哪能停妻再娶？新社会的王法只许一男娶一女，翠姐哪能当小？"

母女俩正来言去语，一对一答，忽听街门吱呀一声，有人进院。

"翠姐和牛蒡大哥回来了！"许迢迢扔下手中床单，跑了出去。

街门有四把钥匙，大姑、许迢迢、鸣翠、牛蒡各有一把。但是，进院的却只有牛蒡，不见鸣翠。

"迢儿累得够呛吧？"牛蒡顺手递过一串冰糖葫芦。

“翠姐呢？”许迢迢咬下一大颗山楂。

“她的戏改成大轴，过十二点才能回来。”牛蒡快步走到西厢窗下，“大姑，您得给鸣翠预备一桌丰盛酒席当夜宵。”

“今晚上你怎么答应换戏？”大姑在窗里笑问道。

“出人意外，万万没有想到。”牛蒡心情激动，“鸣翠已经扮上了戏，后台管事忽然接到程府电话，说程砚秋先生正在会客，客散之后要来听鸣翠的《哭冢》，还打发他老先生的底包给鸣翠配演，这可就乱了营。”

“看来鸣翠要大红大紫啦！”大姑笑出了眼泪，“你老师在口外听说，也会多吃两碗饭，多喝三杯酒。”

“还不知程先生是一言兴邦，还是一言丧邦哩！”牛蒡忐忑不安，又出门骑上那辆破旧的自行车，奔驰重返剧场。

许迢迢吃完冰糖葫芦，便熬不住困乏，回北房东屋睡了。大姑做得夜宵，摆放在西厢房里的八仙桌上，坐等到深夜十二点多，还不见鸣翠和牛蒡回来，忍不住也回房睡去。

鸣翠和牛蒡将近一点进家，蹑手蹑脚，屏声静息，酣睡中的大姑和许迢迢一点也没有察觉。

八仙桌上，摆放的都是鸣翠和牛蒡爱吃的烤馒头和糯米粥，月盛斋酱牛肉和六必居八宝菜，还有扣肉、大肚儿、兰花豆、炸花生仁……一瓶红葡萄酒和一只高脚玻璃杯，一瓶红高粱酒和一只雕花酒盅。

牛蒡给高脚玻璃杯斟满红葡萄酒，又给雕花酒盅斟上红高粱酒。

“鸣翠，祝贺你！”牛蒡满脸喜气，抱了抱鸣翠的肩膀，“为了程先生夸你唱念俱佳，不可多得，咱俩干这一杯！”

“你断章取义了。”鸣翠一饮而尽，并不自鸣得意，“程先生夸我是在程派青年女演员中唱念俱佳，但是做舞差得远，也就是嗓子有身上没有。虽然人才难得，女孩子还是以不下海为宜。”

“程先生的高见，你要深长思之。”牛蒡没有给鸣翠斟酒，自己又喝了一盅，“我一直想劝你考北大西语系，学法文。”

“我不能不听程先生的话。”鸣翠脸色忧郁，也自斟自饮，连喝两大杯红葡萄酒，“这两年我念书一直不专心，打死我也考不上北大。”

“你有教会中学的功底，那就改学英文。”

“我一听北大就怯阵，走不上一个回合滚鞍栽下马。”鸣翠喝了一杯又一杯，“我还是照旧报考河北师专，毕了业争取到戏校教书，迂回战术，曲线下海吧！”

“只要随心所欲而不逾矩，我觉得都应悉听尊便。”牛蒡心中失望，嘴上玩笑，“你不妨碍我写小说，我就不该阻拦你唱戏，这才是人敬我一尺，我敬人十寸，半斤八两的平等相待。”

“好！喝他个‘长安市上酒家眠，天子呼来不上船’。”说着，鸣翠解脱了上身白绸衬衫和下身的黑绸裙子，只剩黑绸乳罩和白绸内裤。

“有伤风化！”牛蒡慌乱之中闭上一只眼。另一眼瞪得溜圆。

“假道学！”鸣翠啐了一口，“偷看犯有剜目之罪。”

“撕扯龙袍是死，打伤皇上也是死！我就明知故犯孔老夫子非礼勿视的清规戒律了！”牛蒡瞪大眼睛，二眸子炯炯放光，像要吃人。

牛蒡跟鸣翠朝夕相处，竟熟视无睹，鸣翠已经长大成熟，体态比他那个乡下媳妇更像妇人。唱程腔肺活量要大，鸣翠胸脯宽厚，双乳高耸。她有一张白胖胖的方圆脸儿，两道秀眉细又长，好像柳树梢上的弯月亮，笔直的鼻子，樱红的小嘴，扮起戏来足够五六分程砚秋神采。

“看够了吗？”鸣翠歪着头，咬着舌尖儿，娇声嫩气问道。

牛蒡一扭脸儿，说：“多一眼都不想看了。”

“有何观感？”

“金玉其外。”

“你骂我是败絮其中？”

“画虎画皮难画骨，知人知面不知心。”

“那我就扒个一丝不挂，叫你看透。”

“不许胡闹！”牛蒡被吓得想夺路而逃，破门而出。

“吃饭吧！吃过饭咱们推心置腹。”鸣翠抓住牛蒡不放，按坐在椅子上，“我给你斟酒喂饭，你饭来张口。”

“我这个小庙的神仙，受不住你的大香火。”牛蒡不动酒盅和筷子，“无功不受禄，我不敢享此殊荣。”

“感谢你多年像兄长一样疼爱我，保护我。”鸣翠把一杯酒捧过了头，然后双手敬给牛蒡。

“却之不恭，受之有愧。”牛蒡接过酒杯，喝一口葡萄酒，又喝一口红高粱酒，“今后我要更尽心竭力。”

“我已长大成人，只想独立自主，不想当‘保护国’了。”眼前虽热在中伏，鸣翠的脸上都是霜降节气，“从今以后，我要取代你那个秀子，你我结成共和班，挂双头牌。”

“我开这个口，要遭乡亲千人啐万人骂。”

“张不开口就写信。”

“写信我也不忍心。”

“我代笔。”

吃过饭，乘着酒兴，二人合写八行书，钟敲五点只写了七行。

大姑早起生炉子，发觉北房西屋里没有鸣翠，吓出一身白毛汗。慌慌张张走到院里，扒着西厢房门缝，看看牛蒡是不是也没回家。不看则已，一看惊人；牛蒡和鸣翠两身抱成一体，同榻而眠。大姑跌坐地上，脸上挂笑，却眼里淌泪。

16

牛蒡在老家的媳妇于秀子，孤孤单单住在京门八十里外的刘家锅伙老宅里。这个女人没念过一天书，不认得一个字。她不会给牛蒡写信，牛蒡给她写信也像对牛弹琴。两人同床共枕，却并不知己知彼，牛蒡万分苦恼，她却毫无感觉。

牛蒡已经两年多没有回家，秀子有娘家嫂子啭儿陪伴着，一点也不觉得冷冷清清守空房。牛蒡每月准时给她寄来一笔钱，她比左邻右舍的女人日子过得松心，炒菜里有肉，嘴头子有油。牛蒡回家不回家，她一不想念，二不难过，三不多疑。有时，看见鸡鸭追逐，牛羊求爱，驴马交配，她才想到自己应该生个一男半女，免得被人骂是不下崽的骡子。

秀子一直到嫁给牛蒡之前，都不怎么懂男女有别。如果没有嫂子啭儿的严加管教，她敢光膀子露着奶子坐花轿。出嫁前夜，啭儿亲授洞房之夜男欢女爱的十八套路数。秀子听得入迷，缠住啭儿盘根问底；她一点也不害臊，啭儿却羞得脸红像喝醉了酒。说得妙趣横生之处，她撒欢人笑满炕打滚儿，像井台旁打滚儿的马驹子。

已婚独身女子，多年缺少丈夫的雨露滋润，日久天长难免憋闷出变性子病。

秀子这一年来变了性，她不想偷汉子，却想勾引大闺女，两眼死盯在雪花银子身上。雪花银子是巧手白三的妹子。巧手白三是刘家锅伙的一个大能人。他没念过一天书，却识得不少字。他没学过一门手艺，却能拿起瓦刀砌墙，扯起大锯打木器家具；谁家有个红白事，他也敢灶上掌勺。他带着两个妹子，打了一条船，在刘家锅伙渡口摆渡，又开个专卖贴饼子熬小鱼的饭铺。

开饭铺得有本钱，白三儿双手虽巧，却再长不出一只手偷窃。全村只有秀子每月都有活钱进门。秀子粗手大脚，心却精细；丈夫的汇款，从不枉花一文，积少成多就买地。巧手白三儿听说秀子的荷包里又攒了不少钱，急忙打发大妹子雪花银子登门借贷。

雪花银子本来只叫银子，只因她满脸雀斑，啭儿嘴损，给她起了个雪花银子的外号。雪花银子五大三粗，膘肥腿壮，秀子跟她肩并肩一站，竟显得小鸟依人。然而，雪花银子的个子虽大，胆子却小，一身蛮力，却柔情似水。秀子满脸凶相，跟她动手动脚，她不但不敢招架，反被吓成一团烂泥。秀子咬破了她的奶头，抓伤了她的脐下三寸，她只会低声哭泣。

哥哥打发她找秀子借钱，她不能不去，可又不情愿前去，却又有点想去。心烦意乱走进牛蒡家小院，只见秀子坐在冷灶旁的葡萄架下，满面怒气，两道眉毛拧成个鸡蛋大的疙瘩，好像刚才跟谁吵过嘴打过架。

“秀子，你跟谁……动这么大的肝火？”雪花银子一见秀子的面，就像吃了迷魂药，袅袅娜娜走过去，低三下四给秀子捶背顺气。

秀子眼皮也不眨，一副大丈夫骄横无礼的神气，哼着鼻子说：“我那个嫂子啭儿，天天在我耳边念丧，催我赶快给婆家生个儿子，气得我把她骂得狗血喷头。换了别人，大卸八块才解我心头之恨。”

“你给人家当媳妇，不会给人家生儿子，卖什么不吆喝什么，该骂的是你。”

“我这匹骒马变成了叫驴，占着茅坑拉不出屎，你嫁过来给我当替身吧！”

“我一个巴掌也拍不响呀！”

“你忘了我还有个男人狗嫌儿（牛蒡乳名），当今大学生，算得上过去的两榜进士，难道配不上你？”

“叫我当小呀？”雪花银子恼怒得涨紫了脸，一拳捣在秀子后背上，疼得秀子龇牙咧嘴。

秀子跑进屋去，打开墙柜，拿出个鼓鼓囊囊的荷包，跑回葡萄架下，掏出一大把花花绿绿的票子，放在雪花银子面前，说：“你点了头，这堆钱都归你。”

有钱能使鬼推磨，雪花银子见钱怎能不动心？口气一变，小声问道：“多少钱？”

“数一数！”秀子把荷包掏了个净光，“五百万挂零儿（旧币），能头六亩地。”

雪花银子想到哥哥开饭铺急等用钱。爹娘死后，十三岁的哥哥，吃了多少苦，受了多少罪，才把她和妹子香白杏儿拉扯大。那时，雪花银子七岁，香白杏儿一岁多一点儿。眼下哥哥缺钱像磨扇子压手，她不能知恩不报，自卖自身卖到五百万，方圆左右这一方的村村庄庄，有哪个女人卖得如此高价？她心里暗暗已有八九分同意，却又小心问道："你替你男人买我做小，葫芦里卖的什么药？"

"母大儿肥，你给狗嫌儿养个儿子，免得他家绝户呀！"秀子堆着笑脸儿，"狗嫌儿有学问，一表人才，还会挣钱，哪个女人嫁给他都心满意足。"

雪花银子站起身，说："我卖不卖给你，得听我哥哥说了算。"

雪花银子回家，只见哥哥摆船到对岸，正重返渡口。小饭铺里，小妹在招待一桌桌的食客，都是一色金黄的贴饼子，香气扑鼻的熬小鱼。喝酒的客人不多。

巧手白三儿望见雪花银子的身影，紧撑几篙，船靠了岸，抛锚拴桩，飞跑过来，压低嗓子问道："秀子借不借？"

"一分钱不借，五百万白给。"

"这个娘儿们变成了观音大士？"

"她只想买你个活口。"

"猪、羊、牛、马……咱家都有呀！"巧手白三儿抓了抓脑瓜顶子，"除此之外，咱家还有一条白鼻子花母狗。"

啪！雪花银子忍不住给她哥哥一个嘴巴，嚷道："她想买我给她男人当小，替她这只打鸣的母鸡生儿子。"

"你假意答应下来，先把钱哄到手。"巧手白三儿嘻嘻笑道，"我认得一个老神医，会治她这个变性子病。药到病除，她变成了醋坛子，宁愿白花钱，也不愿一个槽里拴两头草驴。"

车、船、店、脚、牙，无罪也该杀。巧手白三儿虽不过二十冒头儿，可自打十三岁就闯江湖跑码头，在这五行里都混过一些日子，也就五毒俱全。白道黑道他都插得上脚。他给秀子找的治变性子病的老头儿，是个几十年牵着叫驴儿马，串村配种的老兽医。马、牛、羊、鸡、犬、豕，一过了年头便衰减生育能力，不发情不交配，老兽医便配制了催春药，吃下去半个时辰之内，能起死灰复燃作用。老兽医将给老母猪吃的催春药酌减药量，搓成粉红药丸，交给巧手白三儿，巧手白三儿又转交妹子。秀子臀肥乳高，十分烦恼，很想变成扁面胸脯和有棱有角的身子。雪花银子把催春药给她吃，骗她说这是千钧大力丸；日食一丸，力长一钧（三十斤），连吃三个月，不能拔山也能举鼎。秀子一听大喜，并不讨价还价就买下九十丸。

吃了一个月，力气不见长，却一看雪花银子就不顺眼：一张黑红柿饼子脸，满面的雀斑像撒满了苍蝇屎，腰粗像母牛，鼻子像蒜头。不但不想动手动脚，而且越看越满头冒火。吓得雪花银子不敢前来招惹她。又吃了一个月，忽然一日肚子疼得像肝肠寸断，下身从两条裤腿淌下了污血；她又疼又怕，抱着肚子在炕上鬼叫连天。

就在这时，啭儿拿着一张汇票，走进门来。

那时邮路还没有通到各村，汇款和挂号信都送到乡政府收存。各村干部到乡政府开会，乡政府便把汇款和挂号信交给村干部带回去，是谁的给谁。牛蒡每月寄给秀子的汇票，都是大昌代收，啭儿转交。秀子不识字，牛蒡也就没有给她写过一封信。

啭儿一见这个光景，一边帮她收拾干净，一边咯咯笑道："傻丫头，赶快进京找狗嫌儿睡觉，十拿九稳生儿子！"

闹了七八天，秀子天天盗汗，夜夜梦见牛蒡。牛蒡好像是替雪花银子报仇，她怎么折磨雪花银子，牛蒡也怎么折磨她。牛蒡的汇票单子放在枕边，她的鼻子一阵阵发酸，眼泪从两边的眼角淌下来。

几年来牛蒡在秀子的心目中可有可无，眼下却一变而为朝思暮想。食不甘味，寝不安席，一天一天人比黄花瘦。

秀子脸儿焦黄，目光昏暗，啭儿惊惊乍乍喊道："秀子，你得的是血痨，不找个起死回生的老大夫给你对症下药，你的小命就算活到初一，也熬不到十五。"

"我天天都吃药。"秀子从炕席下摸出一个牛皮纸包，打开纸包滚出几颗粉红药丸子。

啭儿知多见广，拿过粉红药丸子一看，失声尖叫："这是给老母猪吃的催春药，哪个杀千刀的短命鬼捉弄你？"

"没有这些粉红药丸子，谁能治我的变性子病，我该给人家烧高香哩！"秀子眼里噙满泪花，"嫂子，我从小没出过远门，过了河不见咱村的树梢，就心慌得分不出东西南北，你陪我进京看望狗嫌儿去吧！"

"哪个娘儿们不想汉子？早知道你有熬不住的一天。"啭儿伸出手指，连戳了秀子太阳穴几下，"事不宜迟，明早起身。"

"别那么急如星火，得选个黄道吉日。"秀子过去粗枝大叶，一变而心细如发起来，"几年不见，我得给他做一双鞋，缝一条兜肚，尽一点当媳妇的本分。"

"我给你找个算命先生，挑个大吉大利走红运的好日子。"啭儿喜气洋洋，挤眉弄眼，"头一宿就一个萝卜一个坑，肚子不鼓起来不回家。"

"一胎就生个五男二女！"秀子红着脸儿，女人气十足，"我会做鞋，不会绣花，你还得教我飞针走线。"

“平日不上心，急时抱佛脚！”啭儿耸着鼻子冷笑，“绣花针轻得像草籽儿，拿到你手里可比金箍棒还沉重。”

“功夫不负苦心人，我就是要把铁杵磨成针！”秀子咬牙横下一条心，“不学会绣花我不进京。”

“那我就教你个一学就会的绣法。”啭儿一边出门一边回头，“男人穿素肚兜，我教你一条红丝线绣出个万字不到头。”

一连三天，秀子盘膝坐在炕头上，除了吃饭上茅厕，不下炕也不瞌睡。从天亮到天黑，一灯如豆到天明；一口气不歇，一会儿不闲，给牛蒡做完了一双布鞋，又绣完一条肚兜。还煮得一百个鸡蛋。盐汤里泡上花椒、料角、桂皮，腌得这一百个咸鸡蛋香嫩润口，两个月变不了味儿。

一个算命先生挑选的日子，秀子还不放心，换了三个算命先生，挑来选去，才确定夏至这一天上路。

一整夜没睡着觉的秀子，鸡叫头遍就起了炕，点起油灯，面对菱花镜，描眉画鬓，梳妆打扮，比当年出嫁上轿之前还精心细致。心怦怦乱跳，一不留神就得蹦出了嘴。啭儿陪她进京，就是陪她二入洞房。她昨晚上就洗了澡。穿上当年出嫁时的红袄绿裤绣花鞋。

打扮停当，天已大亮，她坐在炕沿上等候哥哥和啭儿到来。哥哥送她和啭儿过河，雇一辆驴车，送她们到通州南站，转乘火车到北京前门车站，下车直奔牛蒡的住处。

牛蒡有时跟大昌通信，每月给秀子汇款，汇票上边写着地址，牛蒡住在柳树井胡同许家。

日上三竿，秀子跑出柴门不知张望了多少回，也不见大昌和啭儿影子。几夜没睡个子午觉，回到屋里坐在炕沿上，歪靠着墙瞌睡起来。

一闭眼便入了梦。三班鼓乐，花轿进门，乌云满天，狂风暴雨，呼隆隆哗啦啦！房倒屋塌。

秀子惊醒，睁眼一看，雷没有响，房没有塌，是大昌和啭儿一前一后跑进来，大嚷大叫像两个疯子。

17

几天之内就高考，鸣翠考的是河北师专。这个学校刚刚成立，档次不高，名声不大，招生名额多，报名人数少。鸣翠不费吹灰之力，便唾手可得。所以，她并不复习功课，一个人在家里关门练功。程派虽是正工青衣，动作性不强，但是水袖和圆场的一招一式却很吃功夫。鸣翠从初中学唱程腔，也学过一点身段。然而，台上走一走，便知有没有，她上台一亮相，行家过了过眼，还是管她叫“老斗”。嘴损的更挖苦她是“歌唱家”。

这天上午，在戏装社当绣工的大姑上了班，许迢迢返校过队日。牛蒡这几日一直没有回家。支部大会通过他入党，党委还要进一步审定，随时找他谈话。为了随叫随到，他借住在放假回家的住宿生空床上。许家小院，四四方方，只有鸣翠一人。

鸣翠头顶三本书，两腿夹一把笤帚，在院里跑着一遍又一遍圆场，一遍比一遍快；头上的书本纹丝不动，腿间的笤帚也不脱落。三个圆场跑下来，大汗淋漓，全身水湿，像被瓢泼大雨浇成了落汤鸡。她想一口气跑三个以上圆场，可是每一遍都力不从心，累得像一摊泥，坐在西厢房的屋檐下喘口气。哪知，越歇身子越软，竟不想站起身来。

突然，有人砸门。砸了几拳，又变成脚踢，踢门声就像破鼓乱人捶。鸣翠只得双手按膝起立，腰酸腿疼去开门。

迎门而立的是两名村妇，一个虎视眈眈，一个满脸寒气。

“狗嫌儿是不是住在这里？”虎视眈眈的年轻女人，直通通问道。

“狗嫌儿？”鸣翠没有马上想起牛蒡这个小名。

“人名刘儒林，又叫牛蒡。”满脸寒气的那个女人，目光如针锥，死盯鸣翠的眼睛。

“他住在这个院里的西厢房。”鸣翠闪开身，放她们进门。

这两个女人，虎视眈眈的是秀子，满脸寒气的是啭儿。二人冲进西厢房以后，一粗一细两条嗓子都喊一声：“砸！”稀里哗啦！茶壶茶碗茶盘子，文房四宝纸、笔、墨、砚，都被摔到地上。忽听砰的一声巨响，暖瓶砸在了墙上，热水四溅，烫得她俩嗷嗷乱叫红了眼，下手更狠，砸得更凶。

“住手！”忍无可忍的鸣翠怒喊起来，“你们这是打家劫舍，两个女土匪！”

“河边青草少，不要多嘴驴！”秀子从西厢房跳出门槛，双手叉腰，“你姓甚名谁，什么东西？”

“我叫黄鸣翠，也是这个院里的房客。”鸣翠从身上摸出一串钥匙，“牛蒡兄到学校去，叫我给他看家。”

“原来你就是那个小妖精、小骚货、浪母狗儿鸣翠！”秀子咆哮着扎煞双手扑过来，像一头凶狠的母老虎扑食一只小兔，“狗嫌儿三年不回家，都是你绊住了他的腿，一身细皮嫩肉替他解馋。”

“你……满嘴……喷粪！”鸣翠满脸通红，嘴唇颤动，“你算……什么东西？”

“我是狗嫌儿三媒六证，八抬大轿娶的正宫娘娘！”秀子拍着胸脯。

嘴尖舌巧的啭儿走出屋来，冷笑道：“黄家丫头！大老婆驾到，你这个小老婆还不躬身下拜？”

“你们不会说人话，我不想白费唇舌！”鸣翠气得脸如白纸，连连跺着脚，“出去，出去！”

“该滚的是你！”吵架骂人是啭儿的拿手好戏，一句顶一万句，字字都带毒刺儿，“你说的那个牛蒡，我们叫他狗嫌儿，住在这个院里，人家秀子明媒正娶，正该坐窝。你这个当小老婆的，还不‘姜太公在此，诸神退位’！”

“我住在北房西屋，也是这家的房客！”鸣翠想退守正房。

万没想到，秀子又一个虎扑，把鸣翠压在身下，左右开弓打嘴巴。

“拧烂她的下身，别给脸上挂彩儿！”啭儿从旁指教，又去关门。

来到门口，却见大昌站在不远处，探头探脑向这边张望。一见啭儿露头儿，吐出长舌大张嘴，杀鸡抹脖儿似的连连招手。啭儿赶忙走过去，大昌溜瞅着四外，压低声音，说：“我看见有人叫警察去了。”大昌面如灰土，冷汗直淌。

草民怕官，啭儿急忙返回许家小院，扯起秀子的胳臂，喊了声：“快跑！”一前一后，夺门而出，扔下昏倒地上的鸣翠，溜之大吉，快似流星。

早上，秀子梳妆打扮齐整，等候大昌和啭儿陪送她进京看望牛蒡。

等得她心急如火，如坐针毡，大昌和蛑儿才哭丧着脸而来，就像家里刚死了两口子。一问才知道，大昌刚收到牛蒡写给他的信，请他帮忙，劝秀子离婚，牛蒡甘愿赔偿损失费一千五百万元（旧币）。这一大笔钱，能买十亩上等良田，秀子后半辈子不愁吃穿，一时拿不定主意。蛑儿比她心多鼻子灵，虽不识字，却能闻味儿；从这封八行短信中嗅出大有文章，断定狗嫌儿在城里必有姘头！

“事已至此，如何是好？”身兼乡党委宣传委员和乡政府教育助理二职的大昌，一向内事问蛑儿。

“拆开这一对奸夫淫妇！”蛑儿妒火、邪火、无名火，三把火七窍冒烟，“花多少钱也不能叫他买走称心如意。”

他们来到秀子这里，大昌把牛蒡的信念给秀子听，蛑儿精批细讲，添油加醋。

“那个姘头叫黄鸣翠，他的老师的女儿。”秀子一听就猜出冤家对头是谁。

“你怎么知道？”

“入洞房那晚上，他就跟我说了。”

“你怎不搅散他们？”

“那时候我只当耳旁风，没搁在心上。”

三个臭皮匠，顶个诸葛亮。秀子、蛑儿、大昌分工合作。秀子打鸣翠，蛑儿骂牛蒡，大昌到北京大学党委告状。不但棒打野鸳鸯，还得逼得牛蒡叶落归根，回乡土里刨食，拴在秀子裤腰上。牛蒡一帆风顺，平步青云；大昌武大郎开店，早就嫉恨在心，只想赶快看见他一落千丈，栽下九重天。

秀子虽然把鸣翠打个半死，还不解气。啭儿没能当面骂上牛蒡一句，更气愤难平。大昌怕被警察抓走，威吓她们赶快离开柳树井胡同这块是非之地，仓皇逃奔海甸。在海甸镇饭摊上，每人喝了两碗老豆腐，又吃了两卷煎饼馃子，走一路打听一路，找到了北京大学西校门。

北京大学西校门，像一座大庙，又像一座佛龛，秀子看着惧怕，啭儿也觉得胆怵。这时的大昌却表现出公家人的镇定，起到了带头作用，带领秀子和啭儿走向党委大楼。

大楼门口，有两个校卫队队员，听大昌说他们前来反映牛蒡的情况，两人都好像知道牛蒡的名字，马上分出一人带他们走进大楼。

没有把他们带到党委会，而是被带进了保卫处。

原来，牛蒡入党，过了支部大会一关，又过了总支一关，最后送到党委严审便吹毛求疵了。最后，市委社会部和公安局深挖解放前地下党的一个内奸团伙，其中一人是前燕京大学教授黄叶地的续弦之妻袁乃曼。黄叶地解放后因警惕性不强，放走一名敌特分子，受到严厉处分，发配边荒之地教书。他那个续弦之妻袁乃曼跟他划清界限分居，现任一个城区的妇联副主任，被捕之后咬了黄叶地一口，说她的内奸活动，黄叶地都完全知情。北京有关方面派人到边荒之地找黄叶地外调，因受株连而被隔离的黄叶地矢口否认。恰在这时，从牛蒡入党的填表上，发现牛蒡在解放前经黄叶地介绍，加入地下党外围的民主青年联盟，正跟袁乃曼混入另一个地下外围同时，不能不令人起疑。大胆假设，小心求证。肃反部门奉胡适的治学方法为圣典。牛蒡被软禁在校园。

秀子、啭儿、大昌到来，正给牛蒡火上浇油，雪上加霜。

“欢迎你们无情揭发！”跟他们谈话的也是三个人。一个校保卫处的科长，一个是社会部的干事，一个是公安局的专案人员。

“我是狗嫌儿的媳妇。”秀子自报家门，“他几年不回家，姘了个骚货，还要跟我打离婚。”

“他那个姘头叫黄鸣翠，是他的老师的女儿。”啭儿又给灶门添了一把柴。

保卫处科长、社会部干事和公安局专案人员，你看看我，我看看你，相视一笑，点了点头。

“你们提供的情况很重要。”三个人非常和蔼可亲，“请到招待所住上几天，我们免不了还要随时请教。”

大昌乖觉，忙说：“我们出来得匆忙，没带多少盘缠钱。”

“放心住着吧！一分钱不跟你们要。”

他们受宠若惊。牛蒡像墙倒众人推，也有他们三人各自的一臂之力。

一个暑假牛蒡被软禁在燕园。秋季开学，校园人多，为了防止意外，他被转移保卫处禁闭室，住一间暗无天日小黑屋。

审了四季，查了八遍，还是一无所得。有错抓的，没错放的，不能把牛蒡逮捕判罪，也不能宣告无罪放出去。内奸嫌疑，品质恶劣，思想复杂……牛蒡身背三大疑点，扣上治安对象的帽子，受到勒令退学处分，不明不白移交霜桥劳改营，一边劳动一边交代问题。

霜桥坐落在通惠河畔，通惠河东入北运河。

18

多少年后，牛蒡回忆他那五年的霜桥待决犯生活，觉得比起念四年北京大学，得大于失，足够一辈子受用。

这里关押的都是政治可疑分子，官称治安对象。不称犯人，也不叫人犯，大家互称同学。公安局的监管人员，不称管教，而称管理，他们对这些治安对象，称之曰学员，态度比较客气。学员居住的宿舍，窗明几净，户外还有花草树木。

但是，也有几条严厉的营规：一是绝对不允许与外界通信，也不允许家属和亲友探视，学员之间不许互通姓名和串通案情。然而，大家都厌恶各自的编码，便互赠外号。

牛蒡住的那间宿舍，住着六个人，日子一长也就百无禁忌。有位民主人士老头儿，是个古典诗词专家和红学家，他戏称他们的宿舍为六必居，即六个人必须脱胎换骨，重新做人。他自命在诗文、饮酒、糊风筝上学得曹雪芹的三分技艺，因而自号曹三。同室年龄相差无几的同学，呼其三哥；牛蒡年轻，尊称他三先生。曹三也倚老卖老，赐牛蒡雅号为“每事问”。另外四人，也都各有特色。其中一位，是个老道，还是一个城区的政协常委。进营以后便一言不发，装聋作哑，莫测高深，牛蒡管他叫天师，曹三却嗤之以鼻，蔑称为老杂。老杂者，老杂毛和老杂种兼而有之也。还有一位是个留日的老医学博士，在卫生出版社当译审，不知是有意，还是无心，多次在校审译稿中出现不该发生的讹误，保卫部门专案追查，越查疑点越多，只得长期寄存此地。然而，他虽然身处逆境，却仍自得其乐，最爱奢谈相术，自称精通麻衣神相和六爻八卦，曹三便管他叫麻六。还有一位，是个前清遗少，被安排在戏曲研究部门，只研究爱新觉罗氏称孤道寡时的同光十三绝。由于思想陈腐，作风散漫，行为不检，受到暗中监视，发现他常到一些被政府管制的旧时代军政两界反动分子家走动，关上门清唱京剧。这位年过花甲的遗少，不是唱《击鼓骂曹》的祢衡，就是唱《骂王朗》的诸葛亮，倘仍不尽兴，便在《贺后骂殿》中配个挨骂的宋太宗赵光义。前清遗少而又专演三骂，足见对新社会充满仇恨。曹三说还有《王婆骂鸡》他没有唱，便名之曰王婆儿。再有一位是个世界语学者，因使用世界语与各国同好通信而被疑。世界语的创始者是波兰人柴门霍夫斯基，曹三有时便管这位世界语学者叫柴伙夫或柴司机。此外的一位是个武林高手，原在体育学院当教员，后嫌工资少，又到医院当接骨医生，串遍大宅门，给太太小姐推拿，是个胸无点墨却好自吹自擂的家伙。他不过问政治，只因他知道许多大宅门的男女隐私，才不得不封存在这里。八十年代，此人成为名噪天下的气功大师。他在这间宿舍里只有黄货（屎），没有墨汁，曹三便以黄祸名之。三人行，必有我师焉。曹三、老杂、麻六、王婆儿、柴伙夫或柴司机、黄祸，都是颇有专长和很有特色的角色，牛蒡朝夕侍坐，耳闻目睹，学问天天见长。曹三的红学和见识，老杂的吐纳之功，麻六的医学和世故，柴伙夫或柴司机精通的各种外语，黄祸的武艺、接骨、推拿，牛蒡都学到一点皮毛。这几个人，反在牛蒡之前结束审查，先后自幽谷迁于乔木。曹三当了文史馆馆员；老杂被道教协会要走，派往江西龙虎山张道陵观守摊儿；王婆儿被一个具有政协委员身份的著名京剧演员聘为私人秘书；麻六降格内控使用，到远郊的一个县医院当医生；黄祸最走红运，竟被一位身患截瘫的高干点名征召，当专职保健医师。只有牛蒡已被大学除名，本来就没有工作单位，无处可用，更没人敢用。旧一批可疑分子走了，又装满了新可疑分子，牛蒡只得当留级生，一九五八年夏，新可疑分子抓的抓，放的放，清扫一空。霜桥改为右派分子劳动教养农场。于是，牛蒡又跟这些老右同吃、同住、同劳动、同命运，老右中藏龙卧虎，他结识了不少国内外知名的专家学者。在他那间宿舍里，曹三的床住上了美学家吕荧，老杂的床的新主人换了位法学家，一位社会学家取代了麻六的床位，一位翻译家填补了柴伙夫或柴司机的遗缺，一个以老来俏著称的大学教授，占有了黄祸的床位。老右可以使用自己的姓名，不以编号呼之。牛蒡也就跟着沾了光，编号527或外号每事问恢复了本名。他跟这些专家学者为伍，等于上补习大学。虽拿不到北京大学毕业证书，也差不多具有同等学力水平，牛蒡觉得霜桥胜似燕园，住不够舍不得走了。然而，生死存亡，进退去留，不以个人意志为转移。1960年大饥荒，厉行“精兵简政”，牛蒡入营五年，审来查去仍是个可疑，老家又在农村，首当其冲正该被从霜桥清退。临行也算对得起他，给他的胸前佩戴了一朵小红花，说是还乡支农，无上光荣。

牛蒡非常想念自己那生身之地的刘家锅伙，想念爷爷遗留给他的那座只有三间泥棚茅舍的柳篱小院。隐居乡土，不求闻达，以撸锄杆子为生，摇笔杆子自娱。但是，他又怕见唪儿和秀子；不愿跟大昌头顶一块天，脚踏一块地。

他被关押到霜桥三个月的一天，正是秋收种麦时节，他和曹三、老杂、麻六、王婆儿、柴伙夫或柴司机、黄祸六人，给农场两位把式打下手，播种二十亩麦田。一位把式扶犁，黄祸牵马，先行犁地；另一位把式撒种，他和柴伙夫或柴司机沿垄沟撒粪。曹三和麻六一对儿，一个牵驴，一个赶砘，轧头一遍，不能漏风；王婆儿一人赶二砘轧二遍，要把垄沟轧得平整光溜。八个人你追我赶，从北向南播种，有说有笑像一台戏。

阵阵秋风吹来，忽听地头有两个女人的哭喊吵闹，只见不穿警服的公安局管理人员和警卫人员，在地头打起一堵人墙。他们看不见那两个女人的面目。牛蒡耳尖，仿佛听见是秀子哭喊着：“你们放了我男人，放了我男人！”又好像听见是啭儿吵闹道：“你们不放我兄弟，我死给你们看！”但是，公安局的便衣管理人员和警卫人员七嘴八舌，异口同声，把两个女人的哭喊吵闹在飒飒秋风中湮没了。牛蒡怀疑自己是幻听幻觉，也就没有多想。太阳落山收工，地头的人墙和那两个女人都不见了。

吃过晚饭，主管监审的副场长找他，他才知道真是秀子和啭儿扑个空，给他留下一篮子吃食，还有一双布鞋，一条肚兜，一身裤褂。牛蒡接过这些东西，心里一酸，差点落泪，痛苦而又伤感。副场长板着面孔，警告他不得产生思想波动，今后秀子和啭儿也不会再来了。这两个女人被戴上手铐，押送而回；胆敢一而再，还要添上一副脚镣。

秀子被吓得三年不敢照面。

有一日，牛蒡又被那位主管监审副场长传唤到办公室。

“527！”副场长的脸仍是铁板一块，叫着牛蒡的编号，“秀子同志坚决跟你离婚，法院已经判决，签字吧！”

“三年前是她不同意离婚呀！”牛蒡像被戏耍，气愤得大叫。

副场长态度生硬，语言枯燥，说："三年前，秀子同志的政治觉悟还低。眼下实现公社化，她的哥哥被提拔为党委副书记，她也力争上游，一天等于二十年，思想觉悟大大提高。"

牛蒡恍然大悟，大昌升了官，不能有个治安对象的妹夫，给他的脸上抹黑，秀子也就不得不为哥哥的官运亨通而离婚了。牛蒡提笔在法院的判决通知书上签了字，颇有减轻沉重负担后的飘飘然之感。

19

"大跃进"一变而为大要命，人人吃不饱，田野有饿殍，劳改营也闹起了浮肿病，牛蒡被放了出来。

他恢复自由之身，一出劳改营大门，便直奔京通公路，乘火车急进城，一心只想赶快见到五年音信皆无的鸣翠。如今，他跟鸣翠可以正式登记结婚了，却又不知鸣翠是教书还是唱戏?

牛蒡也挂念五年没见的黄叶地先生、大姑和迢迢。

快到胡同口，他才恍然想起，眼下人人口粮少，家家都挨饿，自己空手前去，饭桌子添一副碗筷，从人家母女嘴里夺食，不算图财也是害命。他赶忙从腰里摸出粮票，想给大姑和迢儿妹子买几斤高级点心，可是搜遍全身里里外外大大小小的口兜，竟找不出能买一斤高级点心的钱。叹了口气，只得买了六斤馒头大饼，算作见面礼，略表寸忱。

一别五年，柳树井胡同的小院更加寒酸破陋。原来的三间北房，屋顶上长满了杂草，杂草里竟还有几棵榆树秧子，西厢房和东厢房都显得东倒西歪。牛蒡走进门里，院里的砖地也坑坑洼洼凹凸不平，砖缝里滋长了青苔。北房三间锁着门，东厢房两间也挂着锁。只有西厢房响着脚踏缝纫机声。

“大姑！”牛蒡知道大姑是个巧手裁缝，便大喊了一声。

缝纫机的响声慢悠悠停下来，一个苍老的女人问道：“你找谁呀？”

“我是牛蒡！”牛蒡自报家门，“找您，找鸣翠，也找迢迢。”

“牛蒡，你活着回来啦！”大姑隔着玻璃窗向外望着。

真是天若有情天亦老。牛蒡只见大姑跟五年前判若两人。五年前的大姑还老中有俏，现今却头发白的多黑的少，满脸皱纹像横七竖八的刀痕，戴着老花镜，两颊出现了一块块老人斑。

“大姑，您见老了！”牛蒡淌着眼泪扑奔过去。

“离死没多远，看见鬼门关啦！”大姑咧着嘴，哭不像哭，笑不像笑，门牙掉了两颗。

“天灾人祸熬到头，等吃饱了肚子，枯树也会发芽。”牛蒡拿出毛巾缝成的饭袋，掏出一个馒头，“我孝敬您老人家的，想吃多少吃多少。”

“可有些日子没见净米白面了！”大姑眼睛闪闪放光，顾不得体面，抓起就咬了一大口，“快……快……快把迢儿找来，吃个够，吃个够！”

“迢迢在哪儿？”牛蒡忙问道。

“到天坛……剜野菜……”大姑一边吞吃一边答道。

牛蒡带着一个馒头一张饼，转身跑出去。他腰里的钱，也只够买一张电车票和一张公园的门票。

天坛公园，东西两门进口。东门内像一片荒野，蹲满了剜野菜的人：有的是工人打扮，有的是干部模样儿，有的像教书先生，都手拎着讨饭的布袋，一帮帮，一伙伙，一簇簇，一堆堆，衣服的颜色灰、黑、蓝，都在那里低头挖掘绿色的野菜，双手不停，没有一个人左顾右盼。然而，忙中有闲人，从一棵浓荫蔽日的老国槐下，传来一阵阵程（砚秋）腔《荒山泪》的清唱声。

程派的行腔吐字，幽咽婉转，一唱三叹，如泣如诉。大家只顾剜野菜，谁肯当这位清唱女子的知音？只有串来串去寻人的牛蒡，是个程（腔）迷，站下脚来静听。

越听越耳熟，越听越神魂颠倒。

“鸣翠！”牛蒡喊叫起来，向那棵老国槐下飞跑。

“刘兄！”那个清唱程腔的女子，也迎面飞跑而来，“牛蒡哥，牛蒡哥！”

牛蒡打了个趔趄站住了脚。这个飞跑而来的少女，像是五年前贝满女中念书时的黄鸣翠，穿一身半新不旧的女学生制服，翘着两条扎红绒绳的小辫，脚下的布鞋打着皮掌。

人影在风中飘动。他已经隐约可见，越跑越近的这个女中学生，怎么看都不像五年前的黄鸣翠。五年前的鸣翠已经念到高中三年级，一副十八九岁的大姑娘神态，而且比平常的十八九岁大姑娘丰腴得多。程腔发声的力度必须有深沉厚重的共鸣，因而，唱程腔以男子为多，女子习唱程腔，不饱满强壮便难以应工。鸣翠虽是程票（友），却是“天生我材”，自从酷爱程腔以来，身子便像吃酵母，一月比一月、一年比一年白胖，酷似月子里的少妇。

黄鸣翠跑起来像京戏旦角跑圆场，摇曳多姿而优雅妩媚，眼前的这个女中学生，却动如狡兔，像一支离弦的箭。

眨眼之间，箭到身边。

“丫头！”牛蒡叫着许迢迢的乳名。

“刘兄！”许迢迢扑到牛蒡怀里，放声大哭，“我对不起你，对不起你！”

“迢迢！”牛蒡从怀里推出她，又叫她的学名。

“刘兄，我是鸣翠呀！”许迢迢泪眼婆娑，满脸哀伤，“你分别五年就认不出我，把我当迢儿妹妹？”

剜野菜的人，纷纷抬头观望，一个个目光充满怀疑，牛蒡如芒刺在背。他在劳改营中住得胆小如鼠，很怕又遭误会，被人扭送公安局派出所。

“丫头，迢儿，迢迢！”牛蒡挽起许迢迢的胳臂，“咱们找个地方坐一会儿，你清醒清醒。”

公园东北墙根下，有个背静角落，不种玉米大豆，不种土豆白薯，也没有野菜可挖。环绕几畦被采光了叶子的花丛，稀稀疏疏还能遮人眼睛。有一张油漆剥落而又残缺不全的座椅，坐上去一定跌个屁股墩子。

“刘兄，我……对不起你……”许迢迢涕泪交流地吻着牛蒡的脸，“我没保住咱们的孩子，没等听见呱呱坠地就死了。”

牛蒡目瞪口呆，莫明其妙。

五年不见，许迢迢的个子蹿了一头，两条长腿溜肩膀儿，个子还能拔节儿看长。牛蒡只当她饿得发昏才胡说八道，忙掏出馒头堵住她的嘴，免得听她白日梦呓。

许迢迢把馒头抓在手里，三口两口进了嘴，一扬脖子，像牛舌头卷下草料，直下胃囊。

“吃吧！还有。”牛蒡又掏出那张烙饼。

许迢迢仍是生吞活剥，又蚕食了半张，才长吁一口气，细嚼慢咽起来。刚才惨白枯黄的脸色，红晕上了腮。

“牛蒡大哥！”吃饱了的许迢迢如梦方醒，“我干姐死了，你的孩子也死啦！”

“迢儿，你是装疯卖傻跟我演戏，还是一本正经说真话？”牛蒡不愿相信，又觉得事出有因，便抓着许迢迢的肩膀追问道。

“翠姐死了，四年多啦！”许迢迢哭喊声更高，“你被抓走没多少日子，翠姐到我干爹教书的那个乌兰察布市唱戏。谁想住院生孩子，流干了一身的血，竟落得母子双亡。”

“难产？”牛蒡心如刀割，“该死的应是我。”

“你造的孽死也赎不完！”许迢迢两眼冒火，“你不光坑了我翠姐，还害了我干爹，为你两个好人送命！”

“黄先生也不在人世了？”牛蒡又像当头被敲一棒，嗡嗡耳鸣。

“反‘右’那年，干爹远在天边，还为你鸣冤叫屈，挣了一顶帽子戴在头上。他跑到公园烈士碑，一头撞死碑座下了。”许迢迢泣不成声，“我跟我妈赶到那里，没有火葬场，只用芦苇一卷，就把干爹葬了。我妈做主，花了你留下的那笔钱，买了一口杉木十三圆的棺材，把干爹重新装殓，又买了几尺茔地，修了干爹的阴宅。”

“黄先生！”牛蒡面向西北，张开双臂哀呼痛叫一声，双膝跪倒叩了个响头，两眼一黑昏死过去。

馒头和烙饼化为九牛二虎之力，许迢迢把昏倒地上的牛蒡抱起来，背在自己身上，向公园门外奔跑。牛蒡骨瘦如柴，许迢迢并不觉得那么沉重，跑起来像一只偷鸡的黄鼠狼。剜野菜的人们只当是有人饿昏被抢救，司空见惯，也就一点不引人注目。

牛蒡一病不起，便在许家住下来。涸辙之鲋，相濡以沫，不但有难同当，而且生死与共了。

20

他万万没有想到，从迢迢嘴里听到的都是噩耗。鸣翠被秀子打成重伤，病愈便投奔边荒之地的老父。头胎身体不显粗笨，八个月孕身，还能演《春闺梦》。可怜无定河边骨，犹是春闺梦里人。她唱的是程腔，思念的是牛蒡。

分娩那天夜晚，鸣翠不能把老爹留在产房，举目无亲，孤立无助，心怀恐惧，肌肉僵硬，胎位不正，造成难产，边远之地的助产人员又手艺不高，便在灯光昏暗的产房中，连声呼叫着牛蒡的名字，血崩气绝身亡。死在胎中的是个男婴。黄叶地先生一直是个可疑分子，只是边荒之地闲不得人，仍然允许他教书，却取消了他的党员资格。一九五七年之春大鸣大放，他骨鲠在喉不吐不快，最后戴着一顶右字号铁帽子，演出一场碰碑的悲剧。大姑和丈夫分居，带着迢迢另立门户。迢迢常被鸣翠的阴魂附体，念书不能专心，不得不休学在家，明年复学念完初中考高中。

喜、怒、哀、思、悲、恐、忧，七股伤情齐攻于心，牛蒡气厥昏倒在天坛公园。许迢迢把他背出公园东门，雇一辆三轮平板车，拉回柳树井胡同。

昏睡了三天三夜，牛蒡才像从阴间还阳。他睁开眼，屋里一团黑，伸着懒腰呻吟一声。电灯亮了，醒来的是迢迢，大姑仍然沉睡。

“活过来啦！”迢迢跳下跟母亲同睡的那张床，坐到牛蒡枕边。

迢迢只穿了一条内裤和一件半掩胸脯的花布围腰。市井女儿熟得早，她虽然刚够十六岁，却是大姑娘的身腰。

“穿衣裳去！”牛蒡翻了个身，连连挥手，正碰到迢迢胸口上。

迢迢抓住他的手按在心窝，哧哧笑道：“我不怕羞，你害哪家子臊？我妈把我许配了你，给翠姐当替身，替她给你家养几个大小子。”

“闭嘴，不要脸的疯丫头！”大姑骨碌挺身坐起，“你肚子里不多装几滴墨水，牛蒡大哥能看得上你？”

大姑每天上工，迢迢便以女主人和未婚妻的双重身份，陪伴着五年没有享受家庭生活温馨的牛蒡。几天之后牛蒡兵强马壮，心急火燎要回村。饥荒之年，不敢访亲望友，怕人家误以为是登门讨饭，看人家脸子。牛蒡虽然念旧情深，也不想看望留京工作的曹三和王婆儿了。

接风的饺子送行的面，大姑请半天假，豁出一个星期的细粮，三口人吃抻面。迢迢还到自由市场，找贩私酒的农民换来一两五钱老白干。有酒就成席，吃上一顿饱饭也算大喜事。牛蒡吃着炸酱面，喝着白薯干私酒，满面红光，眼神通明水亮。趁他还没有撂筷子，大姑拿出存款折子，放在桌面推到牛蒡面前，一笔一笔仔细报账：五年前本有存款五千元，秀子和啭儿拿走一千五，鸣翠出塞带走一千五，大姑和迢迢母女为黄叶地先生奔丧，花费了一千元。还剩一千，分文未动。

“大姑，这一千块钱是孝敬您老人家，供给迢儿妹子上学用的。”牛蒡又把存款折子推回。

牛蒡见大姑死活不收，扔下折子拔腿破门而逃。迢迢跟踵紧追不放，牛蒡越跑越快，混入人海踪影皆无。

归去来兮！田园将芜胡不归。是神入庙，是鬼进坟，中国九百六十万平方公里，只有大运河边的一角之地，可供牛蒡安身立命了。

牛蒡家祖坟，坐落在河边龙脊白沙冈上，柳棵子地里两棵紫桑葚树下。正位一座大坟葬的是爷爷和奶奶，侧位一座小坟埋的是短命的爹和娘。爷爷奶奶的大坟比一间房子还大，短命爹娘的小坟也不比一座碉堡小。他多年没有扫墓添土，两座坟墓却只高不低，只肥不瘦，这必定是啭儿代劳，而且不许别人帮忙，连大昌都不配搭一把手。

牛蒡在爷爷奶奶坟前插上一炷高香，倒满一大海碗老酒，摆放几样干鲜果品。在爹娘坟前插一炷线香，斟上半碗清水，供品只是几枝鲜花，然后便划着火柴点燃纸钱。

河风裹挟水气，从水面上吹到龙脊白沙冈下，又吹进柳棵子地，火星和纸灰飞溅夜空。牛蒡胸中大恸，扑倒爷爷奶奶坟前，搂抱着坟座哀叫：“爷爷！”放声大哭，声音凄惨，令人耳不忍闻。

穷家养娇子，牛蒡从小爱哭成性，有人说他是娘儿们脂粉气，爷爷却有不同见解，拈着颔下虬髯，呵呵笑道：“我家玄德公（刘备）就眼泪多，泪水一流计上心头，狗嫌儿活像老祖宗。”不过，牛蒡在爷爷死后，年龄一天比一天大，书念得一年比一年多，便男儿有泪不轻弹，只往肚里咽了。

五年人祸之灾，忍受多少屈辱，泪水装满肚子，像大河水涨平槽。鸣翠惨死，老师自杀，尤其是没见过天日的儿子夭折母腹，把他刺伤得满腹泪水像大河决堤，夺眶而出。万感交集，难以言诉，只有悲呼一声又一声："爷爷，爷爷……"

"兄弟，亲人！"是啭儿一头栽进柳棵子地，手脚落地爬行过来，抱住牛蒡双腿，"千刀万剐都是我的罪，我带来蘸水的粗麻绳鞭子，你就打个皮开肉绽，换来怒气全消吧！"

女人面前不示弱，牛蒡马上强忍悲声，闸住眼泪。

被河风吹得忽明忽暗的高香烟火中，牛蒡看见啭儿双膝跪倒在他的面前，脱下上身的褂子，光着脊背，双手把蘸水的粗麻绳鞭子捧过头顶。

牛蒡把鞭子抢在手里，挥舞着呼呼生风，狂呼怒叫道："我活活打死你，能换回我那儿子的小命吗？"

"儿子，你的儿子？……"啭儿抬起头，鼻涕眼泪糊满一脸。

"鸣翠在口外死于难产，肚子里的儿子没有生出来！"

牛蒡咬碎了牙，跺折了腿，也发泄不尽积聚心头的愤懑，便在头顶半空中挥舞蘸水粗麻绳鞭子败一败火。鞭子脱手而出，像一条死蛇挂在紫桑葚树杈上。

"爷爷，我给刘家绝了后，没脸活在人间啦！"啭儿说着爬起身，向桑树下跑去。

"啭儿，慢！"秀子手拎一盏摇曳的马灯，走进柳棵子地，两眼直勾勾像个痴、傻、疯、呆的婆子，"狗嫌儿哥，我早给你买下个女人，你舍得种子卖力气，小垄密植能高产，改一改咱刘家的世代单传。"

“疯话！”牛蒡喝道。

“我得你那一千五百块，借给了巧手白三儿，公社化没收了他的饭馆；白纸黑字写在文书上，他那个小妹子香杏儿只能嫁给你，不许嫁别人。”秀子又补充一句，“这一张文书藏在咱家的灶王爷供台上。”

“混蛋娘儿们，你又作孽！”牛蒡抡圆了胳臂，打了秀子一个满脸花的大嘴巴。

“打得好！还像我的男人。”秀子嘴角淌血，怪模怪样一笑，“啭儿，扯下麻鞭拴住咱俩的手腕子，双双跳河死。”

“我不跟你这头活驴死一堆儿！”啭儿自高自大，“我嫌你这条嫁了一遭又一遍的烂货，腌臜了我的清白。”

“你不垫背我死不痛快！”秀子一拧啭儿的胳臂，夹在胳肢窝里就走。“不是你挑三窝四，煽风点火，我哪知道进京状告自己的男人。”

牛蒡忽生借刀杀人的歹念。自己要亲见活驴秀子如何收拾啭儿这个长舌妇。

秀子力大手黑，先把啭儿打昏，后拿那条蘸水的粗麻绳鞭子拴住自己的左手腕，勒紧啭儿的右手腕，又盘绕两人腰间，从龙脊白沙冈上滚下大河。

扑通！大河一声巨响，水花四溅像瓢泼大雨，洒满牛蒡整头一脸，惊醒了他的狠心和歹意；双脚一跃而起，飞身下河，扑通通！大河上如雷声隆隆。

只要他们剪不断悲、欢、离、合的孽缘，就仍得饱尝酸、甜、苦、辣活受罪。

老子曰：“是以圣人之治，虚其心，实其腹，弱其志，强其骨，常使民无知无欲。使智者不敢为也。”

罪人牛蒡，夹着尾巴当个公社社员，直到虚心、弱志、无欲、不敢为，便成佛坐祖，出神入化了。

21

牛蒡猜想自家那柳篱茅舍早已坍塌倒坏，杂草丛生，雀栖兔藏。谁知一早从坟丛中醒来，便看见柴门小院屋顶上，升起乳白色的袅袅炊烟。

他奔跑进家，啭儿正在冷灶上做饭。

大昌当了副书记，平日住在公社，勤劳奉仕，忠于职守，很少回家。前妻的两个儿子都已经长得半大不小，天天跟啭儿吵闹，啭儿打没有力气，骂没有力气，也不愿烦恼伤神，就想搬出去另立门户。娘家的土房和宅院，早被她卖给外姓，换钱买了棺椁，发丧了爹娘。只有刘家小院，空无一人，可供遮风蔽雨。

秀子丈夫是个心术不正的势利小人，为了抱副书记大昌的粗腿，才娶秀子这个二婚。啭儿找他收拾院落，秀子也来帮工，把刘家小院收拾得面貌一新。

牛蒡进门，仍像过去放学回来，肚子饿了便自奔锅台，揭开锅盖从屉上抓了菜团子，顾不得生熟便送进嘴巴。

“饿死鬼！……”啭儿心中一酸，眼泪扑簌簌淌下来。

“好吃家乡饭，暖身粗布衣。”牛蒡大口吞吃，“菜团子没有打糊饼顺口，打糊饼又没有榆钱饭香甜。”

“吃两口压了饥，等我给你擀面条吃。”说着，啭儿劈手从牛蒡嘴里夺过菜团子，一甩胳臂扔进猪圈。

大昌挣钱少，日子过得窄，啭儿操心费力，村妇从来老得快，三十六就眼角爬满鱼尾纹，头上也见着了几茎白发。她本来喜欢打扮，现在却光着上身，下身穿一条大昌穿剩下打补丁的裤子，两只奶子只有两层皮，不是怕牛蒡看见她的乳房，而是觉得两只奶子十分难看，慌乱中把捂锅的一块屉布披在身上。

“姐姐，你见老了！”牛蒡靠在篱墙上，叹息道。

“我也花红过，柳绿过！”啭儿恶狠狠剜了他一眼，“好日子全白搭在你身上了。”

牛蒡这才发觉自己失言，忙说：“我这个三十的人也老得像四十多。相比之下你显得比我少相。”

正说着话，有个女人沿着河边羊肠小路走来，远远就嚷道：“嫂子，我家那口半大肥猪，一头栽进土井子里大窝脖儿，捞上来救不活，一刀捅了，给你送一条子肉油油嘴。”

大河路过刘家门外，沿河一条纤道，秀子正从纤道上走来。牛蒡忍不住手搭凉棚望去，秀子头发蓬乱，满脸汗污，光着上身，只不过两只奶子装满乳汁，肥大滚圆。

“秀子！”牛蒡笑了笑，点点头。

秀子吃了一惊，一只手遮住胸脯，忽然又咯咯笑起来，说：“我身上的七零八碎，犄角旮旯儿，你哪一疙瘩哪一块没见过，遮遮掩掩装哪家子假文明？”

“陈谷子烂芝麻嚼着没味儿！”啭儿怕他们狗撕皮，连忙把牛蒡推进屋里，又把秀子推到灶上，“回头的浪子洗把脸，先到炕上躺一躺，等着饭来张口；秀子到灶上炒菜，八个碟吃面，我擀面条。”

牛蒡从缸里舀满一盆水，洗完了脸又擦身。啭儿也在盆里洗了手和面，缸上放下案板，又从碗架上找出一根榆木擀面杖，鸡蛋粗细，红皮油亮。

案板和擀面杖，牛蒡都十分眼熟，这是爷爷留下的传家之宝。

牛蒡躺了一会儿，心躁炕热脑瓜子乱如一团麻，便爬起来溜下炕，坐在里屋门槛上看啭儿擀面条儿。揉出一盆面，揪成三个团，一团擀出一张面皮子，三张面皮像三盘荷叶，折叠几层，每层撒上玉米面免得粘刀。啭儿摸了摸刀刃能吹毛断发，一吸一呼调匀了气息，便下刀切了起来。越切越快，刀法细腻，面条儿绵长柔软，若断若续，见首而不见尾。牛蒡看见，啭儿散落了圆髻，头发披散遮住了半张脸。热汗从鬓角淌到脸上，又顺流而下到脖颈，满胸脯的汗粒都有黄豆大小。擀面十分吃力，累得啭儿气喘吁吁，两只奶子荡来荡去像风吹蔫了皮的丝瓜，奶头滴嗒着一颗颗汗珠，落地碎八瓣儿。

“姐姐，你歇口气，我给你擦擦汗。”牛蒡从洗脸盆里拧出一个手巾把，展开来擦着啭儿的前胸后背。

啭儿停住手中擀面杖，含笑牙咬下嘴唇，呼吸很沉重。

窗外，秀子看见了，喊道：“嫂子，黑心的占你便宜，抽他嘴巴。”

啪！啭儿一巴掌打开牛蒡的手。

饭菜齐全，在堂屋放下饭桌，啭儿留下秀子陪客。一只绿花瓷碗倒满了二锅头，一人递一人，你一口我一口，转遭儿喝接风酒。

天热酒又烧膛，啭儿汗流浃背，眼眶潮湿，说："兄弟，你赤手空拳回了家，往后的日子打算怎么过？"

牛蒡好像早已胸有成竹，笑道："种地、读书、写作。"

秀子嬉皮笑脸，乜斜的眼睛瞥着牛蒡，说："你不喜新厌旧，我二返投唐。"

"好马不吃回头草，你还是'别自乔木降于幽谷'吧！"牛蒡气哼哼噎她，"池小养不下大鱼，我不敢高攀你这个'柴郡主'。"

"你给我起歪号！骂人不带脏字儿。"秀子像一只醉猫，要抓牛蒡的脸。

牛蒡见她急恼，慌忙堆起笑脸低声下气，说："大昌哥在咱们这一方，算不得土皇上，也是九千岁、八千岁。皇上的妹子叫公主，王爷的妹子叫郡主，你这是狗坐轿子我高抬你。"

"郡主就是郡主，怎么头上还加个柴字？"秀子仍然满腹怀疑。

牛蒡一本正经，说："五代周国皇帝、世宗柴绍的妹子，归顺宋朝后嫁给杨六郎为妻，人称柴郡主。"

秀子心满意足，说："这还差不多。"

啭儿捂嘴暗笑，忍不住把一口酒喷在牛蒡脸上，说："秀子，他这是欺侮文盲。"

"你说柴郡主怎么讲？"

"柴郡主就是柴火妞子里的郡主，好比猪鼻子插葱装象。"

"醉雷公胡批（劈）！"牛蒡怕秀子一怒之下抓破脸，"秀子会写自己的姓名，不算文盲；你才是睁眼瞎，我挖苦过你吗？"

"有一回你念完了古文跟我起腻，却又骂我本是禽兽不算人。"啭儿醉眼蒙眬，回忆当年的闺房之乐。

秀子装出满腔义愤神气，叫道："嫂子，你怎不撕烂他的嘴？"

"我那是赞美她！"牛蒡酒壮胆量，嘲笑秀子，"你那点文化，只认得干钩于，不认得人未余，哪懂得我这句话里的学问？"

"说！"秀子审贼似的喝道。

牛蒡咳嗽一声，咬文嚼字，说："我这是引用曹子建《洛神赋》的佳句，没有一星半点儿恶意。"

"本是禽兽难道是好话？"

"翩若惊鸿，矫若游龙，是不是禽兽？"

"不算人，怎么讲？"

"好像宓妃仙子下凡尘呀！"

"你说我是柴火妞子，又说啭儿嫂子是仙女下凡尘，我罚你一口酒，她奖你一口酒！"说着，秀子把一大口酒含在嘴里，打手势叫牛蒡狮子大张口，两人嘴对嘴一吐一咽。

"秀子，秀子，不许胡闹！"牛蒡慌了手脚，躲躲闪闪。

秀子却不肯宽饶，扑到牛蒡身上，把牛蒡按倒在地，掰开牛蒡的嘴吐了进去。

咚！一块半头砖扔进院子，秀子的男人在柴门外叫骂道："骚娘儿们，你在这儿浪不够，家里小三儿饿得哭断了脖子！"

"狗贼，我剁下你的舌头下酒！"秀子顺手抄起啭儿的掏灰耙子，挥舞着追赶出去，涨满两兜的奶水洒了一路。

牛蒡喝得不少，进东屋平放炕面，倒头便睡，鼾声如雷，震得房梁簌簌落土。

睡梦中，牛蒡耳边听见一阵紧锣密鼓喜乐声，模模糊糊仿佛看见一顶花轿进了门。他认得这顶花轿啭儿坐过。那时，这顶花轿头一回出赁，红得醒目，花得照眼。又过了几年，秀子坐这顶花轿，红已褪色，花也暗淡，隐约可见衰败气象了。现在进门的这顶花轿更加破落潦倒，雕栏玉砌今犹在，只是朱颜改。红不红，紫不紫，黑不黑，满身的油渍污垢，轿帘上的花已枯萎，打上了补丁，叫花子富贵衣。花轿里坐的不是啭儿，也不是秀子，她俩是搀扶新娘的两位大全福人。新娘下轿，蒙着盖头，不拜天地，就被她俩送进里屋，在炕沿上坐下，便抽身退出。牛蒡觉得，炕沿上的新娘四肢、五官、七窍、每根汗毛眼儿都冒着飕飕寒气，阴冷刺骨。他爹着胆子把新娘的盖头揭下来，只见新娘一张官粉涂白的扁脸，两道漆黑的柳叶眉，绿荧荧目光灼灼，两眉之间前额上有一道血痕，扑哧一笑垂下一条三寸多长的红舌头，牛蒡吓得惊叫一声："妖精！"

"我是罐儿！"新娘伸出鹰爪十指，掐住牛蒡喉咙，"我把你活人变死鬼，九泉之下做个长久夫妻。"

牛蒡惊醒，浑身冷汗，睁眼一团黑，片刻间还真以为自己堕入阴曹地府。他咬了一口胳臂，十分疼痛，才知道罐儿的"活捉三郎"不过是一场噩梦，原来自己一醉睡到大半夜。

西屋，炕面上像有两盘碌碡滚动，一男一女呼噜气喘，嘁嘁喳喳、低声笑骂。那是大昌和啭儿久别胜过新婚。

"你……心里想着……东屋的……"大昌忽然醒悟，吃醋起火，"嘴里嘟嘟囔囔连叫：'狗嫌儿，狗嫌儿……'狗嫌儿是谁？"

尽人皆知，狗嫌儿是牛蒡的乳名。

“我心里想他又犯哪一条王法？”啭儿不觉亏理，高声吵道，“他跟我是原配，是我一手把他带大，眼看他遭人暗算落到这步田地，难道不该怜惜他？”

“原来你是身在曹营心在汉呀！”大昌像被蝎子螫了一口，大嚷大叫起来，“你跟我是亲表兄妹，又领下结婚证的合法正式夫妻，就该一心不二，一动一静都得顾全我的脸面，看重我的前程。”

“我有偷野汉子的心，人家也不想吃馊饽饽喝涮锅水。”啭儿冷声恶气，伤感悲愤，“睡不着觉埋怨枕头，你想升官爬不上去，我可没拆台扒庙。”

“你不拆庙，可招来了鬼！”大昌胆战心惊，“你可知道，东屋的还没放回来，上边就下达了绝密通知，要严密监视他的一切活动。”

“这是死罪虽免，活罪难饶呀！”啭儿哭了。

“近墨者黑，咱们可不敢沾他。”大昌叮嘱道。

“那就赶快搬家吧！”

“搬到哪儿去？”

“房主来了，房客让屋。”

“谁是房主，哪个房客？”

“房主是他，房客是我和你。”

“你是房主，他是房客。”

“这座小院是刘家的祖产，我一个外姓旁人，怎能占窝？”

“你在刘家十几年，吃了多少苦，受了多少累，休了你得赔偿损失。”

“事过多年，怎能找后账？”

“我早给你过了户。”大昌自鸣得意地嬉笑道，“没费我一句话，只递了个眼色，就手到擒来，大功告成。”

“你倚权仗势，夺人祖产，不得好死！”啭儿哭闹起来。

牛蒡一不想争，二不愿吵，拎起自己那小包袱，悄悄溜下了炕，蹑手蹑脚走了出去；啭儿正跟大昌吵得像热窑，也没有发觉。

22

秀子改嫁巧手白三儿。

白三儿不但手巧，而且心灵。他还有一手绝活儿，那就是最能察言观色，讨大昌欢心，而且断定大昌是咬人狗不龇牙，仕途必能得意。所以，虽然宁吃鲜桃一口，不嚼烂杏一筐，可在他的眼里，秀子这个二婚，比黄花闺女更有利可图。

娶到秀子，不但能抱上大昌的粗腿，而且能将拖欠秀子的一千多块钱，连本带利一笔勾销。他像一只窥伺白母鸡的黄鼠狼，只想等候时机成熟，一跃而出扑上去，生擒活捉掳走。

但是，正忙着“大跃进”和反“右”倾的大昌，却嫌他行动迟慢，催逼他一天等于二十年。

心急吃不了热豆腐。然而，大昌迫不及待，严命难违。巧手白三儿不但怕到嘴的捞面扣了碗，煮熟的鸭子飞了桌，更怕惹恼了大昌被反“右”倾，那就罪上加罪，祸不单行了。

大妹雪花银子，见他愁得肠子搓成了麻绳，忍不住刨根儿盘问。巧手白三儿唉声叹气，话到嘴边留半句。雪花银子咬住不放，他才不得不竹筒倒豆子。

“都说你心灵手巧，原来不过是驴粪蛋子外皮光。”雪花银子嘻嘻哈哈笑道，“只怪你不跟我把话说透，秀子早钻进了你的被窝。”

“看我长着一颗猪头！怎就忘了家里有个女诸葛？”巧手白三儿一巴掌拍在脑瓜顶上，“你有多少锦囊妙计，说出几样儿，开开哥哥的心窍。”

雪花银子在他耳边嘁嘁喳喳，拍了拍他的肩膀，说：“秀子这块肥肉手到擒来，就怕你想偷胆小怕狗咬。”

“狗急了敢跳墙，我给逼得没有退路就色胆包天了。”巧手白三儿一副贪婪的馋相，“银子，鼓足干劲，力争上游，靠你了。”

秀子离了婚，很看重人的名儿树的影儿，瓜田不纳履，李下不正冠。她一人独居一院，很怕稍有不慎，招来闲言碎语，就把雪花银子找来做伴，鸡蛋不裂缝谁也下不了蛆。

秀子是刀子嘴豆腐心，雪花银子是豆腐嘴刀子心。秀子跟牛蒡离婚，拿回一千五百元赔偿费，雪花银子便像猫儿闻到了鱼腥味，蚂蟥死叮肥白大腿，一天到晚不离秀子身边左右，甜言蜜语迷魂汤，嘘寒问暖耍手腕儿。有一天秀子好像从迷梦中醒转，半夜三更吵骂起来。

“我离婚扔了男人，难道是为了替你换钱花？”秀子吵够了骂，骂累了又哭，“我没给自个儿的男人生出一男二女，这笔钱本打算替他买个能下崽的娘儿们，谁知全给你诓骗走了！”

“你把那个丧天良的狗嫌儿送进大牢，怎么还在他身上不死心呀？”

“我没给他生个儿子，对不起他家祖宗，也怪不得他找个帮套。”

“听你的口气，他从大牢出来，你还要又坐二回花轿二进宫哩！”

“离婚是为了我哥哥升官，我哥哥升了官就许我再嫁狗嫌儿。”

“狗嫌儿被你害得丢人现眼受够了罪，他怎能拉出的屎又坐回去，还想娶你？”

“那我也得给他买个会下崽儿的媳妇，才算跟狗嫌儿不该不欠。”

“你想买谁？”

“就买你。”

“我不卖！”

“那就连本带利还我的钱。”

“你这不是人贩子又放驴打滚儿吗？”

“不还钱你就嫁狗嫌儿！狗嫌儿才貌双全，难道还配不上你这个满脸苍蝇屎，又是一条母牛腰？”

“你比我腰儿细，脸儿俏，他都看不上你，我怎能入他的眼？”

“还是你粗中有细！”秀子恍然大悟，连拍几下脑门子，“你妹子杏儿白净秀气，那就拿她顶债。”

“有谁知道你那个狗嫌儿哪一天才放出来？也许他出来早变成了一个糟老头子，我家杏儿也没一根黑头发了。”

“不许你咒他！”

“等到二十岁，狗嫌儿不回来，我妹子可不能守望门寡。”

“凑个整儿，等十年吧！”

“狗嫌儿十年不回来，我家欠你的钱，也就本利两销了。”

“咱俩空口说了不算，还得找小学里的老师立字为证。”

两人凿定，雪花银子舌尖子一翻，换了话题，问道：“秀子，狗嫌儿有了着落，你也该赶快找主呀！”

秀子瓮声瓮气答道：“等杏儿上了狗嫌儿的炕，我午时三刻就嫁人。”

“嫁谁？”

“一个脏过身子的二婚，又是骒骡不下驹儿，还敢挑肥拣瘦？”

“公社副书记的妹子，萝卜能卖鸭梨价儿，没生过孩子身腰赛过大姑娘，定能找个人中吕布，马中赤兔。”

“等我想汉子想得熬不住的那一天，就找你给我保媒拉纤儿。”

“我早就给你看中了一个如意郎君，只等你一开金口，我就给你牵来过眼。”

“谁？”

“饭不熟不揭锅。”

“你想憋死我呀！”秀子骑到雪花银子腰上，遍身搔痒，雪花银子像翻筲的泥鳅，在她胯下翻滚。

“我说，我说……”雪花银子喘不过气，磕头告饶，“坦白从宽，你一不许骂，二不许打。”

“赦你无罪，从实招来！”秀子像野台子戏里的大老爷问案，停住搔痒却不下身。

“我想扯一根红线，把你跟我哥哥拴成一对儿。”雪花银子嘻笑道，“别看我哥哥是个风吹日晒泥里滚雪里爬，却天生是个小白脸儿。”

“心黑得像灶膛。”

“天庭饱满，地阁方圆，五官端正……”

“脚歪走邪路。”

“说三道四是买主儿，你心眼儿活动了。”雪花银子突然一个鲤鱼打挺，把秀子整个儿翻到炕沿下。

炕沿下白沙铺地，一身热汗的秀子全身沾满沙粒，啐着唾沫骂道：“我还怎么上炕睡觉呀？”

“我身上的汗也又黏又臭，咱俩下河浮几圈去！”说着，下炕把秀子背在身上，大步朝外走。

门外就是大河，几步之外有个河湾。雪花银子一身蛮力，背着一百二三十斤的秀子脚下生风，一口气跑到河湾处，钻进浓密的蒲柳丛中，脱光了身上的裤褂，像两只天鹅下了水，一黑一白在水中上下浮沉。

河上，月亮像一盏天灯，夜空，有一大片乌云，像扯起一大块黑布。

“哎哟哟！我肚里疼得像扯断了三根肠子……”雪花银子呻吟连声，“一大泡稀就要撞开了门。”

“快上岸去，别腌臜了一河清水！”秀子连推带搡，把雪花银子赶走。

在蒲柳丛中，雪花银子穿上自己的衣裤，顺手牵羊把秀子的裤褂偷走，上岸钻进高粱地，轻轻吹了两声口哨，一簇豆棵下探出巧手白三儿的脑壳。

“下河捉白鹅吧！”雪花银子挤眼努嘴打手势。

“我怕……她不依不饶……惹下大祸……”巧手白三儿临阵变成了缩头男子。

“那你就灌她的坛子，等她昏迷抱进高粱地里入洞房。”雪花银子说罢，扔下秀子的衣裤，一阵风返回自己的家。

“得令！”巧手白三儿答应一声。

乌云掩月，黑布蒙住了天灯，巧手白三儿悄悄溜下了河。

“银子，雪花银子！”秀子浮着水转圈呼喊。

水下，两只胳臂箍住了她的腰，她刚张开嘴，没等叫出声便被一口水噎得失去知觉。

几天后她嫁到白家。二年两胎生了三个丫头，一胎是双生。

23

秀子又生了两个丫头，香白杏儿长到了十七岁，三十岁的牛蒡被放了回来。

牛蒡找几个人，在他家祖坟搭起一座窝棚，为爷爷和奶奶、爹和娘守庐一年。不剃头，不刮脸，不看戏，不笑一声，不走亲望友，不穿亮色衣裳。队里分配他在河边放一匹挂驹儿的骒马和两头怀了崽的母牛。他早出晚归，难得跟村里人打几个照面。

在爷爷奶奶的大坟和爹娘的小坟之间有一块空地，左右两棵紫桑葚树，因地制宜，因人而设，因陋就简，牛蒡的窝棚像棺椁、站笼、鸟窝、蛐蛐罐儿。牛蒡也就整个儿是有巢氏借尸还魂。

窝棚狭窄，一人住着能出入，两人同住翻不了身。三尺厚的白沙，垫着五寸厚的青草，青草上铺着一张薄席，薄席上一床被子。这床被子蒙住头露着脚，两只脚丫子叮满大花斑蚊子。夜晚，牛蒡爬进窝棚，临门的架框上挂一盏风雨马灯和两条燃烧的艾蒿绳子。月色、灯光、蒿烟，牛蒡像老僧入定，一心不二看书写字。

“狗嫌儿哥……”

夜风吹进一声低唤，牛蒡抬头一看，那是蓬头垢面的秀子，破衣烂衫像个活鬼。

“秀子，你怎么黑更半夜到河边？”牛蒡冷冷问道。

“大白天我到坟地里找你，没偷汉了也得叫唾沫淹死。”

“黑夜你更不该来。跳进大河洗不清。”

“你放回来，我不明一明心，窝着一肚子的委屈，叽里咕噜难受。”

“是你哥哥为了升官，逼你跟我离婚，我不怨恨你。”

“我本来想等你出来，破镜重圆，做个接茬夫妻。”

“不愿意。”

“我就怕你鼠肚鸡肠跟我结下死疙瘩，才拼出我这一百多斤，给你换个水灵灵鲜嫩嫩的黄花闺女当媳妇。”

“多谢。”牛蒡像半截树桩子，一点也不感动，“还是等我死后，你替我换口薄皮棺材吧！”

“放屁！”秀子骂道，“眼下我的男人是巧手白三儿，卖身葬夫也轮不上你。”

“我只想要棺材，不想要媳妇。”

“你猜，我给你换来的这个媳妇是谁？”

“胖杨妃，瘦飞燕，病西施……”

“巧手白三儿的妹子！”

“雪花银子不是三年前就出门子了吗？”

“我能给你换一头母牛吗？”

“你换的是小丫头杏儿？”

“杏儿十七了，不是青杏，不是酸杏，是熟杏、甜杏、红杏、香白杏儿。”

“一回被蛇咬，十年怕井绳，我受过你一回害，桃、杏、梨、枣也不敢尝一尝。”

“那丫头长得比我俊俏。”

“恶鬼变成的美女，比谁都好看。”

“她的脾气比我柔和。”

“咬人的狗不龇牙。”

“我跟你不下崽儿，跟白三儿只会生丫头；杏儿嫁给你，头一胎不从肠子里爬出两个儿子对不起你。”

“人人口粮不足，家家烟囱结起蜘蛛网，我自个儿顾不过命，哪还敢添丁进口？”

“你就是草多料足，我也不忍把九死一生的杏儿推给你发丧。”

“这孩子得了重病？”

“饿得皮包骨头，八九个月歇了红。”

“这也是浮肿病，你得赶快给她吃饱吃好，两三个月就能转危为安。”

“杏儿死心眼，为了我那几个丫头片子少挨饿，她一个月倒有十天粒米不进。”

“走！给杏儿摸两条活鱼。”说着，牛蒡从窝棚里蹿出来，“白煮鱼汤，十全大补。”

跑到河边，秀子推开牛蒡，自己下水，说：“我两只手长眼，比你会摸，你在岸上等着捡鱼吧！”

牛蒡不是外人，秀子扒得只剩一条花裤衩子，稀里哗啦蹚下河去。牛蒡心安理得，坐在岸边背靠河柳，守株待鱼。

谁知，秀子那一双长着眼睛的手，就像失了明：沿着岸边摸过来摸过去，半个时辰一里多，一条漏网之鱼慌慌张张撞在手上。秀子泄了气，像一只水汪汪的落汤鸡，上岸就躺在一片草地上，苦笑道：“狗嫌儿，我坐过三回月子，生了五个丫头，难道还不知道鱼汤能补身子？只是男女老少都饿红了眼，下河摸鱼的人比河里的鱼还多，白天别想摸着一片鱼鳞，黑夜里瞎猫碰着了死耗子，才抓住这条活腻了的鲫鱼。”

“那就带回去给杏儿熬一锅汤吧！”

“熬得了汤杏儿一口也不喝，都喂我那五个丫头。”

“那就在我的锅里熬出汤来，我给她送去。”

“还不如我把杏儿背来，抱着你的锅喝。”

“咱俩各奔东西，分工合作。”

牛蒡刮光了片片鱼鳞，剖肚掏空了五脏六腑，洗净了泥沙和血污，便放进碱水刷过的铁锅，清水，蒿柴，鲜鱼，火光中飘散着阵阵鱼香。

鲫鱼熬到半熟，秀子把半死不活的杏儿背来，放在紫桑葚树下。

浓烈的鱼腥味，呛醒了饿昏迷的杏儿，睁了又睁才挑起眼皮。

秀子把她半揽在怀里，柔声笑道：“等一会儿，我喂你鱼汤。”

“留给孩子们喝吧！”杏儿闭上眼睛，胸脯一起一伏，“我只想快死，省出一份口粮，分给五个孩子吃。”

“我就是把五个丫头活活掐死，也得保住你的命。”秀子紧搂着杏儿哭道。

牛蒡端着大碗鱼汤走过来，说：“杏儿妹子，一个鱼头四两人参，喝下我这碗鱼汤，你就是想死，阎王爷也得把你打发回来，不敢收留你。”

“杏儿，这锅鱼汤，你狗嫌哥才舍不得给我那五个丫头喝哩！”秀子酸溜溜好像打开了陈年老醋缸，“他的妙手只想给你回了春，赶快拜堂成了亲，猫三狗四，猪五羊六，牛七马八，一连串给他生儿子。”

“秀子，你这张嘴，是个泔水桶。”牛蒡把大碗鱼汤放到杏儿头旁，“妹子，你放心喝吧！我下河给你那五个侄女摸鱼，不摸到五条不上岸。”他推开横拦竖挡的秀子，冲下沙丘跳入水中。

“狗嫌儿哥是多好的人，怎么就该他受那些三灾六难呢？”杏儿滴滴答答落泪，捧起大碗喝下了一小口。

“不受苦中苦，难当人上人。”秀子噘着嘴唇，一口一口吹散鱼汤的热气，“狗嫌儿丢人现眼落了难，倒栽葱回了村，脊梁没断，膝盖没软，腰板儿不塌，是条打掉了牙咽进肚子里、折断了胳臂吞进袖口里的汉子。我断定他早晚有出头之日。”

“就像时来运转当大官的朱买臣？”

“差不多。”

“那你不成了《马前泼水》里的崔氏？”

“也差不多。”

“崔氏羞得上了吊呀！”

“我才不那么心窄哩！”秀子一副泼皮无赖口气，“等我生下儿子，长大不能压狗嫌儿一头，我才打算投河、跳井、上吊、抹脖子。”

“做梦吧你！”杏儿心中暗骂，“我是狗嫌儿，也不想跟你这头活驴白头到老。”

秀子倒头大睡，呼噜呼噜鼾声如雷。

“秀子，把我的洗脸盆送来，我摸着一条草青儿！”牛蒡在河边喊叫。

杏儿推了推秀子，秀子睡得死沉，挺尸不动。她急忙把大碗鱼汤喝得一滴不剩，摇摇晃晃到河边去。

月色朦胧，云影飘动，弯腰摸鱼的牛蒡只当走来的是秀子，不知来人是杏儿，头也不抬笑骂道：“秀子呀秀子，你是个两条腿走路的女人，不是横骨插心的母猪，怎么改嫁连生五个孩子？这条大河是一锅数得过来粒儿的清水汤，我就把大河翻个过儿，掏干河里的水，只怕也摸不着五条鱼。”

杏儿哧哧笑，说：“添上我这两只手，摸不着大鱼还捞不着小虾？”

一听不是秀子的话音，牛蒡猛抬起头，见是杏儿，急得从水中拔出双手，左右伸展像一道栏杆，喊道：“杏儿妹子，你身上有病，不许下水！”

“喝下你这一碗鱼汤，我浑身就像热水开了锅，火坑都敢跳，还怕下水摸鱼？”杏儿想从牛蒡的胳膊下钻过去，却被牛蒡拦腰抱住。

“我一条红线拴紧了你们这两只蚂蚱！”秀子像偷鸡的黄鼠狼爬出柳棵子，“你俩摸吧！我可回家给小五儿喂奶去了。”她捡起牛蒡摸到的那条鱼，柳条儿穿腮拎起就走。地里放了荒，草盛豆苗稀，撒一葫芦收一瓢。旱地不打粮，河里找水饱；鱼网恢恢，疏而不漏，大鱼吃光吃小鱼，小鱼吃净吃鱼苗儿，吃得连虾米都断子绝孙。大河眼看着儿女挨饿，也挤不出一点一滴乳汁了。

24

杏儿熟了，红杏枝头春意闹。秀子眼尖，早已看出杏儿女大十八变，心神不安，坐卧不宁，喜怒无常，哭笑不由自主。不问可知，杏儿朝思暮想的是赶快嫁给牛蒡，男欢女爱过日子，接二连三生儿子。秀子不光眼尖，而且眼毒，她也看得出来，年过三十的牛蒡跟杏儿不冷不热，不远不近，一点也没有兴致。回乡这几年，牛蒡每个月都进城一趟，住上两三天，麦秆篓子里装着鸡蛋，柳条篮子里装的是青菜，大布袋小口袋，不是黄豆小米绿豆，就是玉米糁儿荞麦面。城里有拴着他的心的女人，不逼他跟杏儿拜了花堂锁进洞房里，便会追悔莫及、后患无穷。秀子更看得入木三分，巧手白三儿自从被四清工作队封为依靠对象，虽还没有得到一官半职，却已是耳目和心腹，自我感觉可算半官之体。等急风暴雨的运动一过，当不上大队长，也得当个脱产的副大队长。只要不下地汗珠子摔八瓣儿，坐在屋里身不动膀不摇就能挣分，官不官长不长的倒无关紧要。这个依靠对象当了八九个月，就已经耳目挣分，没有下过几回地，肚子也能吃饱，还多少有点荤腥。他是依靠对象，牛蒡是治安对象，身份虽无天壤之别，却已分得出高低上下。把妹子嫁给牛蒡，显而易见门不当户不对。鸟飞高枝，人奔上走，巧手白三儿已经流露退婚之意。只是被秀子骂得不敢立即执行。谁想，他正南柯梦酣，四清工作队忽然不辞而别，连夜仓皇撤离，落荒而逃。不知何故，不知去向，扔下巧手白三儿，失魂落魄像丧家之犬，二十五只老鼠吞下肚子里，百爪挠心。此时，巧手白三儿正没有主心骨，最是耳软心活，正得给牛蒡和杏儿完婚，机不可失。杏儿求之不得，白三儿没有四清工作队做主便又夹起尾巴，秀子的金口玉言，敢不言听计从？三个人中只有牛蒡的头难剃，必须重点进攻，射马擒王，不能叉开五指捉跳蚤。

正是麦收之后，秋收之前，挂锄时节，田家闲月。秀子又怀了孕，肚子像一口倒扣的大铁锅，人在门里，肚子已突出门外，一望而知又是双胞胎。她不辞辛苦，超负荷运转，往返奔走，口干舌焦，说服动员牛蒡。

牛蒡守庐的窝棚，已经改建成泥坯土房。

就像触犯清规面壁参禅的和尚，牛蒡守庐一年之后剃头刮脸，面目一新亮相，挑帘就讨个碰头彩。

一白遮百丑，一个孝更像抹了一脸的换肤霜，牛蒡臭了又香，竟成为村里最有头有脸的人，比书记、大队长的面子还大。然而，他却像心中有鬼，不敢高枕无忧。他老觉得，头上有一块磨盘压顶的阴云，脖颈后有一柄阴森森的鬼头刀不即不离，一年四季虽不是寝食不安，却是愁眉锁眼的日子多，笑逐颜开的时候少。福兮祸所伏，居安要思危。病从口入这并不可怕，祸从口出却不能不防。曾子每日三省："为人谋而不忠乎？与朋友交而不信乎？传不习乎？"牛蒡在三省之外又加一省："言不慎乎？"官大有险，树大招风，县令尚且只算七品，刘家锅伙的书记、大队长本来微不足道，够不上品位，但是在刘家锅伙这个弹丸之地，书记就是皇上，大队长就是丞相，货真价实的大官。把牛蒡放到原始丛林里，不过是一根小草，而在刘家锅伙便是引人注目的大树。四清工作队一进村，一眼就盯住了书记和牛蒡，大队长反而降为配角和龙套。清查了一年多，直到四清工作队溜之大吉，牛蒡落了个不明不白收场，不知自己是人是鬼，心情沮丧恶劣，便进城住一住，散一散心。

牛蒡的泥坯土房，位置在他的爹娘坟墓的下首。北戴河旅游胜地的一个山谷，有个引人观奇的朱坟。那是清末民初北洋政界大老朱启钤活着的时候，给他自己和妻妾们修筑的阴宅，不过这位朱老先生活到六十年代才死，并没有住进他亲手造的朱坟长眠地下。牛蒡的泥坯土房虽不是仿朱坟而造，却也颇有近似之处，便名之曰牛穴。牛穴对朱坟，对仗也算工整。秀子来到龙脊白沙冈，牛穴中找牛蒡，一进柳棵子地，大吃一惊吓得鬼叫。原来，牛蒡在紫桑葚树浓荫下铺上一张绿苇帘子，赤条精光一躺，仰面朝天，两眼瞪得滚圆，遍体鳞伤，横一道竖一道渗血的鞭痕。

“狗嫌儿！谁打了你？”秀子跟牛蒡曾是数年夫妻，也就不顾男女之大防，扑下来跌坐牛蒡身边。

“天下大乱了，大乱了！”牛蒡嘴里自言自语眼珠儿却一动不动。

“你是不是受了阴风中邪？”秀子拍牛蒡的脸腮，掐牛蒡的人中，又揉牛蒡的胸口，“我早就劝你别住坟地，不听老人言，吃亏在眼前了吧？”

“天下大乱，大祸临头……”僵卧如雕像的牛蒡，眼角滚下两滴泪，像石头出了汗，“我看望我的一位老师，老师正被他那些红卫兵学生抄家罚跪，撕烂的书散了一地，老先生被皮带铜环打得皮开肉绽，头破血流，我上前说理，也遭到他们的毒打。”

“红他妈的兵，土匪！”秀子又抱怨道，“刘家锅伙搁不下你，偏要奔城里跑；村里没人捅过你一指头，进城就白挨一顿臭揍。”

“士可杀不可辱！”牛蒡忽然血涌上头，惨白的脸庞涨得通红，“今早上我回村之前，买了糕点水果去看望老师，才知道老先生上了吊。”

“老先生死得太窝囊了。”秀子一不伤情，二无敬意，“拼死一个够本儿，拼俩赚一个，哪能连老本儿都赔进去？”

“如果我在劫难逃，我有赚不赔，还得给老师报了仇。”牛蒡眼白挂了血丝，“我难躲一死，你念咱俩有过夫妻一场，冤家宜解不宜结，你就像汤锅刮毛，把我身上剃个毛刺儿不剩，学那埋在通州城外的李卓吾，赤子而来赤子而去。”

“李卓吾是你老师？”秀子问道。

“他是明朝大学者，多说你也不懂。”牛蒡双眉紧皱，眉梢儿颤动，“李卓吾死前就叮咛他的学生，把他的尸身剃得像刚出娘胎的婴儿。”

“姓李的爱怎么死就怎么死，不许你跟他学。”秀子的口气，像长姐训诫幼弟，“还没给你家留个儿子补你的缺，你想死就犯下不孝之罪。”

“万一城里乱到乡下，刘家锅伙也没有我的容身之地，我只有死路一条。”牛蒡长叹一声，哽咽悲凉，“我出外念了十年书，找着了我家的来历，算我没有白喝一瓶又一瓶墨汁。我家本是匈奴人在运河滩落户。古今中外史书，汉字洋文写着，世界已没有一个匈奴人。我家也到我为止，断子绝孙了。”

“一派胡言！”秀子左右开弓，连抽牛蒡两个嘴巴，“我在你家当了几年受罪的媳妇，一想到没能给你家下个崽儿，心里老觉着亏理欠情。你是本主独苗儿，反倒眼看着绝户不着急，难道良心给狗吃了？”

牛蒡被打得两眼冒金星，热昏的头脑冷静清醒过来，这才发觉自己赤身裸体，慌忙穿上衣裳，说：“我不结婚，一个人顶雷；结了婚至少还得有两个人陪着我活受罪。”

“谁？”

“我是治安对象，老婆孩子也就被另眼相看。五七年划了右的人，老婆受人欺负，忍气吞声，儿女聪明绝顶，也不许报考大学。你想想，我砍头还要拉两个陪绑，死后转世投胎，只能变猪变狗。”

“我情愿跟你手拉手跳油锅！”柳棵子地外，杏儿哭泣着搭腔，“一个坟坑能埋一人，也就能埋一对儿。”

“呸！偷听犯割耳之罪！”秀子跨过去一步，探出胳臂把杏儿扯进来。

这两年能吃上七八成饱，杏儿虽不是日新月异，变化也不小。她的个子长高了半头，身子壮了一圈儿，柴草枯黄的头发变得浓密而又油黑。刘家锅伙村小人少，全村三百六十口人，男女差不多各半。十六岁到二十六岁是女人花红柳绿年龄段，刘家锅伙花红柳绿的女人二十多一点不够三十名，杏儿敢说是这二三十名年轻女子中美人。自古美女出自民间，西施便是苎萝村的柴火妞子。不过，此时的柴火妞子长得好看不好看，“沉鱼落雁，闭月羞花”，陈词滥调，华而不实。量出俊丑、贵贱只有把公尺（公认的标准），这把公尺就是看吃商品粮的肯不肯娶她。娶她的这个吃商品粮的人地位高不高，挣钱多不多，岁数大不大。

杏儿一上十八，媒人就七出八进，还有十五个在路上。他们都像夜壶镶金边，值钱就在嘴上。售货员、泥瓦匠、翻砂工、汽车司机、公社干事……一个个来到杏儿家。哥哥过了目，劝她嫁给挣钱多的，姐姐过了目，催她嫁岁数小的。然而，挣钱多的都岁数不小，岁数小的又挣钱不多，两人各不相让。杏儿只听嫂子的高见，秀子干脆一句话："高出狗嫌儿一头你就嫁，差一截子你就别动心。"于是，日子一长，牛蒡就成了杏儿眼里的尺、心中的秤。她能见到的男人，没有一个够得上牛蒡那把尺的尺寸，也没有一个过得了牛蒡那杆秤的分量。年过十八是十九，她已经目中无人，心上只有牛蒡了。

有一回，巧手白三儿不向大队告假，私自外出耍手艺抄肥，被叫到公社，罚当义务工，白给公社修房子打家具，每天劳动十二个小时，只管窝头咸菜葱花汤，工钱分文不给。杏儿搬到哥嫂屋里，跟秀子同枕而眠。

几个孩子都进入了梦境，杏儿在秀子耳边小声说："嫂子，从今以后，不管是谁，上门给我说媒，我都把他关在门外；赖着不走，放狗咬他。"

"女大不可留，留来留去结成仇；为防挨骂早找主儿，一纸文书把你卖给了出大钱的老客，这笔钱能买三匹马九头驴。"

"卖给谁？"

"问你哥哥白三儿，姐姐雪花银子。"

"他俩有眼无珠，两个窟窿只管出气。"

"这一回却是宝剑卖给了壮士，红粉卖给了佳人，麻绳儿卖给了上吊的，打狗棒卖给了叫花子。”

“哪一年卖的，谁是买主儿？”

“我进你家门之前，买下了你。”

“你买我供在佛龛里呀？”

“转手送人，换个人情。”

“送给谁呀？”杏儿心怦怦乱跳。

秀子咬着杏儿的耳朵嘁嘁喳喳：“……狼叼来的肉喂狗，你替我给狗嫌儿打补丁。”

杏儿一头扎到秀子怀里，咯咯笑着哭起来。

25

一夜之间，刘家锅伙就像传染了鼠疫，发了疯乱了套。

刘家锅伙属于老庄户公社，老庄户公社管辖二十八个村。二十八个村有八十二股造反团和战斗队，八十二股造反团和战斗队分为两大阵营。两大阵营一个叫匪帮，一个叫红痞。匪帮是贫下中农红卫军的诨名。贫下中农红卫军的首领，年轻时当过土匪的二当家，指挥武斗八面威风，贫下中农红卫军便被对立面咒之日匪帮。对立面的旗号是贫下中农赤卫军，自称是当年湖南农民运动革命痞子的嫡亲后裔。匪帮以其人之道还治其人之身，便也呼之为红痞。

秀子是匪帮的能干女将，敢死队长。雪花银子是红痞的压寨夫人，他的男人是红痞之首，巧手白三儿身为皇亲国戚，也就位列八大金刚之一。秀子和白三儿夫妻反目，两口子见面分外眼红，不但不肯睡在一铺炕上，而且不愿头顶一块天，脚踩一方土。牛蒡这个治安对象，四清运动虽没给戴上帽子，档案上却又浓墨重彩抹了一笔黑，这一笔是成分可疑待定。牛蒡家姓刘，他的爷爷以玄德公刘备之后自居，被四乡八村尊称二皇叔。牛蒡却又自认为是匈奴后汉刘氏王朝的苗裔。所以，牛蒡不管是汉刘还是匈奴刘，反正都是反动帝王的子孙，不但不应划为贫下中农，而且不能划为中农或上中农。然而，牛蒡家土改前没有几亩地，没有雇过长工，也划不上地主富农。家庭出身：可疑待定；政治面貌：治安对象。牛蒡岂能没有自知之明？避之唯恐不及，焉敢出马上阵造反？他恨不能天赐一棵隐身草，销声匿迹谁也看不到。杏儿是响当当的贫农女儿，想当匪帮受欢迎，想当红痞更够格儿。但是，她看不起哥，不佩服嫂子，更不相信姐姐和姐夫，也就哪一条船也不上。那一天夜晚，秀子跟她枕边耳语，她才知道自己早已许配牛蒡，虽然牛蒡仍被蒙在鼓里，剃头挑子一头热，杏儿却已经打定了夫唱妇随的主意。牛蒡向东，她不奔西，牛蒡打狗，她不骂鸡。匪帮阵营人多势众，有杏儿不多，没杏儿不少，秀子也就不劝她入伙。相比之下，红痞阵营不过是草台班子乌合之众，红了眼到处拉壮丁，杏儿是大头领的小姨子，压寨夫人和八大金刚之一的胞妹，岂可逍遥造反外，不在红痞中？如何把杏儿变成红痞？大头领主张威逼，巧手白三儿打算利诱，最后还是雪花银子比他们高明：兵不厌诈，只能骗取。

巧手白三儿跟秀子连生六个女儿，眼下虽没离婚，却分居另过。白三儿带着女儿中的一、三、五，搬到红痞大本营。雪花银子自己已有四个儿女，哪有工夫关心三个侄女的冷暖。秀子虽是女中大老粗，可是母子连心乃人之天性，她天天看着身边的二、四、六，就不能不想一、

三、五也是她身上掉下的肉。她不能自投虎口，到红痞大本营看一看三个孩子，就常打发杏儿替她送点吃的，给三个孩子洗洗涮涮，缝缝补补。这一天，有人捎来雪花银子的口信，说是一、三、五一个上吐下泻，一个跑肚拉稀，还有一个高烧不退，传唤杏儿十万火急前去照看三个孩子。秀子一听就乱了方寸，催逼杏儿赶快上路，杏儿来不及跟牛蒡打个照面，一溜烟尘急奔雪花银子家。

杏儿走后，这一夜运河滩发生两大阵营你死我活的大武斗，死亡百人，巧手白三儿和秀子都身负重伤，被抬回各自的大本营。

秀子自知活不了几天，偏想死在牛蒡家的北房西屋，那曾是她和牛蒡的洞房。她只要牛蒡服侍她，给她做饭，喂她吃药。队里给牛蒡每天记十分。

牛蒡只会熬粥蒸窝头，切出的面条有粗有细有长有短，捞到碗里像拨鱼；烙出的白面饼，铁板一块能砍死了狗。炒得的菜，不占色、味、香，烂成一摊泥，掉光了牙的老头儿老太太都嫌口软。有时火候不足，又多搁了盐，生味儿难闻齁嗓子。

"秀子，我做的是猪狗食，赶上忆苦饭了。"牛蒡端上饭菜，万分惭愧，"害得你吃二遍苦，受二茬罪。"

"狗嫌儿哥，对不起你的是我，我把你害得人不人鬼不鬼。"秀子两腿被打断，难以起身，便两手撑起身子，在炕沿上磕响头，"我请罪，请罪！"

"秀子，你是我的救命恩人。"牛蒡放下饭菜，拦腰把秀子抱住，"不是你打破我的黄粱梦，我念完大学成名成家，也不过落个我那老师饱受凌辱、投缳自尽的下场，哪如回乡务农，苟全性命，老死还能留下整尸首。”

“狗嫌儿哥，你不埋怨我一声，我死了连猫狗也不能托生。”秀子哭得哆嗦成一团，“我活不了三天两早上，有句埋在心窝子里的话，临死不能不掏给你……”

“你骂得我体无完肤我都想听，只是你一说死，我就堵住你的嘴。”

“杏儿给你当媳妇儿，不光是我这条狗命换来的，还是你赔我那一千五百块钱买来的。”秀子大口大口喘气，“千年字纸会说话，我跟白三儿和雪花银子立下的买卖文书，原先收在灶王爷供板下，这一年我又藏在领袖像背后。你拿到手里，杏儿就被人抢不走。”

牛蒡大惊，吓得叫道：“你送我一份卖身契，这不是给我招来杀身之祸吗？”

“你怕……那我……交给……红卫军……指挥部……”秀子目光昏暗散乱，气息奄奄了。

牛蒡跑出柴门，扯着脖子喊人。

秀子咽气的同时，巧手白三儿也挣扎在阴阳界，死亡线上打千斤坠儿。他千叮咛万嘱咐雪花银子，哪怕打家劫舍杀人放人，也得把买卖杏儿的文书从秀子手里夺过来。

巧手白三儿和秀子这一对死敌夫妻，可算虽非同年同月同日生，却是同年同月同日死，有情人结成之眷属。然而，两个人临死都撂下一句话：宁愿孤坟野狗一棵树，也不想埋在一个坑。二人分葬两地，两大阵营本来都打算举行盛大葬礼，但是支左代表带领一支敢三十米刺刀见红的兵马，全面接管老庄户公社，一声令下包办婚姻，枪杆子撮合革委会；两大阵营都想在革委会里多占席位，便你比我革命我比你更左。红痞把巧手白三儿一烧，骨灰撒在地里给玉米秧子追肥。匪帮公开声明，秀子的死活跟他们无关，把死尸扔给了牛蒡，悉听尊便。而且，秀子那二、四、六三个女儿，大的刚五岁，小的还吃奶，也都批发给牛蒡。

他是秀子的前夫，却不是这三个孩子的后爹。雪上加霜一下子变成重灾户。养儿像叔，养女像姑，姑侄亲上亲，砸断骨头连着筋。不过，雪花银子也是秀子冤家对头，不能违反秀子遗愿，跟雪花银子主动媾和。只有找人给杏儿捎信，叫杏儿回来葬埋嫂子，管教侄女，他甘效犬马之劳，当个义务长工。

杏儿遭到姐姐和姐夫软禁。捎信的人见不到杏儿，牛蒡的口信被雪花银子截留，雪花银子守口如瓶，把杏儿装进闷葫芦里。

公社革委会成立，两大阵营被迫解散，名亡实存，转入地下，秀子那支敢死队又由散而聚。人无头不走，鸟无头不飞，这些根红苗壮的贫下中农子女，竟像冷手抓个热馒头异口同声拥立牛蒡为群龙之首，有如七侠五义扶保书生颜查散。

敢死队的七侠五义做主，不出响动把秀子深埋在牛蒡家院里。

过去，当八路的都有个化名，免得敌人搜捕，给三亲六故惹祸。敢死队的七侠五义，也都各自从样板戏和对敌斗争影片里，选了好汉的名字，安在自己头上。比如，《红灯记》里的磨刀人，《五十一号兵站》的小老大……牛蒡的美名叫老九。老九不能走，多么风光！

秀子的娘家哥嫂，悄悄把秀子那二、四、六三个女儿接走。牛蒡卸下了肩头的磨盘，浑身像剔下骨头散了架，竟没有力气上炕，半截身子横亘炕沿儿，不上不下就睡着了。

忽然，睡梦中好像天下大雨，鞭杆子雨脚浇头喷脸，他打个寒噤，睁了又睁才抬起沉重的眼皮，只见满屋青幽幽的月光，一张黑糊糊阴森森的夜叉脸，手端着瓢，向他脸上噗噗喷水。

“交出杏儿的卖身契！”夜叉脸两眼通红冒火，恶狠狠低声喝道。

“你是谁？”牛蒡问道。

“黑无常！”夜叉抽出鬼头刀对着牛蒡胸口，“交出来，快！”

“银子，别装神弄鬼了！”牛蒡听出雪花银子的口音，反倒镇静下来哈哈一笑，“卖身契不是早烧了吗？”

“谁烧的？”雪花银子不打自招，已经暴露半边脸。

“斗争黄世仁大会，人人看见农会主任把卖身契扔进火堆。”牛蒡见雪花银子呆头呆脑，越发装傻充愣。

“狗嫌儿，你敢戏耍姑奶奶！”雪花银子前腿弓后腿绷，两手运力举起了刀，“你交不交？”

“秀子临死给我的这份文书，我只能当面交给杏儿！”牛蒡面无惧色，颇有一副视死如归的神气，“杏儿把这个文书拿走，愿嫁给谁就嫁给谁。”

“我剁碎了你！”雪花银子抡起了刀，却没有砍到牛蒡身上。两把铁钳抓住她的手腕，鬼头刀当啷落地。

磨刀人和小老大，像两名法警把死刑犯押赴刑场，一左一右把雪花银子架出柴门外。

“银子，把杏儿放回来吧！”牛蒡擦着满头冷汗，“我没有歹意，你这个当姐姐的也别害一奶同胞的妹子。”

他胸膛一阵燥热，转身舀起一大瓢凉水，咕咚咚一饮而尽，却又打了个长长的哈欠，回屋睡他的二茬子觉。

“救命呀！狗嫌儿哥，快救妹子一命呀！”院外，高粱地雪花银子鬼叫着呼救。

牛蒡忙跑出柴门十几步，却见磨刀人和小老大得意洋洋摇头晃脑回来。

“雪花银子怎么大呼小叫？”牛蒡怒声问道，“你们是不是合伙欺辱她？”

“狗嫌儿哥，谁像你‘空身整三年，母猪赛貂蝉’。我们新鞋不踩臭狗屎。”两人嘻嘻哈哈，你追我赶跑走。

磨刀人和小老大只扒光了雪花银子的下身，便放她抱头鼠窜而去，一辈子忘不了这一回的遭遇。

跑到半路，雪花银子钻进高粱地，把上身的褂子脱下来系在腰间，跌跌撞撞遮遮掩掩回了家，才知道家中发生了内乱。

她的丈夫大头领，公社革委会三把手，教唆她身背鬼头刀，脸抹锅烟子，月黑天到刘家锅伙找牛蒡，逼取买卖杏儿的文书。然而，她前脚刚走，大头领就对杏儿下了黑手，多亏杏儿早有戒心，枕边放一把剪子，大头领扑到杏儿身上，杏儿也把剪刀刺进大头领的肋间。大头领被送到公社卫生院急救，杏儿给押入公社私牢渣滓洞。

26

杏儿关押黑牢，牛蒡梦境中竟常见这个他从没放在心上的少女。

小小刘家锅伙，一个公鸡打鸣，叫得醒从村东到村西的家家户户；蛤蟆跳三跳，蚂蚱蹦两蹦，就能从村北蹦跳到村南。牛蒡小时候，没少到白家串门，跟巧手白三儿可算总角之交。后来，牛蒡上学，书呆子气越念越重，白三儿到牲口市牙行当小徒弟，越学越油头滑脑。两人见面越来越无话可说，也就走碰头都懒得笑一笑了。牛蒡如果不是走投无路，回乡土里刨食，他从没有听说白家有个杏儿，更无缘得见了。秀子买下杏儿送他为妻，他哭笑不得，并不当真。秀子死后，他像手里捏着一团火，只想赶快把那张买卖文书，当着杏儿的面，划一根火柴烧成灰，风一吹便灰飞烟灭。

他万万没有想到，这个被哥哥姐姐随意当一只羔羊买卖的弱女子，竟是个不动声色的蔫豹子。不但早已森严壁垒，而且临危不惧，手刃歹徒，守身如玉，羞煞缺钙软骨的须眉男儿。

只是一想到公社私牢渣滓洞，便夜夜做噩梦。

渣滓洞的官称是群众专政指挥部学习班。扣押在这里的人，都是有现反（现行反革命）言行的“黑五类”和“三反”分子，以及享受“黑五类”和“三反”分子同等待遇的坏蛋。这个学习班设在一座荒废的公社猪场内，人犯住在经过改装的猪圈里，白天到公社窑地摔坯子。农活四大累：挖河、打堤、拔麦子、脱坯。干的是累活，每天却只吃八两口粮。早晚各喝二两稀粥，嚼一块棺材板（咸菜片子），午饭吃两个二两的窝头，喝一碗菜汤。黑夜，人人都要过一过触及皮肉的热堂，皮鞭、棍棒、老虎凳、辣椒水……不一而足，应有尽有。夜审鬼叫连天，令人只当阴曹地府从地下乔迁地面，与革委会结成了联号。

有一天，支左代表在革委会核心成员陪同下视察群专学习班，每个猪圈都仔细看了看，视察后在酒宴上，支左代表老酒入肚，夸奖而又训示群专学习班主任道：“学习班是一座渣滓洞，敌人有的我们要有，敌人没有的我们也要有。”

雪花银子的男人、红痞大头领一直怀疑支左代表亲热保皇、冷淡造反，心怀不满，早想在支左代表身上找缝儿下蛆。他觉得把群专学习班与敌人的渣滓洞相比，是骂共产党跟国民党一丘之貉。

“军代表！”大头领拉长了脸，“我听你这话有点‘恶攻’味儿。”

“你懂得屁！”支左代表脸似铁锅声如雷，“黑五类、三反分子，不是渣滓难道是香饽饽？江姐、老大哥、小萝卜头，不是革命烈士难道是渣滓？你站在谁的立场？”

几句话，问得大头领无言以对，群专班别名渣滓洞，也就如同御封钦赐，叫响了运河滩。

从此，支左代表跟大头领更加针锋相对，势同水火，而且公开化了。杏儿的剪刀，给支左代表出了气，大解心头之恨。所以，杏儿还没有被押到渣滓洞，支左代表早已打发小警卫员传令，杏儿的住宿和伙食，只能比革委会副主任高，不能比革委会副主任低，一日三顿细粮，午饭和晚饭副食要四菜一汤，有荤有素。牛蒡哪里知道，杏儿一进渣滓洞便被待如贵宾，还以为杏儿被鞭打得体无完肤，上老虎凳轧断了腿，灌辣椒水七窍出血，十根指甲肉被钉进十根竹签。

三伏刚过，七月七日下开了雨，队里不能出工，牛蒡关住柴门，从小院菜畦和柳篱上，摘下豆角、黄瓜、番茄，又从鸡笼里掏出两个鸡蛋，自做了四个凉拌小菜。坐在炕上，面朝窗外，观看雨景喝酒。

小雨淋淋，烧酒半斤，牛蒡最喜欢雨天一人自斟自饮，直喝得百感万念齐上心头，眼泪汪汪爬满脸腮，喝半斤酒淌一斤泪。他一年挣下的工分，买口粮都不够，哪里有钱打酒喝。有一天，他见领袖像挂上了蛛网，怕犯大不敬罪，收了工顾不得烧火做饭，找来笤帚、簸箕、葫芦瓢、鸡毛掸子，洒扫旧房。他毕恭毕敬，小心翼翼地把领袖像从泥墙上揭下来，才发现泥墙上有个砖洞，砖洞里放着个爷爷留下的老酒坛子。他打开坛盖，探手一掏，竟掏出一个又一个荷包。荷包上有的绣着荷花小鸟，有的绣荷叶蜻蜓，有的是富贵牡丹，有的是岁寒三友，荷包里装满了钱。他点了点数，每个荷包里装的是他过去每个月寄给秀子的生活费。二十四只荷包多半个坛子，整整两年秀子分文没动。牛蒡的鼻子一阵酸辣，泪水哗哗淌满前胸，想到吃不饱肚子那三年里，秀子也没有动用荷包里的一分一文，更泪如雨下。

坛子最下层，有那张买卖杏儿的文书。

牛蒡眼下的境地，一个月有十块钱足够零用，四年之内，有钱买酒浇愁。

他不敢喝醉放声大哭，痛快淋漓倾泻心头的郁闷，心头的郁闷化为眼里的泪水，流个干干净净。他感到身轻如燕，心明眼亮，脑瓜子聪明，才思敏锐。于是，他竟能酒后下笔千言，抒情写意如行云流水。

窗外，雨打院里篱外的花草树木，打得柴门外的大河水声喧嚣，雾气弥漫。牛蒡刚有六七分酒意，眼里饱含着泪水，只见窗外上也是绿，下也是绿，左也是绿，右也是绿，分不清花红，看不出草青。这时，一个穿国防绿的女子，在门外喊他他听不见，伸手搬开柴门他也没发觉。直到绿女闯进屋里，抢过他面前的酒盅，他才抬起蒙眬醉眼。泪光中认出绿女是杏儿，怪脸儿一笑。

“狗嫌儿哥，我出来啦！”杏儿脱下身上的草绿雨衣，雨珠流落一地，杏儿的眼泪也滚滚而下，泪珠比雨珠多，“我就是怕你受我连累，遭人暗算，也给抓进渣滓洞。”

“你吃了不少苦吧？”牛蒡跳下炕，找毛巾给她擦净身上的雨水，“喝两盅消一消寒气。”

“我没受着罪。”酒上杏儿的脸，像搽上了胭脂，“支左代表是个清官，手里的红宝书像照妖镜，一照就照出我不是白骨精，雪花银子的男人才是恶鬼。”

杏儿也管姐姐叫雪花银子，是因为雪花银子心胸狠毒。她不给杏儿鸣冤，反倒替她那猪狗男人叫屈，还咬定杏儿跟她男人早就不干净。杏儿有口难辩，甘愿验身。支左代表一口答应，派车从县里和市里接来几位法医和妇科大夫，一个人验一遍，几个人又合验了一遍，把杏儿足足实实搓弄了一整天。最后，几张嘴一句话：黄花闺女，一尘不染。这一来，雪花银子的谎言不攻自破，支左代表也下决心马上签字，正式拘捕强奸未遂犯大头领。后来又追加了个杀人嫌疑犯的罪名，不枪毙也得判个十年二十年。黄花闺女玉体无价，杏儿在渣滓洞的地位和待遇，就该水涨船高。支左代表赞叹而又惭愧，说：“正师级都委屈她，只可惜我不过是副团级，使唤丫头不敢做诰命夫人的主。”他只得万分遗憾地批示：“政治上与我平等，生活上高我三级。”这个标准如何掌握，就看办事人员头脑灵活了。

大头领被判处十八年徒刑，杏儿胸前佩戴大红花被放出来。支左代表大摆筵席，给杏儿颁奖，并且把她分配到社办综合厂挣活钱，住在渣滓洞的这两个月，也由综合厂补发工资。此外，支左代表个人还奉送杏儿一身军装一件军用雨衣。筵席散后，三个女革委把杏儿留下同住一室，说了一夜的私房话。

熬到天亮，杏儿顶着雨直奔刘家锅伙，她头一眼就想见到牛蒡。

渣滓洞里两个月的副团级待遇，风吹不着，雨打不着，日晒不着。横草不拿，竖柴不碰，油瓶倒了不扶，身子累不着。杏儿脸子白，眉儿俏，眼儿媚，嘴唇儿红又鲜。敢比高举红灯的李铁梅，赛得过江水英的跟班儿阿莲姑娘。

“杏儿，你因祸得福，三个侄女也衣食不愁了。”牛蒡纵身跳下炕沿，“我把秀子手里那张文书还给你，你就十全十美了。”

“我不想要那文书，只想给你怀个孩子。”杏儿含泪强笑，“又要清理阶级队伍了，你这辈子注定娶不上女人，我得给你留条根，才走得安心。”

“到哪儿去？”

昨晚上支左代表收到一封电报，他的老婆死了；这才命令三个女革委做媒，想娶杏儿当填房，还负责抚养秀子那二、四、六三个孩子。过两个月支左代表就转业回老家，当粮食局的革委会主任，杏儿算随军家属，分配正式工作，三个侄女也变成城市户口吃商品粮，有了旱涝保收的铁杆庄稼。

“支左代表是个好人，就是比我大三十，我觉着委屈自个儿。”杏儿抹着眼睛，“也对不起你。”

“那就别嫁他。”

“没路可走。”

“嫁给他就要身上不带污点。”

“你不破我的身，我也不能整个儿交给他。”杏儿一跺脚，转身就走。

“把文书带走！”牛蒡喊道。

“你不要我的身子，我也没钱赎它，你留着吧！”杏儿顶起军用雨衣，扑进迷蒙雨雾中。

牛蒡也就不想追赶，跳上炕接着喝他的酒，喝得恰到好处，又弄文自娱。在当时的形势下，杏儿的归宿，可算上上婚。他只能为杏儿和秀子的三个女儿高兴，没有愤愤不平也不感到难过。

杏儿哪一天出嫁，哪一天出塞，牛蒡都不知道，也不想打听。死了秀子，走了杏儿，牛蒡在婚姻上无人打扰，正可心如古井当“居士”。文为知己酒做伴，管他春夏与秋冬。

27

牛蒡背着曾被公安局劳改的黑锅，像脸上刺字，抬不起头。于是，他便学起宋江浔阳楼装疯卖傻，管自己的茅屋草舍叫六面碰壁居，又自号狗不理。不但谈笑无鸿儒，往来也少白丁。苔痕上阶绿，草色入帘青，干姐姐啭儿，不忍见他孤坟、野狗、一棵树，想赶快给他找个“点灯说话，吹灯做伴儿”的女人。

“炕上没有撒尿的，死了没有穿孝的；炕上没有拉屎的，坟地没有烧纸的！”啭儿动之以情，“人留后世草留根，你不能害得刘家绝户。”

牛蒡左耳进右耳出，右耳进左耳出，两只耳朵磨出了茧子，一句也没有记在心上，存进脑子里。

牛蒡娶秀子之前，啭儿曾想扯一根红线，把她姑家的表妹杜梨儿拴在牛蒡身上。牛蒡和杜梨儿，两人在啭儿安排下对过一回象，还差点儿闹出人命。

那是暑伏时节，牛蒡从潞河中学回村度假。大热的天，闷得像蒸笼，一大早就没有一丝风。牛蒡从炕上滚爬起来，炕席上留下一个湿漉漉的身迹。他揉开眼睛，跳下炕撒腿就奔门外跑。柴门外横躺着大河。他一跃而起投河下水，一袋烟工夫才冒出河面，河里泡了一个时辰上岸回家。还没坐定，啭儿带着杜梨儿走进来。牛蒡慌忙穿上潞河中学的学生装，以庄严隆重态度，欢迎二位贵客大驾光临。

啭儿把杜梨儿交给牛蒡，转身就走。一男一女，一个大姑娘一个小伙子，关在一间屋里，哪能不动口不动手？动口做个吕字，动手可就进门，本是黄花闺女，出门便是妇人之身了。

杜梨儿一进门，牛蒡就觉得古色古香。杜梨儿穿一身绿裤红袄，脖领扣紧纽襻儿，裤脚扎着腿带儿，包裹得风雨不透。梳着一条乌黑大辫子，红绒绳扎辫根儿，额前是齐眉的刘海儿。杜梨儿长得并不难看，只是一张整脸子，看不出喜、怒、哀、乐，看不出酸、甜、苦、辣，没有笑脸儿，也没有哭相，死样儿沽气。

杜梨儿坐在炕沿上，一动不动，像一座木雕泥塑，也像插在货架子上出卖的面人儿。

“大姐，你贵姓？”本来就憋闷得难受的牛蒡，自从杜梨儿进屋，更觉得身边火烤，他热得解开上衣的扣子，又喝了一大瓢凉水，才润透喉咙开了口。

杜梨儿却不吭声。

牛蒡暗骂自己问了一句废话，这个整脸子姑娘姓杜叫梨儿，是啭儿的姑家表妹，他早就知道。

“你今年多大？”牛蒡又问道。

啭儿好几天前就说过：“杜梨儿十八。”

“天气火热，你喝口水，扇扇凉。”说着，牛蒡递过一把蒲扇，端过一只水碗。

杜梨儿还是大气不吭，只在炕沿上蹭了蹭，躲牛蒡远一点儿。

牛蒡忽然发现杜梨儿面色如土，冷汗珠子滚滚而下，忙打手势，说：“天热，宽一宽衣裳，吹吹风凉快凉快。”

杜梨儿已经中暑，一见牛蒡的手势，只当牛蒡要剥下她的衣裳，吓得惊叫一声：“救人！”便一头昏倒炕上。

救命火急，不择手段，牛蒡赶忙松开杜梨儿的腿带子，又解开杜梨儿上身小衫的纽绊儿，他大惊失色，只见杜梨儿的胸脯，缠绕着一层又一层束胸布，像苇叶包着的江米粽子。

慌乱中牛蒡下手很重，一把就将那一层层被汗水沤糟的束胸布扯得稀烂，两只滚圆的乳房被箍得像压扁的馒头，一只乳头长满痱粒，一只乳头已经化脓。他在凉水盆里拧了一条毛巾和一块湿布，毛巾压在杜梨儿额头，湿布贴在杜梨儿胸上，然后又拿起蒲扇给杜梨儿扇凉。

杜梨儿呻吟一声睁开眼，只见自己袒胸露乳，牛蒡坐在一旁，她当是已被牛蒡轻薄，尖叫一声：“恶贼！”炕席上有一支牛蒡吹奏解闷儿的竹箫，她抓在手中，猛敲牛蒡的脑门，牛蒡急忙躲闪，还是被打中了肩膀，竹箫一折两断，吓得他抱头落荒而逃。

“你怎么打人？狗咬吕洞宾！”牛蒡的肩头肿起香瓜大小的一个青

包，疼得他在院里跳脚大叫。

哗啦！一只茶壶从窗户里飞出来，落在牛蒡面前摔得粉碎。

牛蒡一个蹦高，两只茶碗又投到他的脚下，他只得全面退却，撤出柴门。

“得手了吗？”媒人蛑儿，笑嘻嘻回来。

牛蒡青筋迸起，暴跳如雷，喊道：“那算什么女人？一只疯猫！你给我把她带走。”

“心急吃不了热豆腐，谁叫你饭还夹生就揭锅？”蛑儿扔下牛蒡，进门直奔屋里。

杜梨儿已经穿戴齐整，又束了胸，扎上腿带子，正站在炕上，把一根麻绳拴在房柁上，想要悬梁自尽。

蛑儿一个箭步跳上了炕，抱住了杜梨儿，扯散了绳套，不堪重负，跌坐炕面，一屁股砸塌一个窟窿。

两个女人身陷炕洞，拉不完扯不断说起了知心话。烟消雾散，云开日出，急转直下，柳暗花明；杜梨儿一张整脸子破涕为笑，像吹皱一池春水，点头愿跟牛蒡百年合好，白头偕老。

牛蒡却被吓破了胆，逃之夭夭，不见踪影，一年没敢回村。

在这一年里，杜梨儿被她老爹强迫，嫁给了本村的一个地主儿子。

杜梨儿的老爹在这个地主家扛了二十年长工，土改运动翻了身，却没能转变他那忠心保主的旧思想。老地主怕他的儿子娶不上媳妇，自家断绝了香烟，便低三下四找杜梨儿爹，要杜梨儿爹把闺女配给他那个在天津卫念技工学校的儿子。主子开口，怎敢抗命？杜梨儿爹也不问一问女儿乐意不乐意，就一口答应下来。那个地主儿子，长相、口齿、学问都比牛蒡差得远，杜梨儿黑眼白眼看不上他。花烛之夜，地主公婆早猜出她不肯宽衣解带，就在送子孙饽饽长寿面时，元汤中拌上了走方郎中的麻醉药，俗名蒙汗药。杜梨儿在昏迷中失了身，哭天号地又撞墙。地主公婆早有准备，日日夜夜，里里外外，看管得紧，她寻死觅活而不可得。从这以后，杜梨儿把身上衣裤密线缝死，不许地主儿子动一根汗毛，碰一碰肉皮。一晃二十年，只有春风一度，也就不曾生过只男半女。

杜梨儿打定主意守身如玉，地主儿子却不想当娶了媳妇还要吃素的和尚。

杜梨儿和地主儿子都是年近四十天将午的人了。地主公婆早已死葬归阴，杜梨儿孤身一人过日子，那张整脸子谁看见都不寒而栗，从头凉到脚，不敢心生邪念，非礼而动。地主儿子多年夹着尾巴缩着脖子做人，勤勤恳恳，任劳任怨，竟然熬得入了党，当上副科长。一阔脸就变，升官壮了胆，偷偷结交了个妙龄女人。他给杜梨儿写信，提出离婚。一封，两封……十封，杜梨儿听说牛蒡从劳改农场被放回来，便找啭儿转托牛蒡代笔，替她给地主儿子回信只写两个字：“休想！”啭儿迷惑不解，问她道：“你跟那小子本是断头姻缘，离就离吧！”杜梨儿咬牙切齿，说：“他毁了我这辈子，我怎能点头离婚，成全他跟那个妖精的美事。”啭儿恍然大悟，连连叫好，说：“死了也得拉他垫背！”地主儿子又想动之以利，打发一拨又一拨说客，在杜梨儿耳边聒噪不休。只要杜梨儿同意在协议离婚书上按个手印，家里所剩的全部房产、家具都归杜梨儿，他寸草不要。杜梨儿吃下秤砣铁了心，敌人围困万千重，我自岿然不动。千呼万唤开了金口，开口只有一个字：“不！”扯来拽去，拖延日久，那个妙龄女子等得不耐烦，另嫁别人。地主儿子婚外偷情，留党察看，从副科长降为办事员。

万念俱灰的牛蒡，不光是为了找个女人搭伙，也是想圆了杜梨儿的梦，松开地主儿子的绑。

解铃还须系铃人，一举双得，两全其美，玉成其事，非他莫属。

28

不等重当媒人的啭儿出马，遍体鳞伤的杜梨儿，三更半夜逃进刘家锅伙，投奔啭儿避难来了。

这几天，城里下来的红卫兵小将，跟本地土产的造反团勾搭串通，联合行动，打、砸、抢、抄，乌烟瘴气。好人打好人，误会；好人打坏人，活该；坏人打好人，死罪。地、富、反、坏、右是头刀菜，被打翻在地，还要踏上一万只脚。杜梨儿婆家是地主，杜梨儿虽是土改之后嫁过来，但是四清运动宁左勿右，不把她划为地主，她原是贫农出身不算数，上不上，下不下，黑不黑，红不红，村里贫下中农开会不要她，五类分子强迫劳动也没有她。城里红卫兵小将和本地土产造反团冲入她家，砸、抢、抄而不打。砸、抢、抄的是地主家财，不打她这个来自贫农家的女人。然而，城里红卫兵砸碎的饭锅，是她下地劳动，挣工分分红，到供销社买来的。本地土产造反团争抢的猪、羊、鸡、鸭，是她一勺勺汤喂肥的，羊是她一把把草喂大的，鸡和鸭是她一粒粒米喂得肥大的。他们从箱子底里抄出的红袄绿裤花肚兜，都是她当年出嫁时的陪送。这些家常用品都是她的血汗，跟死了的地主公婆毫不相干，她怎能忍受他们的毁坏掠夺？她就像被割下一块心头肉，哭叫着扑去，想要抢回她那条鸳鸯戏水的肚兜。城里下来的红卫兵见她胆敢反抗，抡起铜环军用皮带，抽在她的额角，当时就头破冒血，淌了一脸。皮带、麻鞭、棍棒将杜梨儿暴打一顿。还勒令她三天之内，到天津卫把她的丈夫找回来挨斗，不然就每天拷打她三遍。她呼天不应，唤地不灵，思来想去只有逃奔刘家锅伙，在表姐啭儿家里暂栖身，也许是一条活路。

啭儿开门，把杜梨儿迎进屋里，见她蓬头垢面，伤痕累累，心疼地连连埋怨道："都怪你是不通气的烟袋死心眼儿，早不跟那狗崽子离婚，才吃他挂累活受这个罪。"

杜梨儿被迎头棒喝，却一言不发。啭儿烧了水，叫她从头到脚洗个一干二净，换上半新不旧一身衣裳。然后，又给她煮一碗鸡蛋面条汤。

饿得眼蓝的杜梨儿，风卷残云把鸡蛋面条汤吞下去，填饱肚子又有了气力，她才恶狠狠答道："就是砸烂我的狗头，我也不跟那狗贼离婚！他坏了我这辈子，我叫他这辈子也不能称心如意！"

"等我给你找个主儿，你恨不能当时马上就扎进他怀里。"啭儿铺上被褥，按倒杜梨儿就扒衣裳。

"吹灯，吹灯！"杜梨儿两手护住裤腰，在炕上打滚儿。

刘家锅伙安装了电灯照明，每家只许有一个灯头，还不许超过十五瓦。

"我一个人睡空房，黑了灯怕闹鬼。"啭儿的眼珠儿滴溜溜转了又转，"你跟我钻一个被窝，我就敢关电门。"

杜梨儿只得让步，半推半就跟啭儿同衾共枕。

一钻被窝，啭儿的两只手便在杜梨儿的上身和下体上摸、捏、掐、揉，杜梨儿笑得喘不过气，啐骂道："表姐，三从四德你丢三缺四，七出之条你一条不少。"

"我倒要问你，三从是哪三从？"

"在家从父，出嫁从夫，夫死从子。"

"你从夫了吗？"

"我才不想依了那狗贼！"

啳儿冷笑道："那就别在我面前说嘴。"

"四德我不缺。"杜梨儿理亏，却要嘴硬。

"四德又是哪几样煎、炒、烹、炸？"啳儿不肯罢休，追问下去。

杜梨儿张嘴结舌，说："我又没念过一天书，哪知道那么多？"

"我也斗大的字不认得三升两合，可知道这四样是；妇德，妇容，妇言，妇功。"啳儿扳着指头，数一数二，说三道四，虽在黑暗中，杜梨儿也像看见了啳儿脸上的得意神色。

"要想学得会，得跟师傅睡，这是谁教你的？"

"别看你表姐夫当着个芝麻粒大的官儿，大会小会年年讲，月月讲，天天讲，肚子里可没有半瓶醋那么多的墨水，哪配当我的师傅？"

"谁把这么高深的学问传授给你？"

"你猜。"

"你那个丁兄弟狗嫌儿。"

"你怎么一猜就猜着了他？"

"他不光传授了你三从四德，还教会你占全了七出之条。"

"我哪一条出了格？"

"你头一条就犯下淫戒，表姐夫一年四季戴绿帽子。"

“咱俩有一个人更不要脸。头一回跟人家对象，就装死炕上一躺，上上下下叫人家摆弄个够，看了个饱。”

“是你跟那个桃花浪子串通一气，合伙暗算我。”

“后来你死活要嫁这个浪子，难道是我把刀搁在你的脖子上？”

“我赤身露体入了那浪子的眼，嫁了他也就一白遮百丑。”

“可你又水性杨花，改嫁了那个地主狗崽子呀！”

“都只怪狗嫌儿这个洋学生狗眼看人低，瞧不起我这土里土气柴火妞子，见了一面就跑得像肉包子打狗。”

“你冤枉了他！他至今还想娶你。”

“脏心烂肺，忘了我是有夫之妇。”

“分明是守活寡，还要打肿了脸充胖子。”

“反正我不像他，是个孤魂野鬼。”

“你别看他虎落平阳，娶个焐被窝子的女人，就像哈腰捡个打狗的砖头瓦块。”

“那就狗行千里吃屎，别在我身上打歪主意。”

“你还不知道他是个死心窟窿，看中了你，就眼里没人了。”

“男过四十一朵花，女过四十豆腐渣，我四十出头了。”

“豆腐渣拌上羊油、葱花、辣椒一炒，麻豆腐吃到嘴里更香。”啭儿掐了又掐杜梨儿那一双奶子，“没下过崽儿，这两堆子肉还像戗面馒头，叼在嘴里可有个咬劲儿。”

“你是说我又变成了黄花闺女？”

“窗外那棵五月鲜桃树，自我过门至今，拦腰斩断过三回，重新长出的青枝绿叶一回比一回旺盛，结出的红桃儿一回比一回多，一回比一回个儿大。”

两人咯咯笑起来，笑得搂成一团，从炕头滚到炕脚，又从炕脚滚回炕头。

却在此时，全村狗咬犬吠，乱成一团，好像鬼子进村。两个乐疯的女人吓得松开了搂抱，慌忙穿衣下炕。啭儿抄起一把剪子，杜梨儿找到一把菜刀，又关门闭户，蹲在炕下墙角，侧耳静听院外的响动。

篱笆墙外，一阵紧急的脚步砸地咚咚响，有个呼噜气喘的老人连声呼叫：“啭儿，啭儿！开门，开门！”

“干爹！”啭儿听出老人是干爹杜大活驴，刘家锅伙造反团的老当家。

啭儿拉扯着杜梨儿出去开门，杜大活驴背着个滴滴答答淌血的男人走进来，一个趔趄差点儿头栽地。啭儿扑上去抱住他，才看见老人身背的是大昌，吓得尖叫着问道：“干爹，谁把他打成了血葫芦？”

“城里下来的红卫兵，公社机关的造反团，上拳下脚，里外夹攻，打得他昏迷不醒。”杜大活驴把昏迷不醒的大昌背进了屋，“我带着刘家锅伙的敢死队，大战长坂坡把他抢了出来。”

“干爹，干爹，您就是我的亲爹！”啭儿感激涕零，趴地磕响头。

杜梨儿头前带路，进屋拉亮了电灯，杜大活驴把大昌放在炕上，抬起头来擦汗，看见了杜梨儿，瞪圆眼睛张大了嘴。

一笔写不出两个杜字，杜大活驴是杜梨儿爹的远房堂兄，杜梨儿忙叫：“大伯！”

“侄女儿，原来你躲在啭儿家！”杜大活驴一跺脚，扭头就走。

“大伯，您造了反，也把我看成了‘黑五类’！”杜梨儿哭道。

“干爹，您得喝口水抽锅烟！”唻儿追出柴门，“我给您炒几个菜，烫半斤酒，管您个酒足饭饱。”

“炒菜烫酒等我得胜还朝！”杜大活驴急如星火而去，“我得温酒斩华雄，救梨儿男人的命！”

脚步砸地咚咚响，杜大活驴又带领他的子弟兵上了阵。

29

杜梨儿的男人被抢到刘家锅伙，血肉模糊，奄奄一息。唻儿本想留下他俩，住西厢房。从棒伤昏迷中醒来的大昌，却死活也不答应。

杜梨儿骂了声：“我也不认你这个没人味儿的赃官！”说着，跺脚转身跑走，投奔她的远房堂伯杜大活驴。

唻儿找来两个小伙子，把杜梨儿的男人抬到牛蒡家去。牛蒡的家她敢当，她一到牛蒡家，就像被西太后附了体。

牛蒡回村，只想当个王冕。

《儒林外史》写道：“元朝末年，也曾出了一个钦崎磊落的人，这人姓王名冕，在诸暨县乡村里住。七岁上死了父亲，他母亲做些针指，供给他到村学堂里去读书。看看三个年头，王冕已是十岁了。母亲唤他到面前来说道：‘儿啊，不是我有心要耽误你。只因你父亲亡后，我一个寡妇人家，只有出去的，没有进来的；年岁不好，柴米又贵；这几件旧衣服和些旧家伙，当的当了，卖的卖了；只靠着我替人家做些针黹生活寻来的钱，如何供得你读书。如今没奈何，把你雇在间壁人家放牛，每月可以得他几钱银子，你又有现成饭吃，只在明日就要去了。’

王冕道：‘娘说的是。我在学堂里坐着，心里也闷；不如往他家放牛，倒快活些。假如我要读书，依旧可以带几本去读。’当夜商议定了。第二日，母亲同他到间壁秦老家。秦老留着他母子两个吃了早饭，牵出一条水牛来交与王冕，指着门外道：‘就在我这大门过去两箭之地，便是七泖湖。湖边一带绿草，各家的牛都在那里打睡。又有几十棵合抱的垂杨树，十分阴凉。牛要渴了，就在湖边上饮水。小哥，你只在这一带顽耍，不必远去。我老汉每日两餐小菜饭是不少的，每日早上，还折两个钱与你买点心吃。只是百事勤谨些，休嫌怠慢。’他母亲谢了扰要回家去，王冕送出门来。母亲替他理理衣服，口里说道：‘你在此须要小心，休惹人说不是；早出晚归，免我悬望。’王冕应诺，母亲含着两眼眼泪去了。王冕自此只在秦家放牛，每到黄昏，回家跟着母亲歇宿。或遇秦家煮些腌鱼、腊肉给他吃，他便拿块荷叶包了来家，递与母亲。每日点心钱，他也不买了吃，聚到一两个月，便偷个空，走到村学堂里，见那闯学堂的书客，就买几本旧书，日逐把牛拴了，坐在柳荫树下看。弹指又过了三四年。王冕看书，心下也着实明白了。那日，正是黄梅时候，天气烦躁。王冕放牛倦了，在绿草地上坐着。须臾，浓云密布，一阵大雨过了。那黑云边上镶着白云，渐渐散去，透出一派日光来，照耀得满湖通红。湖边上山，青一块，紫一块，绿一块。树枝上都像水洗过一番的，尤其绿得可爱。湖里有十来枝荷花，苞了上清水滴滴，荷叶上水珠滚来滚去。王冕看了一回，心里想道：‘古人说，“人在画图中”，其实不错。可惜我这里没有一个画工，把这荷花画他几枝，也觉有趣。’又心里想道：‘天下哪有个学不会的事，我何不自画他几枝。’”“王冕见天色晚了，牵了牛回去。自此，聚的钱不买书了，托人向城里买些胭脂铅粉之类，学画荷花。初时画得不好，画到三个月之后，那荷花，精神、颜色无一不像，只多着一张纸，就像是湖里长的；又像才从湖里摘下来，贴在纸上的。乡间人见画得好，也有拿钱来买的。王冕得了钱，买些好东西，孝敬母亲。一传两，两传三，诸暨一县都晓得是一个画没骨花卉的名笔，争着来买。到了十七八岁，不在秦家了，每日画几笔画，读古人的诗文，渐渐不愁衣食，母亲心里欢喜。这王冕天性聪明，年纪不满二十岁，就把那天文、地理、经史上的大学问，无一不贯通。但他性情不同：既不求官爵，又不交纳朋友，终日闭户读书。又在楚辞图上看见画的屈原衣冠，他便自造一顶极高的帽子，一件极阔的衣服。遇着花明柳媚的时节，把一乘牛车载了母亲，他便戴了高帽，穿了阔衣，执着鞭子，口里唱着歌曲，在乡村镇上，以及湖边，到处顽耍，惹得乡下孩子们三五成群跟着他笑，他也不放在意下。只有隔壁秦老，虽然务农，却是个有意思的人；因自小看见他长大，如此不俗，所以敬他，爱他，时时和他亲热，邀在草堂里坐着说话儿。”“又过了六年，母亲老病卧床。王冕百方延医调治，总不见效。一日，母亲吩咐王冕道：‘我眼见得不济事了。但这几年来，人都在我耳根前说你的学问有了，该劝你出去做官。做官怕不是荣宗耀祖的事！我看见这些做官的都不得有甚好收场！况你的性情高傲，倘若弄出祸来，反为不美。我儿可听我的遗言，将来娶妻生子，守着我的坟墓，不要出去做官，我死了，口眼也闭！’王冕哭着应诺。他母亲奄奄一息，归天去了。王冕擗踊哀号，哭着那邻舍之人，无不落泪。又亏秦老一力帮衬，制备衣衾棺椁。王冕负土成坟，三年苫块，不必细说。”“王冕隐居在会稽山中，并不自言姓名；后来得病去世，山邻敛些钱财，葬于会稽山下。”

牛蒡和王冕颇有相似之处，他们都是农家子弟，苟全性命于乱世，黄连树下赋牙琴，苦中作乐。还有个奇巧，王冕是《儒林外史》一书的偶像，牛蒡偏又学名儒林，说不定正是王冕投生。

㛃儿头前引路，推开柴门进院，三步两步进屋。只见牛蒡半裸着身子，盘膝大坐在炕上，背靠着墙。面前一张炕桌，一盏孤灯，一把酒壶，一只酒盅，还有一本书和两盘酒菜；喝一口酒，吃两箸菜，又看一页书。喝得汗下如雨，汗珠有的像黄豆粒儿，有的蚕豆大。

㛃儿像一只母大虫，一阵风扑进来，饭桌上的孤灯熄灭。漆黑中牛蒡跳下炕，酒气蒙脸胆大包天，双手把㛃儿紧紧搂住。

啪！㛃儿一巴掌打在他那湿漉漉的后背上，喝道：“点灯！”

孤灯又亮，抬运杜梨儿男人的两个小伙子来到门口。杜梨儿男人躺在门板上，死去活来连声呻吟：“饶……命，饶我这条……狗命……”

“他是谁？”牛蒡问㛃儿道。

“杜梨儿的男人，尿种！”㛃儿皱起眉头撇着嘴，“造反团把他从天津卫揪回来，揍成了烂梨。”

“饶……命，饶我这条……狗命……”杜梨儿男人仰起脸，“啊呀……刘儒林！我把……杜梨儿……原物归还，你可不能……落井下石。”

“小人！”牛蒡大怒，“我不雪上加霜，也不想收留你。”

他回头一看，㛃儿和那两个抬门板的小伙子，不知何时已经蔫退，无影无踪，把这块难拌（办）的冻豆腐扔给了他。

杜梨儿男人放心，也就胆大起来，伸脖儿看见饭桌上的酒和菜，马上一副乞儿嘴脸，淌出了口水，说："儒林大哥，赏我几口吃喝吧！"

"吃吧！都是你的。"牛蒡把饭桌推到杜梨儿男人面前，"要不要我喂你？"

"那就有劳儒林大哥了。"杜梨儿男人连连顿首，"就请你把一杯酒灌进我的嗓子眼儿，夹两箸菜填进我的嘴。"

"你可真不愧是地主老财的嫡亲儿子，纯种寄生虫！"牛蒡骂道，"我这些酒菜倒进茅坑，也不给你尝一口。"

"大哥，我……不是……剥削成性……"杜梨儿男人凄凄惨惨啼哭起来，"造反团打断了我的十根手指，拿不了筷子也端不起酒杯。"

牛蒡走过来一看，不但十指被折断，而且手掌也被打得溃烂。牛蒡大惊失色，说："这些人真是毒如蛇蝎狠如狼！"

"我眼下在工厂当绘图员，打断了手指也就砸碎了饭碗。"杜梨儿男人哭道，"反正我已患绝症，早晚得死，晚死不如早死。"

牛蒡把一暖壶热水倒进脸盆里，给杜梨儿男人洗净了手，又抹上红汞药水，扯两条白布给他包扎起来，才斟酒给他喝，夹菜给他吃，说："喝吧！喝个一醉方休，沉睡一觉到天明，梦里南柯忘了疼。"

一瓶酒喝得点滴不剩，两盘菜吃了个精光，又吞进了一个大贴饼子，杜梨儿的男人便酒足饭饱睡得像死狗。

牛蒡累出了一身臭汗，走出柴门想下河洗个干净透亮，却不想月光下堵门坐着杜梨儿，抽抽泣泣哭得像下个不停的牛毛雨。

牛蒡只当杜梨儿要跳河投水寻短见，吆喝一声奔过去，两手抓住杜梨儿双肩拎起来。万没想到杜梨儿顺势倒在牛蒡怀里，哭道："儒林，狗嫌儿！你是个佛心人，我愿嫁给你。"

牛蒡却惊慌起来，说：“你男人就躺在我炕上！”

“那我就进屋去，当面跟他一刀两断！”三十多岁一直轻声细气的杜梨儿，忽然扯着脖子狂呼乱叫，“他敢不顺从，我把他油炸火烧砸烂。”说着，就像中了邪着了魔，冲锋陷阵的造反团气势，直入正屋，瓮中捉鳖。

杜梨儿本是贫农女儿，嫁到地主家就是吃二遍苦，受二茬罪，早想窝里反，出这口怨气、恶气、肮脏气。

30

牛蒡怕杜梨儿进屋下毒手，三蹦两跳赶上去，双手搂紧杜梨儿的腰，就像螳螂捕蝉，不许她一意孤行。杜梨儿死活挣脱不出牛蒡的搂抱，便恼羞成怒。她虽已打算改嫁牛蒡，婚前却不愿牛蒡随便触摸她的皮肉。女人力气小，动手不成就动口，张嘴咬在牛蒡手背上，牛蒡哎哟痛叫一声，松开双臂，杜梨儿趁机溜进了屋。

她跟这个恨之入骨的男人，已经十几年没有见过面。等她进屋一看，惊吓得又跳出门槛。手扶着门框，只见这个男人枯瘦得像晚秋的丝瓜，软塌塌蔫溜溜皱巴巴，头已半秃，脑瓜顶上只剩下几根毫毛，满脸横 道竖 道深深的皱纹，两个眼窝了像被剜了眼的肉坑。刚才还有砸烂狗头之心，油炸火烹之意，千刀万剐之恨， 见这个惨状，只觉得心里作呕，倒退出屋，正撞在牛蒡胸上。牛蒡不撑住她，她便会仰面跌倒。

“他得了癌症，活不了多少日子。”牛蒡揉搓着手背，手背上还留有杜梨儿咬伤的齿痕，“我不收留他，他活不过今天夜半子时。”

“哎，人死冤仇解。”杜梨儿长叹一声，咽下一口泪水，“我嫁给他之前，就天天咒他死。嫁他之后，削了个桃木人，七窍五官扎满了绣花针，害他得了这个断命的病。”

“梨儿，梨儿……”屋里，炕上，装昏假睡的男人忽然放声大哭，“我临死之前，听见你这几句知冷知热的话，也算没有白来一世，虚度一生。”

牛蒡正想抢先一步进屋，杜梨儿的男人已经滚下了炕，匍匐爬出，从牛蒡的肩头，看见身后杜梨儿那一双泪眼，扑通一声双膝跪倒，连磕了三个碰地响头。

牛蒡慌忙闪身，一对冤家夫妻面对了面。

杜梨儿双手蒙脸，仍然泪流不止，哽咽着道：“我……我……答应……跟你离婚，补一补过……赎一赎罪。你赶忙连夜逃生，回天津卫吧！”

“杜梨儿……我不……不跟你离……”男人哭哭啼啼，哼哼唧唧，吭吭哧哧，吞吞吐吐，活像个受气娘儿们，“我活不了多少日子，不愿离了婚单丝成线，死后当个孤魂野鬼。”

杜梨儿气得翻了脸，“造反团夺了印，我找造反团做主；劈柴炖肉（大棒毒打），看你离不离？”说着，扭头就走。

“儒林兄救命！”杜梨儿男人扯断脖子呼叫，“我想死于癌症，不想棒下丧生。”

“杜梨儿，三思而行！”牛蒡一个箭步抢上去，像揪着牛尾巴，把杜梨儿拽回来。

“他不离婚，我怎能嫁你？”杜梨儿顾不得脸面，掏心窝子亮了底。

“我宁可不娶你，也不能强夺活人妻！”牛蒡涨紫了脸皮。

“狗咬吕洞宾！”杜梨儿一甩胳臂，气吁吁而去，“你不是地主狗崽子，身上可也不干不净，我还不想穿新鞋走老路哩！”

“你走你的阳关道，我走我的独木桥，井水不犯河水！”牛蒡搀杜梨儿男人回屋。

杜梨儿男人蜷起身子躺在炕上，哭道：“儒林，你就是我的重生父母，再造爹娘，只可惜我阳寿已尽，今生不能报答你了。”

“涸辙之鲋，相濡以沫吧！”牛蒡又给他沏了一碗枣叶茶，点着一支自卷的旱烟，“我想知道，你跟过去一百八十度大转变，居心何在？”

杜梨儿男人猛吸了两口烟，咳嗽着说：“孔老二说唯女子与小人难养。杜梨儿虽是个女子，却不是小人。”

“你在天津卫摽着的那个娘儿们，比起杜梨儿谁好谁赖，谁高谁低？”牛蒡戏耍地问道。

“那娘儿们是一堆狗屎，杜梨儿是下凡的天仙！”杜梨儿的男人忽然气冲牛斗，红起眼睛，“我离不了婚，她不愿一等再等，弃我而去，我都不怪罪她；千不该万不该反咬我一口，差一点儿要了我的命。”

“美女蛇。”牛蒡逗弄他。

“只是毒蛇，不是美女。”杜梨儿的男人龇牙咧嘴，像嚼了一颗发霉的臭花生，“矮矬黑胖，一脸横肉，满脸粉刺，翻鼻孔，龅牙齿；比我大五岁。”

“二婚？”

“离过两回，到我手里早是馊饽饽烂肉了。”

“那你怎会爱她？”

“我爱她爹。”

“她爹你也不爱。”

“那我爱谁？”

“你爱那个老头儿头上的乌纱帽，扯着裙带向上爬。”

“哈哈哈哈！”杜梨儿的男人忽然疯笑，“你真眼毒！入木三分，一针见血。”

“不足为奇！”牛蒡摇头，“那个天津卫的娘儿们，也看透了你的五脏六腑，才跟你翻脸成仇。”

“一语道破，一语道破！”杜梨儿的男人连连拍着脑瓜儿，“那娘儿们口臭，张嘴就像打开臭豆腐罐子，每回接吻我都恶心三天，现场表情也就免不了愁眉苦脸哭丧相儿，她看在眼里能不恨在心头？”

“你假戏不真作，露出马脚可就偷鸡不成反蚀一把米了。”牛蒡讥笑道，“你心情激动，兴奋过头，赶快洗脸洗脚，躺倒睡觉吧！”

“我一点也不困，一点也不乏，只想跟你倾诉衷肠……”杜梨儿男人说大话，却连打几个哈欠，“我还想学那‘李白斗酒诗百篇’，你有存货就打开一坛。”

“你当我开烧锅哩！”牛蒡翻箱子倒柜，从碗架子上找着一个玻璃瓶子里有二两残酒，又搜索了两个腌鸡蛋，放到杜梨儿男人头前，说：“都给你，醉生梦死吧！”说罢，他推门急急而去。

他想到杜大活驴家串门。当年他在霜桥农庄，看守过死前苟延残喘的危重病人，死前回光返照，都是话多。他预感杜梨儿男人也是死已临头，不能不明不白晾在他的炕上。落个夺妻害命的罪名，那岂不是引狼入室，招来飞灾横祸。

他沿着河边走出几十步，上了河堤进村口，不想迎面走来杜梨儿和啭儿。两个女人慌慌张张，趺趺撞撞，一个像漏网之鱼，一个更是惊弓之鸟。

“到哪儿去了？”两个女人问牛蒡道。

“找我干爹。”牛蒡脚步不停，“你们到哪儿去？”

“你自投虎口呀！”啭儿狠抓牛蒡的胳臂，指甲嵌进肉里，“公社造反团大头子，正在你干爹家里，逼他把你交出去。”

“我不是黑五类呀！”

“算不上地、富、反、坏、右，也能把你打成牛鬼蛇神。”

“不必我干爹动手，我投案自首。”

“大伯就怕你闭着眼睛跳火炕，才打发我给你捎口信，白天别在家里吃，黑夜别在家里睡。”

“真个是要扫除一切害人虫，全无敌呀！”

“他还点名要你大昌哥，还有杜梨儿两口子。”

“谁跟那个狗崽子是两口子？”杜梨儿挂下了脸，“那个公社造反团大头子可不是黄瓜茄子一锅煮，他听我是杜大活驴的侄女儿，马上就变出笑脸儿，还说等狗崽子一死，我还能重回贫下中农队伍，也当造反团。”

“大昌躲到哪儿？”

“哎呀！我也得把他藏进菜窖里。”啭儿风风火火而来，匆匆忙忙而回。

河堤上，只有杜梨儿和牛蒡。

“你到我家看看那个男人吧！我怕他活不过三天两晚。”牛蒡向堤下走去，“我这条丧家犬，青纱帐里安营扎寨了。”

“儒林，你慢走！”杜梨儿在他背后喊了一声。

牛蒡回过头，强笑着问道：“有何吩咐？”

杜梨儿愣愣怔怔，呆呆出神，半晌才惨白着脸儿，说：“你沿着河边走，我一会儿去找你。”

牛蒡点点头，钻入青纱帐，如鱼下水。

31

牛蒡昏头涨脑，鬼使神差，走出青纱帐正撞在牛棚大院后房山上，只得走进去看看黄坎肩儿和许百媚。

黄坎肩儿已经年过六旬，但仍旧贪玩爱吃，嗜好酒色。他是刘家锅伙邻村大地主黄马褂儿的儿子。牛蒡爹曾在他家教过家馆，师生如父子，黄坎肩儿便称呼比他小二十来岁的牛蒡为师弟。

此人一生，除了吃、喝、玩、乐，并无其他劣迹。黄坎肩儿少年进城，进了城就纸醉金迷，早忘了他的生身之地；生身之地的老百姓，也没有几个人还记得老庄户出过一个黄坎肩儿。一个多月前，黄坎肩儿跟他的姨太太许百媚，被剃了阴阳头，挂着黑牌子，押来老庄户，老庄户竟不肯收留。押送人员只得又将黄坎肩儿和许百媚原路带回。黄坎肩儿知道，带回街道只有死路一条，红卫兵奋起千钧棒，他只有粉身碎骨。

老驴下汤锅，牵着不走，打着倒退。黄坎肩儿走三步退两步，打着滚儿抓地皮，扯着脖子哭皇天。押送人员眼看天色不早，都想赶快回家，心里起急，便气得在黄坎肩儿身上拳打脚踢，拉拉扯扯拽上了河堤。没想到惊动了刘家锅伙造反团的大头领杜大活驴。

“谁敢在我的地面上打人？”杜大活驴像张飞在当阳桥上断喝一声。

“救命！”许百媚这个女人急中生智，尖声哭叫，“他们要扒我的裤子……”

“畜生，恶贼！刀下受死！”杜大活驴从背后抽出一口鬼头刀，呼喊着奔上前来。

押送人员有口难分，扔下黄坎肩儿和许百媚，撒腿就跑，慌忙逃命。

杜大活驴目不识丁，没读过《孙子兵法》，却懂得“穷寇莫追”。他冲到黄坎肩儿和许百媚的面前，翻着眼皮问道：“你们是什么东西？”

“我……我是……”黄坎肩儿不敢行不更名，坐不改姓，“我是刘家锅伙……金榜先生的……门下弟子……”

牛蒡家虽是穷门小户，爷爷被乡亲尊称刘二皇叔，他的爹也被敬称为金榜先生。

“原来是我干哥的学生！”杜大活驴三步两步走上前来，扯开嗓门哇啦哇啦大叫，“看在我干哥哥的面上，你得尊称我一声大叔。”

“大叔！”黄坎肩儿趴地就磕头。

暮色苍茫，炊烟弥漫，杜大活驴老眼昏花，看不出黄坎肩儿还挂着黑牌子。

许百媚眼疾手快，早已趁机从手提包里扯出一条花头巾，把阴阳头包裹得不露破绽。

“是投奔儒林（牛蒡的学名）的吧？”杜大活驴顺手一指堤下河边，夕阳中的柳篱小院，“这孩子一个人过日子，你们一来，他就不闷得慌了。”

“多谢大叔！”黄坎肩儿怕露出马脚，爬起身一扯许百媚的胳臂，直奔牛蒡的泥棚茅舍。

“我带你过了五关，眼前就看你的斩六将了。”快到柴门口，黄坎肩儿缩起脖子，躲到许百媚身后，“姓刘的那个流氓……牛蒡，不是你后娘的干儿子吗？”

“闭上你那茅坑子臭嘴！”许百媚回过头啐了一口，“反正你不怕多戴一顶绿帽子，那就没有过不去的火焰山。”

“肥水不流他人田。”黄坎肩儿曲背弯腰嬉笑道，“他爹曾是我的开蒙老师，他也就正经是我的师弟。你是他的嫂子，他敢睡你，那他就敢比上烝其嫂的古人陈平，是个奇才。”

“你又古呀奇的，不怕破四旧？”许百媚低声喝道。

“好，好！那我就有屁憋在肚里。”黄坎肩儿双手搂住肚子，一股恶臭污染了河畔的花香草气。

许百媚掩着鼻子紧走，只见牛蒡的小院柴门大开，她便长驱直入，边走边叫：“儒林，儒林，儒林兄弟……”

屋里无人应声，却也没有锁门。

“民风古朴，夜不闭户，比得上孔子治鲁三月呀！”黄坎肩儿踩着许百媚的脚印，东张西望随后走进来，“你进屋看看，有没有吃的，我饿得老常（肠）跟老杜（肚）唱开了《三岔口》。”

许百媚也是一整天粒米没吃，滴水没进，肚子里的饿火如焚，就像烤鸭炉子张大嘴，吞不进九牛二虎，也能日食斗米。门没上锁，闯进门去就找吃的。牛蒡孤家寡人过日子，祖上阴德丰厚，自己的人缘儿又好，差不多每天都有人给他送饭，不留姓名，不压字条，只要一看碗色，就知道是谁家所送。许百媚一眼看见有一盘黏面黑糖的驴打滚儿，扑上去双手罩住盘子，怕黄坎肩儿跟她抢嘴，自己叼了一口，来不及细嚼慢咽便直入胃囊。谁知来得早不如来得巧，黄坎肩儿接踵而至，却发现了堂屋的条案上有一碗饺子和半瓶烧酒。饺子、烧酒越吃越香，越喝越有劲。一边吃喝，一边发出哼哼护食的声音。

两人吃光了他们能找得到的吃食，还觉得没有填满肚皮，空落落的恨不能再嚼一张草帘子。

“咱俩上辈子都是饿死鬼。”许百媚伸着懒腰打饱嗝儿，“我给你修理修理门面，不然就会吓得儒林不敢收留咱俩。”说着，找到一把剪刀，掐着黄坎肩儿的脑壳，铰光了他头上的头发。他本来早已谢顶秃头，头顶成了不毛之地，许百媚只不过是扫一扫茬。许百媚的脑瓜虽然也像花毛秃子，可有花头巾遮丑，也就等待自然恢复，不必艺术加工了。她是爱干净好打扮的女人，洗了脸还擦了身，对着镜子左观右看，一时竟忘了身处险境，忍不住撩眉、飞眼、噘唇，搔首弄姿起来。

“你今晚上跟刘某人入洞房呀？”黄坎肩儿酸溜溜问道。

“夜夜入洞房，天天换新郎，才进了你的门，上了你的床呀！”许百媚恶声恶气，“那时我要嫁个‘红五类’，也不会凤凰落地不如鸡。”

“那时的‘红五类’，你看得上眼吗？”黄坎肩儿也长着一副伶牙俐齿，反唇相讥也字字带刺儿，“你就是那嫌贫爱富的花皮狸猫儿，贪的是我能叫你插金戴银，绫罗绸缎，山珍海味，天女散花（钱）。”

这两口子，有个特殊的嗜好，那就是茶余饭后，便要吵架拌嘴，挖苦嘲骂，才觉得心满意足。京油子俗话叫耍牙梆骨，斗牙签子，耍嘴皮子，逗咳嗽……这个乐趣，不管何时何地，一日不可缺少。

鸡一嘴鸭一嘴，黄坎肩儿和许百媚越逗越有兴致，越逗越肉麻。忽听院里脚步声，有人喊道：“谁在屋里？”

“儒林兄弟！”许百媚赶忙勒紧花头巾，云破月来花弄影，飘然而出。

此时，日落西山下，月上柳梢头。

“你……你……”牛蒡皱眉望着月光下这位一副千娇百媚姿态的女人，面熟而又眼生。

“想一想我是谁？”许百媚扭扭捏捏走上前来。

“原来是你！”牛蒡想起了许百媚的名字，却又大出意外，“大姑……迢儿妹子可好？”

“我就知道你心上只挂念她们娘儿俩。”三十六岁的许百媚像十六岁少女噘起小嘴儿，“我那后娘，大跃进加入街道缝纫社，算个‘手工’（手工业工人），迢儿丫头也就混上了红卫兵臂箍。”

“这……我就放心了！”牛蒡长出一口气，脸上现出喜色。

许百媚像是故意戏耍他，哼道：“红臂箍没戴三天，又给收回去了。”

“怎么？”

“别忘了她爹是个罪该万死的历史反革命！”

“那便如何是好？”

“我那个铁石心肠的后娘，把我那死爹的骨灰盒子从存放处取出来，交给迢儿丫头抱到学校，当众摔得粉碎。”

“红卫兵又把臂箍还给了迢儿？”

“她娘可就忘了，迢儿的亲爹是个自杀身亡的老右，还是‘黑五类’。”

“弄巧成拙了！”

“那个蛇蝎心肠的老娘儿们，不是也挑唆迢儿丫头跟你一刀两断吗？”

初秋之夜，窗外下着淅淅沥沥的小雨，阴沉黑暗。牛蒡的泥棚茅舍，东屋土炕苇席上，横躺竖卧着黄坎肩儿。他喝得酩酊大醉，像一摊烂泥，睡得像一具死尸。许百媚也贪酒，却有海量，半斤润一润嗓子，一斤提一提神儿；牛蒡酒量也不小，二两穿肠过，四两刚垫底儿，六两不多不少恰到好处。他昨天才买了九两一瓶的散酒，黄坎肩儿抢喝了半瓶，那一半牛蒡跟许百媚你推我让，谁都没有过瘾。没有醉酒话却多。许百媚倚靠炕头的窗台，牛蒡盘膝大坐在炕脚。睡得死沉的黄坎肩儿像楚河汉界，牛蒡和许百媚就像棋逢对手。

许百媚的爹，当过伪铁路警察，跑的是京包和京承线。从承德跟烟民手里买得熟土，然后到包头出售，一买一卖一本十利，黑话叫贩丸子。伪铁路警察被划为历史反革命，被管制三年，不能享有国家法定的各种假期。罚到建筑公司做苦工，炸山修隧道，一年只能在春节有一回探亲假。解除管制以后，为了政治上刷色，红不了也要褪一点儿黑，仍然不肯回家休假。铁路越长，离家越远，他到死也没有回过家。戴罪图功，立功受奖，被提拔为工地食堂管理员。谁知竟是狗坐花轿，不识抬举，上任便手脚不大干净，刚站河边就湿了鞋。从一天一两毛贪起，到每日不贪个三五元不解馋。聚沙成塔，集腋成裘，积少成多便过了百，正够贪污犯的起价（一百万元旧币）。此人自知难逃严惩，便放火烧毁食堂，自己也在火中上吊。建筑公司保卫处把他的骨灰罐子送交家属，直到迢迢抱到学校当众摔得粉碎，才知道罐里装的是几块猪排骨的炭块和一个生铁砝码。

许百媚自幼被她那挂名的亲爹宠惯，后娘又管不了她。念小学时就交过三四个男朋友，引起争风吃醋，打架斗殴。从十五六岁起，不是到舞厅伴舞，就是到酒楼陪酒，还给外埠远来的大客商当外室。北平和平解放时，她正在六国饭店当女招待。政府严禁色情服务行业，许百媚被政府安排到国棉一厂当女工。她吃不了这个苦，匆忙之中就投靠了比她大十八岁的老客黄坎肩儿。解放以后不许纳妾，黄坎肩儿原来的两个姨太太早已跟黄坎肩儿分手，各奔东西。许百媚冒充大太太的女佣，留在了黄家。大太太病死，她才转了正。

“儒林，你是个神保佛佑的大命人！”许百媚隔着鼾声如雷的黄坎肩儿，伸出双手紧抓牛蒡的肩膀，“谁害过你一丝一毫，都逃不了现世报。”

“我哪有那么大神通？”牛蒡摇头，“你这是吃了人家的嘴短，给我戴高帽儿。”

“我当了‘黑五类’，流落到你脚下丢人现眼，就是为了害你遭报应呀。”许百媚吧嗒吧嗒眼泪珠子四溅。

“你怎么害我？”牛蒡把许百媚的双手从肩头拨下来。

“我坦白从宽。”许百媚擦鼻子抹眼泪，“把你跟你那师妹棒打鸳鸯，是我想出的毒招儿坏主意。”

“怎样毒招儿，什么坏主意？”牛蒡只当她危言耸听，并不信以为真，脸上不见喜怒。

“你关了禁闭，我那个嘴甜心辣的后娘，怕你那师妹吃挂落儿，就想把你们拆散……”

“这是她的慈母心肠，我不怨恨她。”

“你那师妹却不听劝说，一心想跟你同归于尽。”

“她是个痴心女子。”

“我那后娘眼看她跳火坑，怎能见死不救？”

“无计可施，找你教坏？”

“你猜中了。”

“原来我的师妹远走边荒，是中了你的奸计。”

“我教给我那后娘，她对你师妹说，你在迢儿丫头身上摸过……摸过……”

牛蒡从劳改农场放出来，许迢迢的妈把许迢迢许配给他。十五岁的许迢迢当时正身患癔症，俗名“花痴”，休学在家。自从跟牛蒡订了婚，病没再犯，又复学念书了。牛蒡每年到城里看望许迢迢母女几回，带着满筐整篓的土特产。一年前他进城看望，许迢迢妈的态度不冷不热有些变化，说是许迢迢明年要考上大学，书念得紧，劝他一年之内别来打扰，免得迢迢分心。

原来如此。

32

杜大活驴文盲睁眼瞎，扁担躺在地上也说不出个一字。粗暴、野蛮、莽撞、愚蠢，很像串村配马的大叫驴，只少一根尾巴。然而，有时他又精明过人，出人意外，三年早知道，比他的对手抢先一步。他听说城里的“黑五类”都关进了牛棚，马上想到本村东南角有座荒废的牛棚大院，就把黄坎肩儿和许百媚两口子，安排住在一间牛棚里。

几年前大昌到刘家锅伙蹲点，看中河滩一望无边的乱草蓬蒿，忽然异想天开，要办个奶牛场。他独断专行，花光了刘家锅伙的公积金，高价购买了八头荷兰奶牛，却忘了顺便将一头免费白送的公牛牵回来。奶牛场的牛舍虽比得上富农的住房，荷兰奶牛却耐不得冷清寂寞，不安于室，挣脱绳套，找本地牤牛春风一度。七个月后荷兰奶牛下出混血牛崽儿，不但奶汁枯涸，而且稀薄味臭，不但不能卖钱，而且贴钱也没人肯喝。大昌的狂想曲一败涂地，无颜面对刘家锅伙父老，便匆忙找了个难以自圆其说的借口，扔下烂摊子，慌张离开刘家锅伙。八头寸功未立的荷兰奶牛被减价出售，屠宰之后零卖肉块，红烧清炖都腥臊刺鼻，十分难吃。

牛棚大院的牛舍，虽比不上五星级饭店的总统套间，却比牛蒡的泥棚茅舍强得多，跟啭儿家的半截子砖房比较，也有过之而无不及。所以，杜大活驴叫啭儿把大昌带到牛棚里隐蔽，啭儿并不觉得难以接受。

牛蒡一进牛棚大院，就见啭儿蒙着包头，手拿鸡毛掸子，正在打扫牛舍；许百媚也手忙脚快，给啭儿帮工。

这两个长舌妇，就像一母所生的双胞胎，眉眼口齿，一动一静，都十分酷似。不酷似也相似，不相似也近似。不同之处，是啭儿比许百媚黑一点儿，胖一点儿，许百媚比啭儿白一点儿，瘦一点儿。许百媚的美人痣长在上嘴唇左角，啭儿的美人痣长在上嘴唇的右角。三个女人一台戏，啭儿和许百媚以一当十，那就赶得上一座蛤蟆坑。

啭儿和大昌居住的牛棚，是三间的格局。洋灰地面，白粉刷墙，屋顶几盏电灯，灯一亮照如白昼。不过，将牛棚大院改建集中营，是杜大活驴跟公社造反团大头领谈话之后，才产生的灵感。金口吐出玉言，也就来不及砌墙安窗，只能暂时钉上几张苇席，遮一遮外人眼睛，免得女人家脱衣穿裤不方便。

牛棚大院荒废已久，杂草丛生，黑咕隆咚。黄坎肩儿和许百媚是外来黑户，不能享受电灯照明。大昌虽然已被脸上抹黑，但啭儿还算个“红靛颏儿”，允许享用一盏十五瓦的电灯。牛蒡一进大门，就直奔灯明火亮处。

啭儿和许百媚已经把牛舍打扫得干干净净，地上还有几堆垃圾，正发愁身单力薄，运送出去得累个贼死，牛蒡来到，正是自投罗网。

“儒林兄弟，来得早不如来得巧，我跟啭儿姐要抓你的官差。”许百媚脱着身上打满补丁的灰蓝布褂子，露出粉红色的内衣小衫，连连朝牛蒡飞眼儿，目光流露邪念，“我累折了腰，你运走这些脏土吧！”

许百媚的轻狂惹恼了啭儿，啭儿绷紧了脸，喝道：“许百媚，你这个‘黑五类’的浪母狗，胆敢到刘家锅伙呼奴唤婢！你不乖乖地一个人把这些脏土运送出去，不等明天早上我就叫本村的造反团斗争你！”

吓得许百媚连连告饶，说：“我只不过是想跟儒林兄弟说几句戏言。我爱劳动就像爱吃全聚德的烤鸭，砂锅居的白肉，东来顺的涮锅子，穆柯寨的炒疙瘩，同和居的烤馒头……”

“住嘴！”牛蒡瞪眼怒喝道，“没人想听你说相声满汉全席《报菜名》！”

“还是儒林兄弟知多见广，我的话他一听就懂，这叫知音又知心！”许百媚一边油嘴滑舌，一边重新穿上打满补丁的灰蓝布褂子，背起一筐垃圾走出去。

“狗嫌儿，你跟这个娘儿们有过多少见不得人的勾搭？”啭儿那绷紧的面皮，能拧出陈年老醋汁。

“我是那么贪嘴的人吗？馋得想吃烂杏。”牛蒡也铁青着脸，“她有个妹子叫迢儿，曾跟我订过口头婚约。许百媚说他的后娘和妹子都变了卦，我才同意你安排我跟杜梨儿对了个象。”

“那你该在家里陪着杜梨儿呀！”

“我想叫他们两口子团聚一会儿，也许能破镜重圆，重归于好。”

“你一片好心，却断送了那个人的一条性命！”啭儿突然面无血色，惨白蜡黄，“公社造反团的阎小蕙儿，女干将阎桂芝。她说只要那个狗崽子一死，杜梨儿还算贫下中农，公社造反团发给她红臂箍。”

“阎小蕙儿这个搅屎棍子，怎么见缝就下蛆？”牛蒡气歪了脸。

“杜梨儿也许还没下毒手，你快回家拦住她！”啭儿推搡着牛蒡。

牛蒡一个踉跄，正撞在跨进门来的杜大活驴怀里。

“别白磨鞋底了！那个地主儿子早离了阳间下阴曹，上了望乡台，过了奈何桥。”杜大活驴一屁股坐在牛槽上，斗大的脑瓜像霜打的向日葵低了头，“儒林，你找个吉日良辰，跟杜梨儿花烛成亲吧！”

“我宁肯叫刘家绝后，也不想娶个杀人犯！”牛蒡跳脚大骂，“我要把她扫地出门，不许她把我家当杀猪的汤锅。”说着，一阵风向牛棚外跑去。

“儿，你鸡蛋碰石碌，自找碎尸万段呀！”杜大活驴一把没扯住牛蒡，跳下牛槽，跟踪紧追。

“大叔，您怎吓得不像一团烂泥，也像一堆豆腐渣？”蛑儿嬉笑着挖苦道。

“人家管我叫活驴，榆木脑壳直肠子，可我多少还知道盐是咸的，醋是酸的。”杜大活驴满面惊慌，“公社造反团大头子眼下的势力，比得上忠义救国军的胡司令，咱们刘家锅伙犯不上为一个地主家的狗崽子跟他枪对枪，刀对刀，上刀山，下油锅。”

“我说的是阎小蕙儿，不能叫这个骚丫头仰八脚儿撒尿贱（溅）上脸！”

“你有所不知，那骚丫头是大头子一条炕上滚的‘亲密战友’呀！”

“快救儒林！”蛑儿又急忙推搡杜大活驴。

不知是公社造反团先被叫成“忠义救国军”，大头子才被叫作“胡司令”，还是大头子先被叫作“胡司令”，公社造反团后被叫成“忠义救国军”。反正大头子的名气，在这个公社顶风臭十里。从打他闹起造反团，北运河就灌满了污泥浊水，鱼虾不生，荷菱不长，就像一河沥青。

大头子是公社配种站一个保卫干事，造反当上农工红卫军司令。阎二旦子和阎小蕙儿的造反团归顺到红卫军的旗下，领到了一个番号，被称为十八路诸侯之一。大头子嗜血成性，每回武斗都要亲手杀人。县革委会成立，清查逮捕杀人犯，大头子畏罪逃到阎家暂避一时。阎二旦子和阎小蕙儿把大头子存放在不烧火的北房西屋冷炕里，夜晚才敢出外放风。这天夜晚，大头子倒背着手在院子里转磨，转来转去转到阎小蕙儿的窗根下。阎小蕙儿睡在临窗的小土炕上，夏夜贪凉，门窗对外开放；月光照进窗，凉风吹进门。阎小蕙儿脱个精光，四脚八叉，摆个大字。大头子一阵心跳，嗓子眼冒烟儿，两只眼贼亮，哪怕是下油锅跳火坑，他也顾不了许多。脑瓜子一热，从窗口爬进去，饿虎扑食压在阎小蕙儿身上。阎小蕙儿睡得死沉，不哼不哈不喊不叫不踢不咬，只像被马蜂蜇疼槐蚕，翻滚打挺，砸塌了几大块土坯才咯咯笑起来。

抓杀人犯雷声大雨点小，吵吵嚷嚷几个月便烟消云散。阎小蕙儿也被调到公社吃皇粮。

牛蒡赶到自家小院，只见小院内外，被公社造反团的男女打手，包围得里三层外三层，针插不进，风雨不透。难得的是阎小蕙儿竟身穿警服行头，在柴门外昂首挺胸踱来踱去。那身姿和步态，非常像电影《地下尖兵》《五十一号兵站》的国民党女特务。

“阎小蕙儿，杀人犯杜梨儿在哪里？”牛蒡喘着粗气问道。

“你是什么东西，敢跟我们阎副指挥吆三喝四？”一男一女两个打手，凶眉恶眼，撸胳臂挽袖子。

阎小蕙儿假笑着摆了摆手，走上前来问道：“狗嫌儿，看我这副打扮是不是有点古怪？”

“猪八戒也会三十六变，不足为奇。”牛蒡又跨上一步逼问道，

“杜梨儿男人的死尸呢？”

“派出所归顺了造反团，我穿警服就是为了‘飒爽英姿’！”阎小蕙儿陡地变脸，面目狰狞，“谁跟你说杜梨儿杀人，谁跟你说那个男人被她杀死？”

牛蒡眼珠儿一转，想出个瞎话，说：“我一看造反团围困万千重，就料定出了凶杀案。”

“你知其一，不知其二！”阎小蕙儿横眉立目、满脸杀气，“杜梨儿是杀了人，那是大义灭亲！地主狗崽子是被杀死了，那是他自取灭亡！过两天，公社开大会欢迎杜梨儿回到‘红五类’革命队伍中来。”

“应该把她归入马、牛、羊、鸡、犬、豕的六畜中去！”牛蒡气哼哼转身就走。

几天后，公社造反团勒令牛蒡搬进牛棚大院，牛蒡家的小院被没收。杜大活驴还算给他脸面，加封他为牛棚大院副院长。院长是啭儿，好歹还算是贫下中农娘儿们。地蛆咬的瓜都是最甜的。

33

还是几年前回乡的那个夜晚，牛蒡走出自家的柳篱小院，沿着河边纤道昏头晕脑行走，不知不觉走近罐儿那座子孤坟，忽见一团火起，有人扯开大嗓门儿呼天号地。

“谁？”他高声惊叫。

那人收住哭声，却像个丧门星，怒气冲冲骂道：“河边没青草，不要多嘴驴！”

牛蒡离乡数年，许多父老乡亲的口音已经淡忘。然而，一听这两句恶言恶语，马上猜出必是杜大活驴无疑。这两句话杜大活驴最喜挂在嘴边。

“大叔，您怎么不问亲疏远近，开口就咬吕洞宾？”牛蒡唇枪舌剑，棍来棒往，也回敬了他一句。

杜大活驴虽是牛蒡爷爷的干儿子，牛蒡却从心里不敬重他。刚才杜大活驴骂他是“多嘴驴”，他也就反唇相讥，暗骂他是“咬吕洞宾”的狗。

“大侄子几年不见，升了官还是发了财？”杜大活驴没有听出牛蒡的话中有话、弦外之音，兴冲冲问道。

“穷愁潦倒，落魄还乡。”牛蒡走过去，看见在一棵歪脖河柳下，杜大活驴烧的是纸钱，地上一团灰烬。“大叔，您怎半夜三更烧纸，烧给谁？”

“罐儿给我托梦，大热的天要寒衣。”杜大活驴一把一把抹着老泪，“她下葬穿的那身棉袄棉裤，新三年，旧三年，缝缝补补又三年；大窟窿小眼都透风，阴间又比阳间冷，冻得她白天伸不出手，黑夜蜷着腿睡觉。”

牛蒡心惊肉跳，说：“多烧几个钱，叫她单、夹、皮、棉都买全，冬天不受冻，夏季也热不着。”

“我罗锅子上山，前（钱）紧呀！”杜大活驴口羞得结结巴巴，“这一叠纸钱，还是有一家办白事，出殡我给抬棺材，顺手偷来带回了家。”

牛蒡一阵心血来潮，从腰里摸出一张钞票，递给杜大活驴，说：

“大叔，从今以后，每逢罐儿姐周年忌日，买烧纸的钱我掏！”

“好个多情重义的大侄子！”杜大活驴手捧着那张五块钱的票子，“怪不得当年你家还没休了啭儿，罐儿就想给你当偏房。”杜大活驴打了个哈欠，“你也别黑更半夜河边上游逛，咱爷儿俩都回家睡个回笼觉。”

牛蒡摇头苦笑道：“我无家可归了。”

“爷爷给你留下的宅院，你撒呓症翻跟头，也出不了圈。”

“大昌换了契，宅院算是啭儿的了。”

“他被窝放屁独吞，我打上门去砸他家的锅！”

“啭儿跟我是手心手背，不是外人，归她也合情合理。”

十年内乱在血雨腥风中开场，老庄户、苏洼子和刘家锅伙三支造反团，各占一方，互不相让，有如魏、蜀、吴三分天下。杜大活驴当上刘家锅伙造反团的大头领。老庄户、苏洼子和刘家锅伙造反团你骂我保皇有罪，我说我造反有理，三村时常发生武斗。

牛蒡一直夹着尾巴做人，不敢出头露面。家事、国事、天下事，风声、雨声、读书声；三村狼烟四起，他只是冷眼旁观，隔岸观火。三支造反团人动干戈，他却躲进自己的小屋沉睡不醒。

梦里淅淅沥沥下小雨，一滴一滴落在他的脸皮上，惊醒睁眼一看，啭儿坐在他枕边啼哭。

“姐姐，难道大昌哥……”牛蒡不敢多想多问。

啭儿哭道：“大昌一条命，攥在你手里，你救一救他吧！”

“我是泥菩萨过江，自身难保呀！”

“只要你娶了罐儿的白骨，杜大叔就去把大昌从牛棚里放出来，保着他到公社夺权。”

“你这是拿我做交易。”

“兄弟，看在我把你一手带大的情分上，受这个委屈吃这个亏吧！”

牛蒡只得点头依从。

天亮，牛蒡还没有叩见丈人，就听村里吵吵嚷嚷，马桩和门闩骑着大叫驴打头阵，杜大活驴统领刘家锅伙造反团攻入老庄户，大昌全须整尾逃回来。杜大活驴却身中数刀，几个肉窟窿咕嘟咕嘟冒血沫子。

杜大活驴倚靠炕头的被垛上，枯黄的脸没有血色，满面皱纹像被刀子横七竖八刻下的伤痕，又像犁铧耕出的垄沟，眼窝塌陷，像两个黑窟窿，更显得连鬓胡子像杂草丛生，两道浓眉根根如刺。他把啭儿、大昌、牛蒡和两个儿子都叫到眼前，男的坐板凳，女的坐炕沿。

“罐儿到死都想当刘家的媳妇，死了二十年才如愿。”杜大活驴混浊的老泪挂了满脸，“不管他妈的破旧立新，还按二十年前的老礼办喜事。啭儿侄女，你是罐儿的媒人。大昌侄子，你给儒林（牛蒡）当大媒。”

“大叔，这……”大昌一惊一怔，面露难色，“我是公社书记，儒林有历史问题……”

“那你就跟啭儿换角儿。”杜大活驴咂不出大昌的话中滋味，只当大昌跟牛蒡之间有个啭儿像堵墙，才不愿给牛蒡保媒，便叫他跟啭儿阴阳交替。

谁知大昌反倒更端起架子，说：“我的……身份怎能……撮合鬼婚？”

“你他妈的猴拉稀坏了肠子，良心给狗吃啦！”杜大活驴暴怒大骂，“马桩，门闩！给他挂上黑帮牌子，送回公社造反团。”

“得令！”马桩和门闩像两名刀斧手，老爹一声令下便马上拧过大昌的胳臂，掐住大昌的脖子。

“大叔，大叔……”大昌几个月来受够了皮肉之苦，随风转舵见硬就软，“罐儿妹子是土改运动中的女烈士，我能当她的媒人三生有幸。”

马桩和门闩刚要撒手，杜大活驴却又猛喝一声：“慢！”

“爹。听您吩咐！”马桩和门闩手上又加了把劲，疼得大昌龇牙咧嘴。

杜大活驴圆睁二目，两眼喷火，喝骂道：“大昌，我的姑爷是大汉刘皇叔的后代，本来三分天下有其一，谁想连祖上传留的一块站脚之地，都给你强夺霸占，你可知罪？”

“知罪，知罪！”大昌哈腰低头，像一只红烧大虾，“罪该万死，罪该万死。”

杜大活驴拍着炕席命令道：“把契纸拿出来，交给我的姑爷。”

“在……在啭儿……手里。”大昌推卸责任，“都怪她头发长，见识短，捯小肠儿，算旧账，我没有坚决制止，也犯下失职的错误，应该‘斗私批修’。”

“呸！”啭儿把一大口唾沫啐在大昌脸上，转身回家取来那张契纸。

“大昌！”杜大活驴又下令道，“你识文断字又当过官儿，亲笔另写一份新契，打上你跟啭儿的手模脚印。”

大昌虽不情愿，却不敢抗命，但是多年当官久不动笔，笔握在手却一字不出，急得一把一把捋汗。

还是文盲啭儿头脑灵活心思快，把那张霸占刘家祖产的契纸扔给他，说："照猫画虎吧！"

"还是你懂得抄近绕远，救了我的急。"大昌赶忙展开那张契纸，像小儿描红，逐句逐段抄袭模仿，只变动了几个字。

在杜大活驴威逼下，啭儿涂黑了手，大昌抹黑了脚，手模脚印按在契纸上。

"我给姑爷夺回了荆州。"杜大活驴淌下两滴老泪，闭上眼睛喘成一团，"马桩……你准备花轿，门闩……你攒个……鼓乐班……"

江山易改，官性难移，大昌忍不住多嘴饶舌，说："大叔，眼下正大破四旧，您动用花轿鼓乐，是个严重的政治问题。"

"闭嘴！你敢给我这个老贫农扣帽子？"杜大活驴翻开眼皮，怒目而视，"马桩，门闩，念最高指示！"

斗大的字不认得一筐的马桩和门闩，从腰里摸出小红书，装模作样随手翻开一页，又装腔作势咳嗽了两声，才一句比一句高声念道："……谁反对贫农，谁就是反对革命！"

"不敢，不敢……"大昌吓得双膝跪倒，"我将功补过，自动报名，给罐儿妹子抬花轿。"

"你不配！"杜大活驴哼道，"软骨头的两条腿，扛得住花轿的沉重吗？"

刘家锅伙的库房里，收藏着破四旧时没收的花轿和鼓乐，正可物尽其用。

下了一夜雨，天亮万里无云，碧空如洗，树青草绿花更红，田野像一大块翠玉，白沙冈像一座大雪堆。柳棵子地里的罐儿坟头上，爬满乱草杂花，坟边牛蒡手植的桑树，桑葚儿红得发紫，紫里透黑，一串串一簇簇，嘀里嘟噜。八抬大轿在三班鼓乐吹打声中，上了白沙冈，钻进柳棵子地，在罐儿坟前落了轿。牛蒡焚香下拜之后，马桩和门闩便破土开棺。

两个力大如牛的汉子，一锹一锹铲土，一锹土两行泪，一把一把擦着汗。一锹又一锹，掘地六尺多，像挖出了一眼井，却仍不见罐儿的残棺剩骨。

“当年坟坑只有四尺深，怎么挖到六尺还不见罐儿？”马桩停了锹，疑虑起来。

门闩也觉得奇怪，反问道：“是不是有人偷棺掘墓？罐儿又没有金簪银镯陪葬……”

啭儿最会锦上添花，笑道：“我看罐儿不是成了仙，就是转了世，化成一缕青烟出了土。”

牛蒡却从马桩手里夺过铁锹，说：“二十年风吹雨打，坟头难免挪了位；当年我在坟边种上一棵桑树，就是为了给坟头定位不移。”说着便从桑树下开掘。

只挖了十几锹，便听啭儿尖叫：“头盖骨！”

牛蒡一看，灰白头骨上有两个黑眼窟窿，他忙在地上展开一块红布，将罐儿的头骨捧起来放在红布上。他接着挖下去，又挖出了脚骨、腿骨、臂骨、肋骨……摆在红布上拼成了一个人形，牛蒡触景伤怀忍不住悲痛，号啕大哭起来。一哭百应，马桩、门闩、啭儿也都哭得昏天黑地。

正在这时，大昌搀扶着杜大活驴，跌跌爬爬而来，一见红布白骨，老头子两手拍着大腿，跺脚喊了一声：“罐儿，爹的好闺女！”一口气噎住胸口，昏倒地上。

牛蒡把罐儿的白骨包在红布里，捧起安放在花轿中，在三班鼓乐伴送下，抬进刘家小院。牛蒡前两回结婚，身穿长袍马褂，十字披红，头戴插花礼帽，手执漆红雕弓。这一回鬼婚的打扮，完全是破旧立新革命化：一身国防绿军装，套着造反团臂箍，手中挥动红宝书。

刘家小院扫出一块方丈之地，铺上红毡，摆放了天地桌，罐儿的红包白骨供在天地桌上。天地桌后一张太师椅，杜大活驴挣扎着落了座，虽然坐得端正，坐得挺直，但是脸色枯黄，气力衰弱，像一盏熬干了捻子的油灯。

大昌是喜令倌。他本不愿参演这出闹剧，杜大活驴的“圣命难违”，只得屈就。

“一拜天地！”大昌的鸡婆子嗓儿，尖叫出声，颇似戏台上太监宣呼：“圣旨下！”

牛蒡遵命行礼。

“慢！”啴儿又人前逞能，以通晓礼俗自居，“抓一只母鸡给罐儿当替身，有女无男要抓公鸡。”

洞房就是当年罐儿临死前住过的那间西屋，没有糊顶，也没有刷墙，只剪了个双喜字，一半红一半白，这是啴儿的手艺。

牛蒡心神沉重，望着红白双喜字呆呆出神，好像看见一半是活生生的罐儿，一半是令人毛骨悚然的骷髅。明天早起，还要把罐儿的白骨装进破四旧没收的一口杉木十三圆棺材，四十八人抬的大杠，抬进刘家坟地下葬，深埋地下，不留坟座，罐儿也算得到圆满的归宿。但是，爷爷有过铁打的家规：男不许娶二婚，女不得嫁二男，他把罐儿的骨殖埋进刘家祖坟，是有违祖制的不孝之举。虽然人死灯灭，爷爷无可奈何，自己却问心有愧，于心不安。

牛蒡正长吁短叹，却听门外马桩喊叫："儒林，我爹要咽气！"门闩也叫："姐夫，爹叫你跟着去！""听见啦！"牛蒡一个箭步夺门而出。

马桩和门闩虽不是杜大活驴的亲生儿子，却有一脉相承的驴性。他俩嫌牛蒡走得慢，马桩背起牛蒡，翻蹄亮掌飞跑。

耗尽血脉的杜大活驴，已经没有多少力气，躺在炕上像活尸。他把马桩和门闩叫到身边附耳过来，叮嘱他们以命担保，保得牛蒡撞山有路，遇水搭桥，逢凶化吉，一帆风顺。

老头子眼皮挂下来，又喘了喘气，忽然打了个嗝儿，蹬了蹬腿，面带笑影儿气断而亡。

一片哭声中，造反团的一名敢死队员头上冒着热气冲进来，喊叫道："报告！老庄户和苏洼子造反团前来偷营劫寨！"

"跟我来！"刚接了班的马桩，振臂一呼，身先士卒，冲锋陷阵去了。

这场武斗厮杀了三天三夜，老庄户和苏洼子造反团招架不住，二把手倒戈夺权，推翻了各自的一把手，战败乞和。刘家锅伙造反团也伤亡惨重，打不下去。马桩执掌了帅印，有勇无谋，门闩更是缺心少肺，只比蛔虫多一挂下水。哥俩儿给杜大活驴大出殡，比大地主黄马褂儿的葬礼还风光。

牛蒡只把秀子和罐儿的白骨同装一口棺材里，深埋在刘家小院内，没有堆起坟座，只在埋棺的泥土里种上两棵树。一棵是碧桃，一棵还是碧桃。

34

刘家锅伙造反团，一不兴无灭资，二不破私立公，三不打、砸、抢、抄，完全靠卖艺为生，流血淌汗挣饭吃。他们不管造反还是保皇，谁赏钱多就给谁武斗，有时今天给造反的打保皇，明天又替保皇的打造反，真正是有奶便是娘，掏钱能使鬼推磨。不过，久在河边站，没有不湿脚，久吃武斗饭，难免打败仗。杜大活驴和他的人马，大小百战，没有一个人没挂花，卖命挣来的钱，都换了大块的肉和大碗的酒，吃得肚儿圆，喝得帽儿歪。马桩当上刘家锅伙革委会主任，门闩的武斗敢死队改称民兵连，他也就由队长改任连长，马桩本想赏给牛蒡一个委员头衔，牛蒡却怕显山露水，引人注目。林彪有林办，康生有康办，他只要个马办主任当。不过，马办主任这个官职上不了桌面，不能白挣工分，马桩文化水平比他爹高，没上过小学却念过扫盲班，认识三千五百个汉字算脱盲，他认识了一千七百五十零一个字，比半文盲强那么一点点儿。肚子里喝了墨水，脑瓜子便能巧立名目。刘家锅伙有个十亩瓜园，瓜园有个瓜把式，过去卖瓜都是瓜把式收钱，一天一结算，交给大队会计入账。马桩新官上任三把火，雷厉风行斗、批、改，为防瓜把式贪污，增派牛蒡当瓜园会计。有人买瓜，上垄摘瓜的是瓜把式，过秤卖瓜的是牛蒡，各司所职，分工合作。牛蒡不费力不出汗，却挣个头等壮劳力的高分，上班也晚来早走，可算是给个县长都不换的美差。

牛蒡年已三十有四，走不完的桃花运，却都一事无成，一无所获。不是半途而废不欢而散，就是千里之堤溃于蚁穴，反正都是喜剧开头，悲剧收尾。

一天中午，他收工回来，荷锄跨进柴门门口，只觉眼前一亮，三间茅屋寒舍都进行了艺术加工。前脸两山从四面八方扯满了碧绿的爬山虎藤萝，像被罩上青纱帐的前沿阵地工事。

爬山虎藤中，传出阵阵程（砚秋）腔《碧玉簪》的一段西皮慢板：

对菱花暗地里芳香自传，

听她言不由人喜上眉尖……

牛蒡一听，就知道是许迢迢唱的。许迢迢的声腔和气口，酷似干姐姐哼唱程腔，许迢迢并没打算吃干姐姐这碗饭，是不知不觉的耳食之学，想不到却刻骨铭心深入脑髓。只要一怀念干姐姐，就像干姐姐的鬼魂附了体，一动一静，一笑一颦，神态、口齿、风韵都活脱是干姐姐的化身。

“迢儿！”牛蒡叫着许迢迢的奶名，只觉得叫奶名顺口而又亲热。

屋里，许迢迢又从《碧玉簪》跳到《春闺梦》：

生把鸳鸯两下分，

终朝如醉还如病，

苦依熏笼坐到明。

去时陌上花如锦，

今日楼头柳又青；

可怜奴在深闺等，

海棠开日我才到如今。……

牛蒡知道，许迢迢此时正患迷怔，三呼两唤叫不回她的魂儿，便不声不响，悄悄走进屋去。许迢迢身穿劳动布工作服，头戴漂白工作帽，站在凳子上，手拿铁榔头，叮叮当当钉挂字画。

“休息一会儿吧！”牛蒡不点出姓名，看她如何回答。

凳子上的许迢迢回过头，扑哧一笑，说：“浪子回头啦！”那音容笑貌，跟鸣翠一般无二。

“回到你身边，亲眼看见你跟迢儿结了婚，我也就含笑九泉了。”说着，从牛蒡腿上一跃而起，一阵风出门而去。

许迢迢到大河边停住脚，蹲下身捧起河水洗脸。刚弯下腰时，水波中浮现的是干姐姐的面影；捧水连洗了三把脸，眉眼完全变化，干姐姐的神韵一扫而光，丝毫不见。她投亲靠友，到刘家锅伙插队来了。

许迢迢是“黑五类”的女儿，只能列入又副册。

《红楼梦》正册十二人：黛玉、宝钗、元春、迎春、探春、惜春、熙凤、可卿、湘云、李纨、妙玉、巧姐，都是贵妇、夫人、小姐，号称十二金钗。妾入副册，可谓银钗。那么，又副册中的丫头便是荆钗了。

于是，牛蒡便把荆钗作为名字，送给许迢迢，还玩笑道：“从今以后你就姓荆，‘风萧萧兮易水寒，壮士一去兮不复还’的荆轲之后。”

许迢迢万分高兴，跑到公社改名换姓，谁想公社知青办主任阎小蕙儿一听就不许可：“秦王焚书坑儒，两千多年前就闹过文化大革命。荆轲刺秦王，是个十恶不赦的反革命分子！”

“《百家姓》里我该姓哪个字？”许迢迢急得想哭，愁得搓手。

“近朱者赤呀！”阎小蕙儿的声腔神态，像个测字先生。“一条路，找个贫下中农出身的对象结婚；另一条路，认个贫下中农的父母。公社给你做证，你就可以改换他们的姓，出身也就变了。”

“我想一想！”许迢迢跑出公社知青办，就到刘家锅伙村外，老龙腰河柳下找牛蒡。

他们一直是在老龙腰河柳下见面，垂柳如帐，掩蔽他俩。她背靠树身，牛蒡两臂环抱，把她和树身都搂抱在怀里。

“后一条路可行。”牛蒡沉思半晌，不走此路别无他途。“我钻天入地，三筛四选，给你找个八代老贫农的正宗红五类门户，连下中农也不要。”

然而，牛蒡踏破铁靴不得其门而入，阎小蕙儿已经不费吹灰之力找到了登堂入室的人家。

那是一个终身未娶的老贫农，年事已高孤身一人，身患重病，不久于人世，很想在死后有个儿女子孙披麻戴孝，打幡抱罐，抓把土给他下葬。所以，阎小蕙儿给引进许迢迢当孙女儿，天上掉下馅饼，也就一拍即合。

许迢迢进门，摇身一变黑转红，反动分子的女儿一夜之间变成了贫农家的金枝玉叶，正可谓换汤不换药，新瓶装旧酒。

三年后，老贫农八十大寿，晚饭吃了半盒什锦点心，喝光一瓶二锅头老酒，当晚在睡梦中撑死。迢儿发丧了老贫农，又为老贫农守了一百天孝，这才想到自己已经二十五岁，该嫁人了。

她想嫁给牛蒡。

却在这时，北京十几家大学下乡选拔工农兵学员。学员不但出身要好，而且还得是未婚之身。阎小蕙儿为自己的兄弟和她各争到一个名额。嫁人还是上大学？迢儿觉得上大学更有吸引力。牛蒡上过大学，也劝迢儿不要只顾眼前不想长远，应该到高等学府关一关禁闭。临别，牛蒡还给迢儿写了一首诗，诗云："两身不一体，两心深相印；两心同一志，两身共命运。羞比蝶恋花，朝夕相依存；愿乘鸿鹄去，天地广无垠。"迢儿破涕而笑，轻松愉快告别了牛蒡，跟着阎小蕙儿的兄弟一同上路。

阎小蕙儿的兄弟名叫阎文成，念完了中学。回村没下过一天地，坐在办公室里当治保委员，专管地、富、反、坏。他心狠手辣，冷酷无情，四类分子闻名丧胆，闻声吓昏。骂人能狗血喷头，打人能遍体鳞伤，折磨人能比得上武则天的酷吏周兴、来俊臣。拧得女人的奶头肿成大麻籽球，却从不撕扯女人的裤子，腌臜女人的下身。村里人骂他凶恶歹毒，可也都觉得他还剩有一张人皮披在身上。话虽如此，他坐怀不乱，不染女色，也就掐断了阎家的香烟，阎小蕙儿苦恼万分，愁断了肠子。

阎文成和迢儿被保送到医学院，两人都学的是中医。迢儿完全服从分配，来到助产班学接生，阎文成哭闹着也想进助产班，后被分到妇科班才转怒为喜。放暑假回村，阎小蕙儿请迢儿吃饭，迢儿喝下一小盅白酒，便醉得像一堆烂泥。半夜三更醒来睁眼一看，她发觉自己被扒了个赤条精光，一丝不挂。灯光下阎文成对照妇科课本，在她身上画满了图案，旁边还放着一架照相机，不问可知她已被照了个周全细致。她猛然坐起，狠抽了阎文成一个嘴巴，阎文成嬉皮笑脸不还手，她又昏迷过去。这一晚阎文成跟她同床共枕，叠股交颈而眠，却没轻薄她，像一对结拜同心的干姐妹。她哭了一整天，不吃也不喝，瞻前顾后无路可走，无计可施，只有同意跟阎文成结婚。

结了婚才知道，阎文成是个畸形心理的性变态人，白天是男，夜晚是女。那一小盅白酒被阎小蕙儿洒下安眠药粉末。

念完了两年医学院，迢儿和阎文成双双回到老庄户公社。迢儿每天骑着自行车捎上药箱，严冬酷暑风雨无阻，到各村给难产的女人接生，任劳任怨，乐在其中。阎文成却挑三拣四，寻死觅活要到妇科工作，阎小蕙儿骂他没出息。难得支左代表浮想联翩，竟大笔一挥，允许阎文成到公社妇联，还赏了个副主任，而且振振有词："党委、革委会、青年团都必须配备女干部，怎么妇联就不许可配备男干部？男女平等得处处落实，不能留下死角。"

阎文成在妇联工作日久，更加变得雌化。一个月里至少二十多天，他描着迢儿的影子打扮自己，只想变得像迢儿的孪生姐妹，竟戴起迢儿的乳罩，穿起迢儿的内裤。迢儿跟他说起离婚，他吸溜吸溜哭得像个弃妇，死活也不愿分手。吃了一回安眠药片，又割过一回静脉吓得迢儿不敢口出离婚二字。她不死心，找公公阎二旦子哭求。阎文成最怕他爹。阎二旦子对迢儿的遭遇深表同情，却又老泪横流，不想看到阎家绝户。他要迢儿给阎家生个男孩，才能强迫阎文成同意离婚。

"文成……没有生育能力呀！"迢儿满面羞红，一对一对儿滴泪。

“那……那就只有移花接木了。”阎二旦子欲言又止，拈着几根老鼠须，沉吟半晌才又开口，“文成无能，阎家族中还有壮士。我有个堂侄，念过中学，聪明过人，只可惜被手扶拖拉机轧断了双腿，眼下在残疾人工厂当会计，人称神算子，我叫他代替文成跟你怀孕，分娩如是男孩，你就……”

“放屁！”迢儿一口唾沫啐到阎二旦子眼里，“你是禽兽，我可不是猪狗。”

“那你就跑断腿磨破嘴也离不了婚！”阎二旦子变脸拍桌子，“公社革委会捏在我女儿手里，不信你的花言巧语。”

迢儿跑到刘家锅伙，倒在牛蒡怀里大哭。牛蒡文人脾气，找到阎家，巧遇回家休假的阎小蕙儿，阎小蕙儿一言不发，等牛蒡吼叫得声嘶力竭，才不软不硬地抛出一句：“牛蒡，你机关算尽也只能枉费心机，跳不出我的手心！”

许迢迢只有歪脖树上吊，才能解脱红尘烦恼。她家的老亲旧友有的吃梨园饭。前些日子她回城休假，听说梅兰芳的得意女门生言慧珠，不堪忍受百般凌辱，抽水马桶的水箱拉链拴脖子，自杀身亡。死前将《贵妃醉酒》的杨贵妃戏装穿戴齐整，凤冠霞帔，浓妆艳抹，遗容仍然美似天仙。许迢迢在上吊之前，也脱下灰、黑、蓝衣裤，换上粉红衬衫花裙子，梳了一条扎着蝴蝶结红头绳的大辫子，离开公社卫生院，骑车直奔牛蒡家的老宅。

牛蒡家老宅院角落，有一棵水蜜桃树，她吊在水蜜桃树上，香魂出窍，活没成刘家人，死也要当刘家鬼。

谁想她刚进柴门，兔走獾奔鸟雀乱飞，杂草丛中挺身站起一个疯女人。

疯女人首如飞蓬，头发里全是虱子虮子，脸上的污垢比锅巴还厚，两眼闪着寒光，冒着鬼火。她穿一身破烂军装，戴着已失原色的红臂箍，手里拿着一把有了锈斑的杀猪青条子。许迢迢一看便知，疯女人是杜梨儿。

杜梨儿亲手掐死丈夫，得到造反团的重奖：一面锦旗和四卷宝书。锦旗上写着“贫下中农的好女儿”。然而，杜梨儿得了奖也中了邪，迷迷怔怔，神情恍惚。她一趟又一趟找啭儿，哭闹要嫁牛蒡，牛蒡却横竖不要杜梨儿，杜梨儿便变成了武疯子。一见有哪个年轻女人跟牛蒡说笑，她便扑上去又撕又扯，又抓又咬。

杜梨儿白天乞讨为生，夜晚与野兔、土獾、田鼠、麻雀、蚂蚱为伍。有一回，她看见河边歪脖儿河柳树下，牛蒡跟许迢迢搂抱着啃咬。她追赶过去，那两个人却又从桥上过河进了村。从这以后，她不杀许迢迢便难熄心中妒火。

许迢迢跟杜梨儿一照面，就从她的目光中感到了杀机，转身刚想逃跑；杜梨儿像一只抓鸡的秃鹰，扑奔过去把杀猪青条子捅进许迢迢的后腰，穿了个透，称心如意狂笑起来。

狂笑戛然而止，杜梨儿三摇两晃倒了地，是阎文成的大棒打死了她。本来，他是尾随许迢迢，杀妻之后自杀。不想杜梨儿代他杀了妻，他也就改杀杜梨儿。

阎文成被枪毙，坑死了他爹阎二旦子，株连了他姐姐阎小蕙儿，削职为民一钱不值，又想黏在牛蒡身上破镜重圆。

并非满纸荒唐言，却是一把辛酸泪。

35

北运河东岸出了个女爬虫阎小蕙儿，把运河滩上闹得人仰马翻，鸡犬不宁。打、砸、抢、杀，比日本鬼子清乡队和国民党还乡团还霸道。

造反之前，阎小蕙儿和她爹阎二旦子，就大大的有名。阎二旦子是数十年如一日的惯偷和赌徒，直到把结发之妻折钱偿还赌债，也不肯悔悟罢手。阎小蕙儿从小没了娘，跟着她爹年年长大。并非阎二旦子循循善诱，口传亲授，阎小蕙儿耳濡目染，不知不觉精通了乃父的全套偷艺。赌术虽然一窍不通，赌徒性格却青出于蓝而胜于蓝。

贼丫头早熟，十二岁就来了月信，从那以后便白天黑夜一闭眼就做春梦，梦见的都是她念小学时的班主任牛蒡。牛蒡嫌她手黏，嗜偷成性，抓住她便狠打手板，打得她双手肿得拿不住筷子。一见牛蒡的面，便吓得脸色如土。牛蒡教了她一年，三天小打，五天大打，十天狠打，每月毒打，她竟像吸毒上了瘾。牛蒡考上通州潞河中学念高中，念完高中又升入当时的燕京大学。阎小蕙儿偷过之后，没有牛蒡的板子打手，不但手心刺痒难熬，而且浑身骨节都像皱皱巴巴的难受。身心寂寞焦渴，引发了弗洛伊德魔症，春梦此伏彼起，变幻无穷，从洞房花烛夜同床共枕，到十月怀胎一朝分娩，梦中都尝了个遍，也就咬定这辈子非牛蒡不嫁。

天从人愿，心想事成。牛蒡不知犯了哪一条王法，就像林冲发配逐出京门，回刘家锅伙刨土种地。

阎小蕙儿一听牛蒡身败名裂回了村，欢喜若狂，乐不可支，恨不能先睹为快，马上就跟牛蒡拜天地，入洞房，圆了春梦，心满意足。然而，她明偷暗盗胆大脸厚，到底还是未婚女子，偷香窃玉却并无多少勇气，在牛蒡家的柳篱小院外转来转去，也爹不起胆子走进门去。

转到立秋之后，在牛蒡家院外开出的一小片荒地上，合理密植的玉米秧子高如丛林，玉米棒子干枯了花红穗儿，绿皮外层转黄，内层包裹的珠粒灌满了浆，玉米地弥漫起一团诱人垂涎三尺的芳香。阎小蕙儿忍不住嘴馋手痒，嗞溜钻进玉米地，掰下几个肥大玉米，拎到堤旁歪脖儿柳下，找来一抱枯草干柴，剥下玉米皮子一层层，扔进火堆烧熟了吃。

火光一起，烟气四散，惊动了闭门家中夹着尾巴的牛蒡，有人说哪个猫儿不贪腥？阎小蕙儿脸皮比她爹还厚，更比她娘水性杨花，即便是唐僧投胎，柳下惠转世，也难过阎小蕙儿这道“美人关”。

不管谁是谁非，民不举官就不究。从这以后，阎小蕙儿出入牛蒡家柳篱小院，扭扭摆摆，指手画脚，好像已经过门三年的当家媳妇。自留地的五谷，小菜园的瓜果，她不但随便享用，还大包小篮搬运回家。牛蒡汉胡混血，匈奴人后裔，爷爷刘二皇叔曾是大河上的水路镖头，本来不是一块窝囊废，只因身背治安对象这口黑锅，为了息事宁人，不得不忍气吞声，也就像个软弱可欺的孱头。

城里的红卫兵小将从天安门广场冲向农村，下乡到运河滩放火烧荒，阎小蕙儿闻风而动，敢字当头，人有多大胆，敢造多大反，拉起一支八九个人七八条棒的造反团，出马上阵头一炮，就是勒令牛蒡还她以自由。皇恩大赦，牢笼放生，牛蒡差一点儿忍不住倒头下拜，连叩三个响头。

连走五年红运，阎小蕙儿步步登高，爬进公社革委会，分工主管群专劳改集中营。虽然仍是农村人口，吃的却是商品粮，有了指标就转正，头戴乌纱帽，手捧铁饭碗。谁知福兮祸所伏，一枕黄粱梦难圆，猫咬尿泡一场空。倒栽葱，头朝下，灰头扯脸回了家，竟也被内定为治安对象，不再享有贫下中农的政治地位。造反事大，婚姻事小，五年里她更换了十个姘夫，却没有打定主意跟某个人登记，从一而终，白头偕老。一从公社革委会除名，不光红极而黑变了色，浑身的筋骨皮肉，头蹄下水也变了味儿。死猪豆肉，没人敢尝，就连过去那十名老姘头，也都过其门而不入了。

三十如狼，阎小蕙儿怎能一日不沾荤腥儿，三月不知肉味。

山重水复，柳暗花明，阎小蕙儿忽然想起了牛蒡，轻车熟道，唾手可得，不费吹灰之力。只可惜阎小蕙儿少了点儿自知之明，老眼光看人，不知牛蒡已经更名改姓，到本村杜家当了一名倒插门女婿。一登龙门，身价百倍。目前牛蒡在户口本上变成了杜牧，好像死了一千一百多年的晚唐大诗人杜牧又还了阳。

牧，文牛。文乃书生，牛是牛蒡，有如杨四郎拆杨为木易，蒙哄了老岳母萧太后十五年。也把同床共枕十五年的铁镜公主，装在鼓里以假当真。

阎小蕙儿五年没有到过牛蒡家的柳篱小院，今日登门乞和，破镜重圆，竟感到怦怦心跳。当户理红妆，对镜贴花黄，她不得不梳妆打扮，才有胆子送上门去。

这几年她有点闲钱，就买草绿的军装和胶鞋，穿在身上才显得那么飒爽英姿多奇志。但是，眼下变成了治安对象，不爱红妆爱武装可就是大逆不道了。她几年来树敌过多，如果她还敢一身造反打扮，就会招来嘴巴、拳头、窝心脚，游街示众啐脸皮。她翻箱倒柜，掘地三尺，想不到从院墙角落柴火垛底，掏出一个皱巴巴臭烘烘的蓝花布包裹。打开一看，有一件粉红衬衫和一条三角裤衩，血迹斑斑，霉气刺鼻。她猛然想起那是五年多前，有个步行万里大串连的女红卫兵，半夜三更投宿她家，跟她睡一条炕。天麻麻亮，这个外省女学生忽然满炕打滚儿，扯断脖子喊叫肚子疼，阎小蕙儿只当她一路紧行慢赶，吃的是凉饽饽冷菜，喝的是沿路池塘河沣里的脏水，铜肠铁胃也得闹病。阎小蕙儿从小就学会家传的拔火罐子，便烧了个火罐扣在女学生肚脐眼上；女学生一声鬼叫，两腿之间血流如注，吓得阎小蕙儿叫来她爹。阎二旦子自己没生过孩子，可见过自己的老婆生孩子，一见便知这个外省女学生是小产；慌忙找来一个老收生婆儿，给女学生清汤热水收拾干净。女学生仍然漏红不止，挣扎了三天两晚一命呜呼。芦席一卷，埋到村外，河堤下新添一座孤女坟。女学生从本省出发，万里步行直到天安门城楼下。走出一千里，遭到一伙造反团歹徒奸污；八千里路云和月，发觉自己怀了孕。谁想走到九千九百二十八里的北运河边，天安门城楼可望而不可即，枉作了游魂野鬼。

女学生一身草绿下了葬，血污的衬衫和内裤被阎小蕙儿打进蓝花包裹。她本想一把火烧成灰烬，阎二旦子却怕血光之气罩住家宅，气招灾、灾生祸。阎小蕙儿心慌意乱中把小蓝花包裹塞进柴火堆，柴火垛恒温干燥，衬衫内裤五年后重见天日，一没腐烂二不褪色，还可以装点阎小蕙儿，今朝更好看。

阎小蕙儿没有一张俊眉俏脸，却有一对活蹦乱跳的大奶子，粉红衬衫里好像窝藏着两只垂挂晃动的白葫芦。扭腰摆胯一溜碎步，活像一只给鸡拜年的黄鼠狼，心怀鬼胎奔牛蒡家柳篱小院走来。

牛蒡家无宁日了。

36

牛蒡寝食不安，家无宁日。

阎小蕙儿就像一张狗皮膏药，黏在了牛蒡身上，也像一只花脚蚊子，叮在牛蒡的皮肉。每晚如淫狐浪鬼，三更来五更走，整夜敲骨吸髓，鸡叫头遍起驾回家，偷钱盗米，掳夺一空。好男不跟女斗，牛蒡只有退避三舍，找马桩出面迎敌。张天师捉妖，盐卤点豆腐，马桩和阎小蕙儿分属两大对立阵营，势同水火，不共戴天。只怪阎小蕙儿欺人太甚，牛蒡才不得不借刀杀人。

他疾步走进马桩家门，只见马桩正满嘴飞溅唾沫星子，臭骂垂手侍立面前的二弟门闩儿，咆哮如雷，声震屋瓦。

马桩当上刘家锅伙革委会主任，乱世为王，黄袍加身，金口玉言，说一不二。民兵连长门闩，不过是他的御林军统领，奴才、走狗、胯下马，敢不俯首帖耳?

不仅如此，杜大活驴从刘二皇叔那里学到的一点儿武艺，祖师爷留下的武林陈规，只能倾囊传授长子，教给二儿子就得留两手。马桩和门闩虽都是带犊儿拖油瓶，门闩儿爆竹脾气直肠子，比一肚子鬼心眼儿的马桩更得杜大活驴偏爱，杜大活驴也不敢违背古训，多传授门闩一招两式。斗心眼儿，马桩把门闩卖到屠宰场，门闩还得帮着马桩点票子。动拳头，马桩使出毒招绝活儿，门闩只有甘拜下风。

官大一级压死人，拳脚之下无理可讲；门闩假装低头忍受，脑瓜子里另有所思，其实是充耳不闻。

牛蒡跟马桩和门闩兄弟俩，一碗水端平，不厚不薄，不偏不倚，不远不近。兄弟俩戏称牛蒡为老九。

马桩当上刘家锅伙革委会主任，虽是小国之君，却也颇有九五之尊。他刚上台就任，就把他家那几间泥棚草舍，翻盖成青砖红瓦大宅门，村里人尊称皇宫内院。马桩年过三十还打光棍儿，当上革委会主任不到十天，就娶上个二十啷当的小媳妇儿。小媳妇儿姓黄，是个破落地主的女儿，人小辈大，黄坎肩儿是她五服之外的本家哥哥。地主子女，过去没人肯娶，更没人敢嫁。马桩登基坐殿，自立王法，传下圣旨：凡是地主家的女儿，嫁给贫下中农的儿子，马上改变出身，归入红五类。于是，这个姓黄的地主女儿便超速抢行，自动送货上门。她比马桩小十岁，白瓜子脸有几粒碎麻子儿，更俏得狐媚子妖气。她跟马桩睡了个觉，从头到脚红了个遍。一夜连吹枕边风，马桩晕头转向不知东南西北，过门三天就落了个小皇（黄）娘的诨名。

“你……你……当和尚整三年，看见个母猪也叫貂蝉？”马桩一拍面前的矮脚饭桌，手指门门的鼻子叱骂，“那个许百媚，三十人儿，靠四十了。男到四十一朵花，女到四十豆腐渣……”

“豆腐渣，谁？”牛蒡看见矮脚饭桌上摆放着四盘凉菜一壶酒，坐下来一拍身边的蒲墩，“门闩，三人为众，有酒大家喝。”

“没他的份儿！”马桩脸面仍然一块铁板，怒气不息地痛斥门闩，“当着老九我跟你说明白，许百媚是我留给老九的一大碗回锅肉，你别想当偷嘴的猫。”

牛蒡一怔，说：“许百媚可是有夫之妇的活人妻呀！”

马桩那张铁青的脸，难得微微一笑，说：“自从我一声令下，令下如山倒，地主女儿嫁给贫下中农儿子，眨眼之间黑变红，许百媚也哭着闹着跟黄坎肩儿打离婚，改换门庭革命化。”

“她下了黄坎肩儿的贼船，正该上我的战车，咱们刘家锅伙又多了个红色娘子军呀！”门闩振振有词，得理不饶人。

“住嘴！”马桩喝道，“她多大，你多大？”

“许百媚今年三十七，我……三十一。”

“女大五赛老母，你想娶个祖奶奶呀！”

“老九三十四，也比许百媚小。”

“女大三，抱金砖，上上婚。”

“你们一人一床肉褥子，饱汉子不知我这个饿汉子饥！”门闩踢翻矮脚饭桌，倒地打滚儿，骂喊驴鸣。

牛蒡见势不妙，渴急了喝卤水，说：“老二，我给你找了个比许百媚小得多的外村姑娘，不知你是不是看得上眼？”

“谁？”

“你一见着她的面，一眼就能认出她。”

“她在哪儿？”

“我家。”

门闩掉头就跑，撒了欢儿发了疯的驴快似马。

“你是诓闩子吧？”门闩跑走，马桩又摆正矮脚饭桌，招呼小皇娘重上酒肉，给牛蒡满上一大碗酒，盯着牛蒡问道。

“闩子土命人心实，我怎能戏耍他？”

“那个姑娘姓甚名谁，哪个村的？”

“说出来怕你不乐意。”

“宁拆十座庙，不破一门婚。”

“此话当真？”

“军中无戏言，吐唾沫落地是钉儿。”

牛蒡又沉吟了片刻，才开了口：“你的死对头阎小蕙儿。”

马桩也吃了一惊，两眼直瞪瞪半晌，忽然眼珠儿滴溜溜乱转，哈哈大笑道：“我正想招降这个娘儿们，收编她那些风毛四散的兵马。”

“成立革委会，不许打派仗了。”

“别忘了枪杆子里面出政权，也就是武斗才能出政权，你跟着我活学活用吧！”

牛蒡心中暗喜，可又不大放心，追问道：“你真同意？”

“只是亏负你了。”马桩满脸愧色，“阎小蕙儿本来是你碗里的肉，狼叼来喂了狗。”

“马桩，你跟门闩推倒压在我头上的一座大山，我想趴地给你磕个响头！”说着，牛蒡把一碗酒捧过头顶，又一饮而尽。

“我得赔你个许百媚，两不赊欠才心安。”马桩龇牙一乐，拍拍牛蒡的后背，“这个娘儿们比她死了的妹子还香甜，你得着活的也就忘了死的。”

牛蒡这才发觉，马桩真要唱一出《拉郎配》，急赤白脸喊道：“许百媚罗敷有主，我不能抢男霸女！”

“一不用你抢，二不算你霸，只要你替我写一道手令，批准许百媚跟黄坎肩儿离婚。”马桩又向屋里的小皇娘吆喝道，“一会儿你把离婚证给黄坎肩儿送去，我跟着就出马给许百媚当大媒。”

牛蒡急忙劝道：“水大漫不过鸭子，离婚得找公社。”

马桩喝酒喝得眼红，怒吼道：“公社管不着刘家锅伙，刘家锅伙我说了算。”

“你这是以下犯上。”

“造反有理！”

“你想当忠义救国军的胡传魁？”

“那你就是我的刁德一。”

两人推杯换盏，喝了一瓶又一瓶。牛蒡舌头僵硬缩短，马桩脑瓜子像一盆浆糊。两个醉鬼扯着脖子猜拳行令：哥俩好呀三星照，四喜财呀五魁首，六六顺呀七个巧，八匹马呀九连灯……各行各的腔，各唱各的调儿，不像梆子二簧两下锅，更像一个槽头拴不下两头叫驴。

摇身一变而成刘家锅伙第一夫人的小皇娘，穿一身自己手工缝制的国防绿，左臂套上早已过时褪色的红臂箍，扭扭摆摆从屋里走出来，说：“给我离婚证，我不能口传圣旨。”

“写！”马桩大声命令，“跟公社的离婚证试比高低，要髁膝盖上挂暖壶，水平（瓶）比较（脚）高。”

“看我给你唱一出《太白醉写》！”牛蒡起身，摇摇晃晃，趔趔趄趄，小皇娘抢上一步，搀他进屋。

马桩胸无点墨，家里也就没有一支笔；牛蒡出门匆忙，身上不曾携带笔墨，只得有劳小皇娘到他家去拿。

小皇娘一溜烟而去，一阵风而回。

马桩醉倒在地，鼾声如雷；牛蒡横卧炕沿，呼噜连天。

“老九，老九……”小皇娘笑得弯了腰，“你家屋门插着闩，顶着杠，两条狗撕皮抢骨头，炕上滚到炕下，炕下爬到炕上……咯咯咯……”扑！嘴里喷出一片毛毛雨。

“下雨了……”睡梦中的牛蒡喃喃自语，“下雨啦，浇黄瓜，草帽下面扣着个大王八……”

37

门闩飞跑来到牛蒡家，却不见牛蒡所说的那个女人影子，只当受人诓骗，心中起火，浑身发躁，进退两难。脱得赤精光熄了灯，姜太公钓鱼。

门闩一身二任，治保主任和民兵连长，两副重担一肩挑，一天到晚打，打，打！斗，斗，斗！比下地劳动累得多。他不识一字，不读书不看报，缺心少肺，有头无脑，马桩打天下坐江山，门闩儿立下汗马功劳，却没有封他为王，仍把他当坐下骑和看家犬，他也毫无怨言。直到马桩盖起大宅院，娶上小皇娘，他才忽然感到，出生入死造反得胜，马桩天天吃肥肉，竟连一根骨头也不扔给他啃。

女人的肉，馋得他席不安枕，食不甘味，满腹委屈，愤愤不平。马桩对他的终身大事不闻不问，他只有自力更生。闭眼给刘家锅伙十八岁以上、三十五岁以下的女人排队，有如阿Q在土谷祠进入梦幻境界。奇怪的是他的痴心妄想也像阿Q，阿Q左思右想都是吴妈，他睁眼闭眼都是许百媚。

城门失火，殃及池鱼，倒尿扔掉了花瓷盆儿，许百媚这个市井女子，给比她大二十二岁的丈夫黄坎肩儿陪绑，被红卫兵小将押解回到运河滩。三年风吹日晒，虽然徐娘半老，却仍风韵犹存。许百媚解放前当过六年舞女，落下一个摇曳多姿的身段，解放以后虽被黄坎肩儿金屋藏娇多年，隔三差五也免不了跳一跳快三慢四狐步舞、桑巴伦巴华尔兹，条儿（身腰）也就没有变粗。她开了花不结果，不曾生儿育女，虽已三十大几，胸脯敢跟二十出头儿的小皇娘比个高低大小。她又会搔首弄姿，打情骂俏，在刘家锅伙女人堆里，就像麻雀群中飞进一只花胡不拉鸟，与众不同，怎不惹得门闩眼花心乱？

门闩不知调戏许百媚多少回，许百媚怕他手里那支枪，还得强装笑脸。然而，这个女人只肯吃点小亏而不许门闩在她身上占大便宜。今天，门闩儿欲火如焚昏了头，当众张牙舞爪，探出一只大手，隔着花布衫子，抓住许百媚的咂咂儿；许百媚竟不示弱，探手掏他的下身，狠攥不放，疼得他杀猪一般嚎叫，半个村子的男女老少都跑来围观，这才惹得马桩怒气大发冲霄汉。不是牛蒡来得巧，兄弟之间很可能发生一场恶斗。

门闩在牛蒡屋里等候了一袋烟工夫，还不见那个无名氏的女人到来，心中烦躁气恼，看见躺柜上蹲着大半瓶子烧酒，又发现有十几个生辣椒和半碟黄酱，便饥不择食，辣椒蘸酱以酒浇愁。

烧酒生热，辣椒上火，门闩喝下不到二两，已经汗流浃背，便扒下身上的褂子；喝到四两左右，身上更加火热难耐，干脆熄了灯扒掉裤子，摸着黑大吃大喝。烧酒喝得一滴不剩，十几个生辣椒和半碟黄酱都入了肚，咕咚一声躺倒昏睡。

窗外闪过一道人影，房门被咣当推开，一阵阴风送进一团劣等脂粉的香气。

“等急了吧？”女人发出母鸭子呷呷叫的笑声，“吃出甜头上了瘾，那就赶快三媒六证娶老娘，老娘天天管你够。”

她一边说着一边宽衣解带，纵身一跃扑到门闩身上，门闩惊醒。两将也不通名报姓，便刺刀见红厮杀起来，炕上炕下、跌、打、滚、爬。唱了一出《三岔口》。最后，虽然不分胜负，却也像两只水中捞起的落汤鸡，瘫在炕上捯气。

“你是谁？”门闩呼噜气喘问女人。

“你是谁？”女人气喘吁吁问门闩。

门闩拉亮了电灯，大吃一惊：“你！”原来光身子女人是阎小蕙儿。

阎小蕙儿更吓一跳，尖叫：“你！”

“打倒小爬虫浪母狗！”

“砸烂驴头，油炸野种！”

两人高呼造反口号，针尖麦芒，各不相让，灯火之下又打起了派仗。

门闩驴性，到底不是雌虎的敌手，肉搏战中败下阵来，只得屈膝乞和：“两派……没有……根本的……利害冲突……”

“应该……实行革命的……大联合。”阎小蕙儿也很懂得冤家宜解不宜结，马上化干戈为玉帛。

两人相聚恨晚，片刻也不想分离。锁上房门，鸠占鹊巢，害得半夜归家的牛蒡，只得蹲在葫芦架下睡个囫囵觉。

小皇娘向黄坎肩儿和许百媚传达圣旨回来，马桩和牛蒡都已经渴醒，正在院里月光下吃西瓜解酒。

“马桩，你又不是党员，我劝你功成身退。”牛蒡切着西瓜劝道，“赶快把革委会主任这个宝椅交出去，免得树大招风，官大有险。”

“革命就是夺取政权和巩固政权，造反也就是争夺宝座和保卫宝座。”马桩在活学活用上，十分天才，“要是你替我写了申请书，我早就入党当上公社书记了。”

“竖子不足与谋！”牛蒡气得将一块西瓜皮甩手抛了出去。

西瓜皮不长眼，端端正正打在传旨回朝的小皇娘脸上，惊吓痛叫。就像被蝎子蜇了一钩，蚂蝗咬了一口。

“你……你拿文言字话……骂我个不吐核儿，又下黑手打我媳妇的细皮嫩肉，我跟你……割袍断义，划地绝交。”马桩气急败坏，跑到门口，心如刀割地抚摸着小皇娘那湿漉漉火辣辣的脸腮。

牛蒡扔下手中正啃的一块西瓜，起身拂袖而去。

“老九不能走！”小皇娘挣脱了马桩，张开双臂拦住牛蒡，“马桩还得陪着你，跟许百媚会亲哩！”

“许百媚也没有三亲六故，那就男女平等，会亲都不用陪客。”心怀不满的马桩，已无保媒兴致。

“许百媚有她哥哥陪着。”

“谁解溲浇出一朵狗尿苔？”

“黄坎肩儿跟许百媚离了婚又拜把子，兄妹相称。”

“别他妈的贼心不死，盘算着给老九戴绿帽子呀！我得亲自出马，给这个老色鬼一个泰山压顶。”

“我不是乳臭小儿，不敢有劳你这个土皇上御驾亲征！”牛蒡夺路而走，颇有“仰天大笑出门去，我辈岂是蓬蒿人”的李白气势。

牛蒡走出没有多远，马桩便把小皇娘揽进怀里，啃着小皇娘的脸蛋子，说：“洗净身子睡觉，我急着抱儿子哩！”

“馋痨！”小皇娘撒娇装痴啐了他一口，“你敢保老九沿着你指引的方向前进？一拐弯儿就溜之大吉开小差。”

“追！”马桩扯起小皇娘的胳臂，赶忙跟踪。月影摇曳，夜色朦胧，牛蒡走在他们的前面，大步流星很像关云长单刀赴会，“放心了吧？那就拨马回头，皇宫内院抓革命促生产！”

“我还想看活电影哩！”小皇娘噘着嘴儿，不想回家。

“怎么看？”

“我骑在你脖子上，到后窗根下，睁一只眼闭一只眼偷看。”

“王八驮石碑呀！”

“你驮完我这座碑，我给你当马骑。”

重赏之下有勇夫。来到后窗根下，马桩便蹲腿矬腰，拱起个龟背，甘愿小皇娘盘踞其上，窗外看戏。

牛棚改成的住房里，许百媚轻轻啜泣，好像跟黄坎肩儿难舍难离。

“妹子，人奔高处走，鸟向高枝飞。”瘦小枯干的黄坎肩儿，拈弄着几茎猫须，正人君子面孔，老大哥口气，“狗嫌儿（牛蒡乳名）才高八斗，学富五车，眼前珍珠土里埋，有一天时来运转，治安对象变成无价之宝，你可就夫荣妻贵一步登天了。”

“哪一天才是出头之日呢？”

“谁有他的生辰八字，我给他算个卦。”

“当年他在燕京大学读书，租我家的房子住过二年，我听他说生在六月六子时，属马。”许百媚叹了口怨气，“他那时是步步登高的大学生，怎看得起一个沦落风尘的舞女？”

黄坎肩儿眯眼掐着手指，口中念念有词，突然二目圆睁惊呼：“好个姜子牙！”

“戏文里说姜子牙八十遇明主，儒林（牛蒡学名）今年还不到四十。”

“等下一个四十年，狗嫌儿比不上姜子牙，你啐我的脸。”

“我活得到那一天吗？”

两人正磨牙费嘴，街门被哐啷一脚踢开，牛蒡破门而入上了炕，就像戏台上摔个僵尸，躺倒四脚八叉大睡。

“没戏可看了！”小皇娘大失所望。

腰酸腿疼的马桩就像被免了死罪，背起小皇娘撒腿就跑。

38

牛蒡窝火气闷，滴酒进口也会醉成烂泥。从马桩家到黄坎肩儿家，他像一具行尸走肉，丧失知觉，毫无感觉。直到许百媚跟他交颈叠股，他才像冻僵的雪人在热汤锅里化了冻，脑瓜子从昏沉糊涂中一分分觉醒，惊呼一声披衣坐起，手忙脚乱穿戴齐整，跳下炕逃回自家。门闩儿和阎小蕙儿占下他的窝儿，《三岔口》正唱得天昏地暗，剪不断扯还乱。他虽不是有家难奔，却是有屋难进，只得和为贵忍为高，葫芦架下暂栖身。

阳光从葫芦架上漏下来，照花了他的脸，他睁开眼睛，只见门闩儿和阎小蕙儿成双配对，一人手拎一只柳篮走出柴门，又见许百媚形单影只，肩上的扁担挑着一副荆筐走进门来。

牛蒡迎上前去一看，只见筐里装着许百媚的被褥、包裹、口粮和日常用具，应有尽有。

“你真想跟我过日子呀？”牛蒡马上想到昨晚酒后，在许百媚身上有失检点，深感理亏懊悔。

“革委会主任当媒人，我怎能给脸不要脸？”许百媚斜眉吊眼儿，媚态十足，“你别嫌我是烂杏，吃起来管比鲜桃口口甜。”

牛蒡皱起了眉，沉下了脸，说：“许百媚，你是眼看四十的人，怎么还改不了二十年前华光女中的流里流气。”

华光女中，坐落在东交民巷东口，校风不正，学生品行不端，常有劣迹发生，秽闻外溢。解放后被政府封闭，拆除校址，改建新侨饭店。许百媚解放前在华光女中念过两年，初一就陷入桃色纠葛像乱麻缠身。华光女中紧邻专供洋鬼子和高等华人纸醉金迷的六国饭店，许百媚上初二退了学到六国饭店当女招待，失身改行当舞女，周转于各大饭店和高级舞厅。

“近朱者赤，近墨者黑；黄坎肩儿的染缸里能扯出白布？”许百媚就像川戏里的青蛇变脸儿，妖里妖气一转身，变出一副心如枯井的寡妇相，“今后改嫁给你，天天搂着个文墨书生，多多少少也得传染几句诗云子曰，日久天长修成三难新郎的苏小妹。”

“我目前这个身份和处境，不知哪一天大祸临头，怎能娶你给我陪葬？”

“有马桩这把大红伞罩住了你，天上下刀子，也伤不着一根汗毛。”

“他是个泥菩萨，自身也难保。”

“难道马桩是兔子尾巴长不了？”

“《沙家浜》里的胡传魁，只能乱世为王，马桩一个样。”

“马桩一天不下台，你可不敢跟他抓破了脸。”

两人越说越亲热，牛蒡竟把许百媚的被褥、包裹、口粮、日常用品挑进屋里，合二为一结了伙。

“喝棒子楂儿粥，还是吃热汤儿面？”许百媚进了屋就进入角色，很像个老尺加一的家庭主妇，“吃过了饭，咱俩得到马桩家领结婚证。”

“他的结婚证狗屁不值！结婚离婚公社说话才算数儿。”

“等他罢了官，黄坎肩儿还能把我领回去？”

“只能物归原主。”

“我偏要马桩的鬼画符，捆住你的手脚锁住你的心。”

“我不跟你去。”

“你不去谁提笔写证？”

“好歹你也念过华光女中初二，自己动手。”

许百媚手巧脚快，做得两碗热汤儿面，举案齐眉送上桌。然后，独自一人到马桩家去，一个来回热汤面还很烫嘴。

“快给我看看，行、草、隶、篆、颜、柳、欧、苏，哪一家哪一体？”牛蒡迫不及待，先睹为快。

“我哪配写革委会公文，是阎小蕙儿的笔墨。”说着，把一张小学生作业本上撕下来的方格纸，递给牛蒡。

牛蒡只扫一眼，一大口热面汤喷出来，大声叫好：“一字值千金，天下谁能敌？”

在阎小蕙儿笔下，结婚证改叫革委会通令，治安对象刘儒林写成了志向刘雨林，志向是治安对象的简称，雨是儒字的一半之一半。许百媚被押送到乡下，早就想改个左而又左，红透了底的名字，只因自己的身份低下，不敢轻举妄动。取代牛蒡刚上任的革（马）办主任阎小蕙儿，一听她的名字就脸阴得像西北天角起乌云，哼道：“许百媚，百媚千娇是他妈的‘四旧’，我给你大破大立叫百改吧！改造一百遍，才能脱胎换骨变成新人。”

于是，在这张本来不合法的结婚证上，填写的是两个错讹的名字，非法而又虚假。

“我冷眼旁观，阎小蕙儿想夺马桩的印把子。”

“夺不走也得把马桩掀下宝座。”

“宝座落在谁手里？”

“美帝、苏修、日本鬼子，地、富、反、坏、叛徒、特务、走资派，给谁都行，就是不许马桩坐。这才叫刻骨仇恨。”

“你娶了我，惹恼了她，会不会害你？”

“她一心暗害马桩，顾不上我了。”

“你惹不起就躲着她，躲不开就叫她在你身上吃点儿野食解一解馋，我这个人可不鼠肚鸡肠，只当没看见。”

啪！牛蒡抡圆了大巴掌，狠抽许百媚的左脸，许百媚的左脸眼看着胖得像猪头。

“你……你……”许百媚手捧肿腮，正想撒泼放刁，忽然眼珠一转变了卦，含泪扑哧一笑，投入牛蒡怀抱，双手吊在牛蒡脖子上，“我知道你爱上了我，看谁都不顺眼。”

“人不可有傲气，但不能无傲骨！”牛蒡怒喝道，“你得急用先学。”

“我只上过初二，你念到大三，正该拜你为师。”许百媚在牛蒡身上揉、搓、摸、搔，“要想学得会，我愿跟师傅睡。”

牛蒡被抚摸得心摇意动，丹田生热，六神难以安定，忽然想起唐代大诗人骆宾王的有名警句：“掩袖工谗，狐媚偏能惑主。”这才冷静下来。推开许百媚，说：“别贫嘴嚼舌了！我得扛锄下地挣分去。”

“马桩看似无情却有意，给你三天婚假，照常记分。”许百媚跑出去关紧柴门，又回屋给房门插闩，撂下窗户，拉上窗帘，扑上去把牛蒡按倒炕上，“亲亲，我……我含一口水，把你……咽进肚儿里去。”

39

刘家锅伙管男女非法同居叫搭伙夫妻。这个小小的村落，没有一家不是外来户，形形色色，千奇百怪。都是搭伙夫妻也分门别类，不尽相同。私奔一类便五花八门。有的是未婚男女，为争取婚姻自主，挣脱父母之命，媒妁之言，更名改姓逃到此地。有的是有夫之妇，跟着未婚男子，或是有妇之夫，带着未婚女子，逃离本乡本土，隐姓埋名，安身立命。还有的是有夫之妇与有妇之夫双飞双宿，或是守节的寡妇怀上身孕，跟随姘头野汉子逃活命，落到刘家锅伙站住了脚。……所以，许百媚自黄坎肩儿而迁于牛蒡，名不正言不顺，却没有谁说长道短，鸡蛋里挑骨头。老鸹落在猪身上，哪家烟囱没有黑？

牛蒡原来只当许百媚水性杨花，不会跟他过得长久。不想，许百媚竟能拳头上立得人，胳臂上走得马，把潘金莲当年自吹自擂的夸口，化为自己的行动，牛蒡也就从不得已到有几分自愿，当起了许百媚的俘虏，戏呼许百媚为女禁子。

刘家锅伙一工才九分，不够一个鸡蛋钱；牛蒡是三等劳力，更比不上一只老母鸡。然而，想不到许百媚却变得扫尽脂粉，弃文从武，成了个十足的挣分机器。牛蒡不但能吃饱穿暖，而且每天都有二两酒喝。

造反有理，荒芜了田地。粮食年年减少，青草年年丰收。男女老少打草成风，家家户户墙里院外都有几大堆干草垛。高的像炮楼，矮的像碉堡。最多能卖上千元，至少也能卖到二三百块。毒火日头大热天，许百媚晌午收了工，急急忙忙回到家，给牛蒡做得顺口的饭菜，自己匆匆忙忙叼一块凉饽饽，便肩扛一根扁担，手拿一把镰刀，扁担上拴着两条麻绳，风风火火走出家门口，一头钻进茂密高粱地。高粱地里密不透风，热得像扣上屉帽的蒸笼。锯齿一般的高粱叶儿，划在脸颊、脖颈和手背上，便留下一条条血印子，被汗水一浸，疼得像刀剐。这几年，种地瞎胡混，地垄里杂草丛生，掉个黏饽饽不沾泥，欺侮得高粱枯黄细瘦，就像一杆杆线香。许百媚塌下腰去，挥动寒光闪闪的镰刀，青草迎刃而倒，一口气能割出十几丈远。但是，黄豆粒大的汗珠滚滚而下，迷糊了眼睛，不得不几步一停，扯起袄袖，挥汗如雨。割上三口气，渴得嗓子眼儿冒白烟，只得抓一把青草放在嘴里嚼起来，连咽几口苦涩的草汁，又鼓起勇气，割到地头只觉得头昏脑涨，心跳得怦怦乱响，呼吸急促两眼冒金星。她看看四外没有人影，扯开上衣露出被热汗泡红的肥嫩胸脯和圆实乳房，河风猛吹着才消了暑，降了温，又钻回高粱地中，把割倒的青草收拢起来，打成一捆。然后，进入另一条垄往返一个来回，就可以挑着两大捆草回家。

一进柴门，许百媚把扁担草捆一扔，叫了声："妈哟！累死了我。"倒在葫芦架下大口大口捯气，胸脯一起一伏，两只乳房鼓胀像坟，塌陷像坑。这时，忙开了牛蒡，把一大海碗早已晾凉的大玉米楂子米汤端到许百媚身边，抄起她的半腰，一口一口喂下去。三口米汤下肚，许百媚吐尽烧膛的暑气。喘息了一阵，把一碗米汤喝光，全身落了汗，牛蒡快步把她抱到小后院。小后院伞柳爬绕青藤，绿荫如盖。许百媚扒得赤条精光，一丝不挂，牛蒡拿起大葫芦瓢，舀满一瓢一瓢净水，冲洗许百媚的身子。身子洗得白白净净，却像剔除了筋骨，软弱无力寸步难行，颇像"温泉水清洗凝脂，侍儿扶起娇无力"的贵妃出浴。

像从大河打上一条大白鲢子鱼，牛蒡又把许百媚抱进屋里。

上了炕许百媚便生龙活虎起来，大白天也要唱房中戏。

"你是采阳补阴的狐狸精……"牛蒡气吁吁如吴牛喘月，比割两捆青草累三倍。

"我还不是为了你！"许百媚给牛蒡擦着汗嘻嘻笑道，"你不多撒种，我怎么能给你生个一男半女？"

牛蒡哭笑不得，却又鼻子一酸；许百媚想生孩子就像中了邪，寻偏方吃土药，偷偷求神问卜。高龄产妇剖腹摘瓜，只要耳听眼见儿子呱呱坠地，一命呜呼也含笑瞑目。

盛情难却，更为可感，牛蒡只有百依百顺，活着干死了算，小车不倒只管推。然而，男女交欢，偏有那不开张的油盐店。一年又一年，许百媚像一只炸窝的母鸡不下蛋，肚皮内外毫无反应。每月一见月红，便知又是竹篮打水一场空，哭哭啼啼不吃饭，首如飞蓬像得了重病。

“够不够四十六，四十八结晚瓜。”牛蒡低声下气，百般温柔，增加房中戏的场次，鸳鸯戏水曲意奉承。

四十五岁那年春三月，许百媚忽然发生奇迹，月信连过两期不来，牛蒡和她断定已经怀孕无疑，两人都喜出望外。不过，许百媚一不想吃酸，二不想吃辣，也没有呕吐，又令人十分疑惑。三个月时出现点点滴滴漏红现象，他俩都以为是小产前兆，忙到公社卫生院检查保胎。

牛蒡拿过化验单一看就傻了眼，许百媚压根儿就没有坐胎怀孕。他正失神发呆，妇科门诊大夫一连声呼喊他。原来许百媚并非小产，漏红是闭经前的子宫肌瘤出血。许百媚知道自己生育无望，一声哀鸣昏死在病床上。

一打强心针，二服镇静剂，许百媚从昏死中醒转；死说活劝，吓唬哄骗，才离开医院，原路而回。

哀莫大于心死，许百媚返回刘家锅伙，不哭不笑，不吵不闹，不吃不喝也不睡觉，两眼黯淡无光，眼珠儿一动不动。却在这时，阎小蕙儿扭摆着粗腰肥臀走来，更给许百媚雪上加霜。

阎小蕙儿嫁给门闩儿不到半年六月，就串通几路人马，各色人等，发动宫廷政变，推翻了马桩，换上一个有党票的老好人当革委会主任。门闩儿仍然是民兵连长和治安主任，阎小蕙儿东山再起，官封妇女主任，主管计划生育。袖口里装着手电筒，只照别人不照自己，她的生育最没计划。阴盛阳衰，乾坤倒转，丫头接二连三，跟踵而至。那时，不是一对夫妻一个孩儿，而是“一个不少，两个正好，三个多了”。只因阎小蕙儿是妇女主任，靠山吃山有柴烧，能够克扣和贪污生育指标，想生多少都方便。

她听说许百媚被公社卫生院断了“生路”，便又趁虚而入，巧取豪夺。

“许百改！”阎小蕙儿进门一声断喝，叫的是她所更动的名字。

猫儿捉老鼠，卤水点豆腐，许百媚最怕阎小蕙儿。牛蒡磨破嘴皮子劝她不开口，阎小蕙儿喊一嗓子她便一跃而起。

“阎主任！您屋里坐。”许百媚下炕顾不得穿鞋，光着脚丫子恭迎贵客。

“我的工作很忙，没有那么多闲工夫。”阎小蕙儿板着面孔打官腔儿，“把你那下崽牌（生育指标）交出来，我要收回。”

“阎主任，还有一年多才到期呀！”

“公社卫生院说你变成骡子了，你胆敢跟我耍赖？”

许百媚低下了头，大气也不敢吭。

牛蒡气呼呼从屋里大步走出来，把一张硬纸卡片扔到阎小蕙儿脚下，说：“还你，你留给自个儿生儿子吧！”

“借你的吉言。”阎小蕙儿油腔滑调，“你把这头骒骡子赶出家门，我给你找个小草驴儿，两三年保你一儿一女一枝花。”

“我跟许百媚雷打不动！”牛蒡搀许百媚回屋歇息。

“马桩私开的离婚证，不顶一张擦屁股纸！”阎小蕙儿变脸狞笑，“你不赶走这个扫帚星，早晚犯案坐大牢。”

这个指标给阎小蕙儿带来一个怪胎，难产而死。此是后话。

阎小蕙儿走远，许百媚回到屋里，忽然给牛蒡双膝跪倒，哭道：

“亲亲，我对不起你。”

“百媚，咱们有儿子。”牛蒡从墙柜里拿出一个鼓鼓囊囊的牛皮纸袋，“我写完了长篇小说《桅顶》，也是你汗水浇出的成果。”

“多谢这几年你一天比一天真心待我。”许百媚又叩了个头，才站起身，“我还是回到黄坎肩儿那边去吧！免得害你吃官司。”

她就像会招魂引鬼，话音刚落，柴门外黄坎肩儿颤声哭音问道：“百媚在家吗？”

许百媚小跑着走出去，问道：“你想跟我破镜重圆？”

“回北京，回北京。”黄坎肩儿老泪纵横，“党开了恩，政府宽大，允许咱俩返城定居。”说着，亮了亮户口本。

“原来你早就知道马桩的离婚证是假货？”许百媚惊问。

黄坎肩儿狡黠一笑，说：“难得糊涂，难得糊涂。”

“快走！政策说变就变。”许百媚撇下牛蒡，扯起黄坎肩儿，头也不回就跑。

40

秀子遗留的四百八十元一分又一分减少，头发也白了一根又一根。眼看囊中羞涩，掏不出打酒和购买纸笔的钱，四十九岁的牛蒡柳暗花明了。他收到北京大学教务处和团委会通知，通知他被恢复了学籍和团籍，可以重上三年级，过团的生活。公函之外还有一封私信，写信人是两位师弟。低一班的师弟是系主任，低两班的师弟是系党支部书记，联名欢迎他尽快复学，老友欢聚。牛蒡手捧这封信，像捧一只刺猬，看完信就撒了手，不敢多瞥一眼。四十九岁的共青团员，四十九岁的大学三年级生，给低一班和低两班的师弟行拜师礼，岂非滑天下之大稽？他刻不容缓提笔回信，声明一不复学，二要退团，不愿重返燕园再见伤心地。

牛蒡画地为牢不离乡土，这可给县委出了个难题。他的身份必须农转非，不给他个干（部）籍就吃不上商品粮。便找县委研究室副主任于大昌研究研究。于大昌的脾气几十年如一日，那就是武大郎开店，不许别人比他高一头，又怎能容忍牛蒡的官儿当得比他大。他眼皮一眨，就想出个主意，说："委任他当文化局副局长，不必上班，专业创作。"县委书记和县长当然高兴，却又怕牛蒡不肯屈就。大昌拍着胸脯自立军令状，他能叫牛蒡俯首帖耳，言听计从。县里这两巨头大喜过望，连连道谢。大昌不失时机，好像无意之中说起他想调换一套楼房，两巨头虽没有满口应允，却也含笑答应优先考虑。

于是，牛蒡收到大昌来信，传唤他进城一趟。十年内乱刚开锣时他挨了两年整，怀疑啭儿跟牛蒡明修栈道，暗渡陈仓，给他戴上绿帽子。所以，他得到解放，调到了革委会工作，就把啭儿带走，十多年没回过刘家锅伙，也就十多年没跟牛蒡见过一面。

牛蒡收到大昌的信，扔在地上看都不想看，可是一见信皮上写着啭儿的名字，又赶忙弯腰捡起来，哧地一声撕开信口，掏出信瓤子，展开一看就知道是大昌捉刀代笔。不但语言枯燥，而且官气刺鼻，令人难以卒读。不过，忽然有两行惊人佳句映入眼帘："狗嫌儿，你胆敢不来看我，我菜刀剁肉馅，咒你脑瓜子疼得裂八瓣儿！"牛蒡读到此处，忍不住哈哈大笑。如此连珠妙语，不问可知出自啭儿那张薄片子嘴。

啭儿有令，敢不从命？信到已是下午，牛蒡看完信马上动身，老掉牙的自行车慢如牛步，天大黑才到县城。

信皮上写着地址：纱帽胡同锦衣巷。县里二品官的宿舍院，人称锦衣纱帽大院。这座大院像个豆腐床子，每家都是独门一户，好像切出的一块又一块豆腐。大院门牌六号，啭儿家是六号之六，六六大顺。

牛蒡轻轻叩门，听了听半晌没有回音，便又响鼓重槌，紧敲了几下。

“谁呀？”室内，干姐姐啭儿冷冷地问道，“送礼的于主任不见。”

“大姐开门来！”牛蒡会唱几句京戏，《武家坡》中薛平贵的戏词脱口而出。

“你是谁？”啭儿高门大嗓，怒气冲天，全没有王宝钏的半点温柔多情。

牛蒡热脸贴了个冷屁股，气得连踢门板几脚，喝道：“开门便知！”

啭儿虽然仍旧听其声而想不起其人，却从踢门的暴怒态度中猜算，来客非同一般，忙跑出来开门，嘴里叨叨着：“于主任正犯冠心病，早就上了床，今晚不会客。”

暗锁咔嚓一响，门裂一缝，露出啭儿那一双目中无人的眼睛。

“别说是犯冠心病，就是得了晚期癌症，也得见我！”牛蒡挤进门去，大喊大叫。

“你是……你是……”啭儿还是眼空无物。

“我就是那个数得出你身上有多少痦子的人！”牛蒡撒起了野。

“牛蒡兄弟！”不等啭儿醒过梦来，屋里的大昌惊呼一声，光脚跳下了床，扑出门来，跟牛蒡拥抱。

啭儿打开了院灯，亮如白昼。

十年不见，啭儿竟也女大十八变。商品粮吃得身子发福，皮肉白嫩。过去那个黑瘦的农妇，就像吃了酵母，变成了又白又胖的官太太。她在家里，上身只穿一件无袖冷布汗褟儿，下身穿一条刚过膝头的杭纺肥裤，趿着一双粉红塑料拖鞋。老来俏，赶时髦，啭儿还烫了发，脑后扎着一条花手帕，俗名绵羊尾巴。她那忽而眯细忽而放大的眼睛，闪烁着狐疑的目光，脸色也变化不定。

“狗嫌儿，想死了我！”啭儿激动得情不自禁，把拥抱牛蒡的丈夫推开，叫着牛蒡的奶名投入他的怀里。

三人进屋，原来这三间平房完全仿照两室一厅的楼房格局。客厅里满堂新式家具，散发着浓重的油漆气味；酒柜里名酒琳琅满目；书橱里却没有一本书，装满了品类齐全的干鲜果品，很像高级饭店的小卖部。

牛蒡在皮面大沙发坐下来，啭儿从冰箱里取出四碟冷荤，又从酒柜中拿来一瓶泸州老窖特曲和两只青花釉瓷酒杯，放在牛蒡面前的茶几上。

“喝着！”大昌又打开一盒过滤嘴红牡丹香烟，“今晚咱俩是酒逢知己，又是久别重逢，这一瓶酒要喝个一滴不剩。”

“肚子里不能灌满了猫儿溺，多少留个空，我给你们抻游丝面吃！”说着，啭儿欢欢喜喜下厨房。

牛蒡心头一阵滚烫。他自幼爱吃干娘的抻面，干娘年老手哆嗦，抻出的面已经不能细如游丝，绵延不断。亏得啭儿学会了老娘的手艺，牛蒡才没有断口。游丝面就像啭儿的秀发，留存在他的记忆里。

他和啭儿虽有十年冷落，但是砸断了骨头连着筋。

牛蒡和大昌久别重逢千杯少，却又话不投机半句多，东家长西家短，废话连篇说不完。一入正题便像地雷点燃导火线，砰地一声吵翻了天。

“我不当这个文化局副局长，也不想吃官饭放私骆驼！”牛蒡三分酒意，七分火气，“我没跟你们要过农转非、商品粮、城市户口，更不想谢主隆恩，把你们赏赐的乌纱帽戴在头上。”

“上边给你平反，下边就得给你安排！”大昌觉得牛蒡是狗坐轿子不识人抬举，该当被打翻在地，再踏上一只脚，永世不得翻身。“你嫌官儿小，还是另有打算，就该把话撂在桌面上。”

“我画地为牢站着死，尸首也倒在圈内。”牛蒡发过火便平静下来，“目前正进行基层改选，我想竞选乡长，尝尝梨子是什么滋味儿。”

“外行，整个儿外行！”大昌一副老官油子的嘴脸，轻蔑地嘲弄一个还没有摸着门的雏儿，“乡长是谁，半年前早已确定，你抢不了这个码头。”

“我正是想把皇帝拉下马！”牛蒡疯笑起来，“我宁可败在他的拳脚之下，也不能被他吓得望风而逃。”

“你可知道对手是谁？”

“里根还是卡特？”牛蒡玩笑道。

当时，美国每四年一届的总统大选，正在吵吵嚷嚷地进行，争夺总统宝座的是共和党的里根和民主党的卡特。

“虎落平阳被犬欺。”大昌啃着鸡腿吧唧嘴，“里根和卡特来到老庄户乡，也惹不起这个老爷子。”

“关一品！”

“正是这位一品官。”

“他在老庄户乡干了二十年，可算是难得糊涂！”牛蒡搓着两手，虽没有火星四溅，却也摩擦生热，“我想不通，他怎么还有脸当下去，县里还能容忍他当下去。”

“别忘了，他是老革命！”

“不就是烧过两座日本鬼子的炮楼儿，又不是长征路上强渡大渡河和飞夺泸定桥的勇士。”

“市里有几位领导，是他的老首长。”

“我偏要学一学共工触不周山。”

“现任县委书记是他的老部下。”

“民不畏死，还怕官官相护？”

“你犯牛脖子脾气，是给我出难题！”大昌站起身走进里屋，把牛蒡扔在沙发上。

辖儿端着游丝面和肉丁炸酱走进来放在茶几上，在牛蒡身边坐下，笑道：“他这是给书记打电话，早请示晚汇报哩！”

“可是也不见他官升一级呀！”牛蒡讥笑道，“‘文化大革命’前他就当上了公社党委副书记，眼下还是个县委研究室副主任，真可谓增一分肥减一分瘦，上不上下不下，卡在了这一级。”

“五十大几的人了，好比五黄六月臭韭菜，卖不出高价。”辖儿知足常乐的神态，“县里本想把他安排到人大、政协。人大举手，政协喝酒，退居二线敬老院，他死活不肯去。”

这时，大昌满面喜色从里屋走出来，轻轻拍着掌说："兄弟，你是比我站得高，看得远。县委书记完全支持你竞选，想跟你促膝长谈，一会儿小卧车就来，咱们快吃！"

牛蒡搅拌着炸酱面，说："我没有这个兴趣。"

"这个人你得见一见！"大昌又粗脖子红脸起来，"他只有三十多岁，工农兵大学生，毕业后给一位大首长当秘书，到这个县当书记，是来留学镀金，一两年就会进省、市委领导班子。"

"典型的'新贵'！"

"兄弟，以你的名气和能力，又想仕途得意，就得广交三老四少，多几条路子。"

"我为了当个小小的乡长，用不着摧眉折腰事权贵。"

"没有县委书记这个后台老板，你想当乡长比登着梯子上天摘月亮还难。"大昌向啭儿打手势，催啭儿给他拌一碗面，他三口两口扒进了嘴，"书记已经吩咐，我做为县选举委员会工作组组长，到老庄户乡指导改选，为你鸣锣开道，招揽选票。"

汽车喇叭门外响，大昌扯着牛蒡的胳臂走出去，坐上迎客的专车，直奔神仙界逍遥宫。

神仙界是县城公园的一片幽静角落，逍遥宫是这片幽静角落的一座古色古香的三进四合大院。小汽车驶进公园，虽是夜晚，公园也鸟语花香；小汽车在绿树浓荫中的鹅卵石路上迂回而行，停靠在红漆大门的石阶下。牛蒡下了车，只见左右两大片花畦，沿墙一簇簇翠竹，水边拴着叶叶扁舟。月光下，满塘碧荷，捧出一朵朵昂首挺立的红莲。

"这是哪儿？"牛蒡低声问大昌道。

大昌声音更低，答道：“专门接待贵客的内部宾馆。”

“刘老师！”门内跑出一个年轻人，手里还拿着一本书。

牛蒡只当是服务员，却见大昌毕恭毕敬弯下腰，堆出满脸谄笑，说：“仲书记，我把牛蒡带到，请指示。”说着，把牛蒡推到年轻的县委书记面前。

“这怎么敢当？”年轻的县委书记跟牛蒡紧紧握手，“我叫仲连元，读过您不少作品，今晚幸会，您多指教。”

仲连元的虚怀若谷，彬彬有礼，不像假装。

进院，同入长春藤笼罩的小客厅，沙发、藤椅、酒柜、茶几、电视机、电风扇、落地台灯……应有尽有。

“仲书记，您跟于主任、刘老师吃点什么？”逍遥宫的女管理员，一个半老徐娘却仍把自己的年龄打对折的女人，手里玩弄着大串钥匙，笑问道。

半个屁股坐在沙发上的大昌，急忙欠身答道：“我们已经吃过了。”

“那就送一点瓜果和饮料吧！”仲连元挥了挥手，女管理员又踮起脚尖倒退着出去。大昌见仲连元从茶几上拿起铁皮烟筒，抽出一支，他急忙划着火柴，想给书记点烟，谁想仲连元却把香烟敬给了牛蒡，他只得一拐手腕，给牛蒡点烟却面向仲连元，说：“仲书记，您的时间宝贵，请做指示吧！”

“于主任，你这是陷我于大不敬的窘境哟！”仲连元留着学生头，穿一身洗得发白的干部服，聪明过人而又老气横秋，“我非常钦佩刘老师的乡镇民俗小说，这些小说有很高的文化品位，非比一般。”

“连元同志，今晚咱们不谈我的小说，但要套用一句行话，紧扣主题。”牛蒡一口把香烟吸下大半截，“连元同志也不必称呼我为刘老师，只管叫我牛蒡，我更受用。”

“我们要礼尚往来，做个公平交易。”仲连元见女管理员端进一盘西瓜，还有库存的苹果、蜜橘和葡萄，忙拿起一大块西瓜送到牛蒡嘴边，“我管您叫牛蒡同志，您也得管我叫连元。”

大昌又连忙插嘴：“我兄弟如果被选为乡长，跟您就是上下级，还是称呼仲书记更恰当。”

“于大昌同志，今后你也不要称呼我的官衔。”仲连元脸一沉，“牛蒡同志通过竞选进入地方政界，是为了创作而体验生活，乡长两年一届，体验生活不算长也不算短。所以，我愿跟牛蒡同志结为终身师友。”

牛蒡吐出口中的浓烟，道：“连元，你怎见得我不竞选连任？”

仲连元仰头哈哈一笑，说：“牛蒡同志，在这两年一届中您不打退堂鼓，我就佩服您的耐久力了。”

“这是何意？”牛蒡大惑不解。

“文人从政，难有所成。”仲连元城府颇深地一笑，“等您上任年半载之后，咱们再深谈这个题目。”

“既然如此，你为什么又支持我参加竞选？”牛蒡老大不高兴。

“此所谓借姜太公以驱神也。”仲连元解开中山装上衣的钮扣，状如推心置腹，“关一品同志倚老卖老，不接受县委调动，您出面跟他竞选，正是替我逼宫。”

“钟馗打鬼！”大昌又不失时机地捧哏。

“老于，你这可是比喻不当！”仲连元铁板了脸，“关一品同志是一位老革命，我的老上级，不是鬼而是神。”

“我即便当选，也赶不走他呀！”牛蒡摇头，“他党政一肩挑，选不上乡长还能当乡党委书记，仍是响当当一把手。”

“我们将切断他的后路。”仲连元胸有成竹，“临选之前，县委将任命于大昌同志为书记。”

“感谢连元书记提拔！”大昌喜出望外，“我保证完成任务。”

这场会见，尽欢而散。

41

五十五岁的关一品，在老庄户公社当一把手，不多不少十八年，有如王宝钏死守寒窑，盘根错节不动窝儿。宁为鸡头，不为凤尾；宁当小国之君，不当大国之臣。关一品在老庄户乡这块巴掌大的狭天窄地，高高在上，独一无二。

他当年的老首长，有的在中央身居高位，那些跟他们肩膀一般齐的弟兄，有的当上省、市的前几把手，最没出息的也算得上县里的政界大老；他一不眼热，二不自卑。中国的总理管着十亿人口，可是跟只有万八千人口的列支士登公国的首相，属于同一个级别。他的老首长和老弟兄们来到老庄户，见着他都要抱拳拱手，强龙也不敢斗地头蛇。

根子硬，路子广，关一品坐在老庄户的头把交椅上，不但雷打不动，而且八抬大轿也抬不走。

仲连元曾是他手下的一名小干事，衣锦荣归回到这个县当书记，成了他的顶头上司，却不能不感念他的知遇之恩，给他充当后盾。正因如此，他也要给仲连元卖力争光。他竞选乡长就是为了表现自己老树新枝，比年轻人还富有活力，更为了表现自己在老庄户的无与伦比的威望。他自信，得不到百分之百的选票，也不会低于百分之九十五。公社改为乡，仍是三十六个村，哪个村敢不看他的眼色行事。他本想到三十六村巡视一遍，找每个村的代表进行谈话；没想到县里下达通知，候选人如是现职人员，未经县有关部门允许，不得自己串选，否则取消资格。关一品不敢擅自行动，心中憋闷。

关一品每一憋闷便喝酒化解，酒入愁肠就像火上浇油，眼白挂上红丝，火候儿一到就发脾气骂人。大半瓶酒已经下了肚，装满了火药只待引爆。突然电话铃响，正响得及时。

“谁？”关一品抓起电话听筒，吼着嗓子问道。

“我是于大昌，你又他妈的灌黄汤了吧？”

于大昌曾在老庄户乡（公社）当过几年副书记，跟关一品是老搭档。开场头三句，话不忌口才亲热。

“老于，你他娘的……”一口酒呛住了关一品的喉管，猛烈咳嗽了一阵，又像破风箱呼噜呼噜喘气。

“老兄，是肺气肿旧病复发，还是小娘子耗尽了你的血脉，气血两亏呀！”大昌正找到开玩笑的题目。

关一品头几年死了结发老妻，他不老不小还算强壮，溜须拍马捧臭脚的势利小人，给他找了个二十八岁的女人。这个女人头上长角，身上长刺，是个造反团的女头领，打、砸、抢比男人还敢下手，抄家更是掘地三尺，传说她嫁给关一品，压箱钱就有两万块。她工于心计，很有手腕儿，把关一品泡进她的蜜罐里，沤得关一品骨酥肉麻，言听计从。

自从关一品娶来这个小娘子，就不再到机关上班，只在家里办公，守着娘娘庙寸步不离。三年多光景，他被累得虚泡浮肿，呼噜气喘，老态龙钟，外强中干。

“兄弟，我那位啭儿弟妹的帽子店生意兴隆不兴隆？”关一品缓过气来便反唇相讥。

他话中有话：啭儿的帽子店，卖出一顶顶绿头巾，都给大昌接二连三扣在头上。

“关书记！”大昌改变称呼，换上官腔，“连元书记打算派我带个工作组到老庄户，操办这场选举，想听听你的意见，不知你可乐意？”

“仲连元怎不给我打电话呀？”关一品说起县委书记仍然直呼其名，还是过去那居高临下的盛气凌人口气，“是不是给我关某小鞋穿？”

“你这个阎老西（锡山）的门徒，又疑神疑鬼了是不是？”大昌在电话里半真半假地嗔怒道，“每个乡派工作组操办选举，是市里的决定，连元书记敢不遵命？不过，把我派到老庄户，却是他的主意。”

“这是想叫你夺我的权呀！”关一品又警觉起来。

“狗咬吕洞宾！”大昌连声喊冤，“我不是乡长候选人，怎能夺你的权？而且我的户口不在老庄户，连投你一张反对票都不可能。只因你面临着史无前例的竞选对手，乡长宝座难保万无一失，连元书记打发我给你保驾。”

关一品松了一口气，转怒为喜问道：“钦差大臣，你何时大驾光临？”

“我向连元书记汇报之后，明天就带工作组下去。”

“把峙儿弟妹也带来，跟贱内拜个干姐妹。”

“夫人不得问政，我还是把她撂在家里吧！”

“你就不怕黑夜有人偷营劫寨！”

“我劝你小心灯下黑。”

大昌一语道破关一品的心病，他想大发脾气，又找不到借口，便一摔听筒，挂断了电话。

心情更加郁闷，酒就喝得更多，最后醉如烂泥。

这一醉便醉得昏天黑地，连他那个小娘子夜不归宿也无知觉；小娘子打野食回来，他还在鼾声如雷。直到大昌和他的左膀右臂两名助手，乘坐吉普车到来，才把他从黑甜乡中唤醒。

老庄户四通八达，乡村景色中已有两三分都市风光。这几年，各乡都大兴土木，修造书记院。关一品在村外风景如画的运河边上，绿树浓荫中，仿照县城锦衣纱帽大院的模式，盖起一座田园风味而又现代化设备齐全的宅院。宅院宽大，不够二亩也有一亩多，房子却只有五间。铜钱花眼院墙内，丛生红花、青草、绿树，很像一座疗养院。大昌的吉普车在绿漆栅栏门外停住，司机连按三声喇叭，向院里呼唤主人开门。大昌下车，绿漆铁栅栏门半掩半开，一个身穿和尚领花布连衣裙的女人，戴一副浅绿色墨镜，含笑倚门而立。

“是于主任光临寒舍吧？我已恭候多时了。”女人开口有如莺啼燕啭。

大昌眼皮子杂，一望而知她是关一品金屋藏娇的小娘子，忙抱拳拱手嘻笑道：“原来是官娘子出门迎客，下官多谢了。”

一句顺口溜出的玩笑话，竟给这个女人定了名。这个女人嫁到老庄户，姓名对外一直秘而不宣。自此以后，官娘子这个雅号便叫开了。

“于主任跟我头回见面，怎么刚见面就拿人家耍戏着玩？”官娘子装出满面羞红，娇嗔着噘起小嘴儿。

“头前引路！”大昌又点头哈腰起来，“水大漫不过鸭子，我们得拜见关一品书记大人，才能靠码头摞场子。”

“他从昨天下午醉到眼下还不醒，活像一条死狗！”官娘子恶心得直掩鼻子。

“死狗当活狗医，我包治他的疑难症！”说着，大昌抢步进门。曲径通幽，穿过一条花树掩映的水泥板铺砌的小路，闯进客厅。

关一品的丑态，令人目不忍睹。他酒醉呕吐一地，满屋浊气臭不可闻。光着膀子赤着脚的关一品，穿一条肥大裤衩，四脚八叉躺在呕吐出来的黏浆中，像一蠢猪卧在烂塘里。

大昌被满屋臭气熏得头昏脑涨，捂着鼻子推开所有的窗户，放进新鲜空气。又命令两名副手，打来两桶凉水，每桶兑上一暖壶热水，不冷不热。大昌拎起一桶，兜头照关一品浇去。关一品鼻孔哼哧了一声，全身蠕动起来。趁热打铁，再接再厉，大昌又拎起一桶猛浇头脸，关一品牛吼一声，挺身坐起，连叫“大雨，瓢泼大雨！”抹净了满脸水珠，瞪大两只迷迷怔怔的眼睛，像个身患老年痴呆症的病人。

“老关，你刚娶了个敲骨吸髓的小娘子，又好酒贪杯没个够，酒色杀人不用刀，你找死呀！”大昌把关一品搀扶起来，“这间客厅脏得像猪圈，不是人待的地方，咱们还是院外树荫下说话。”

关一品被大昌搀扶到院里的藤萝架下，官娘子打来净水，关一品从头洗到脚，官娘子给他套上一件短袖背心，还给他一把芭蕉扇，又把两只藤椅和一张折叠小桌安放在大昌和关一品面前，搬来斗大西瓜，给大昌解渴，关一品解酒。她又抓大昌两个副手的官差，清扫了客厅，另又搬出西瓜切八瓣儿，招待这两位低一等的客人。

藤萝架下，大昌已从闲话转入正题，“老兄，以你的资历和威望，当选乡长，唾手可得。”大昌大口大口啃咬西瓜，一顶一顶给关一品戴高帽儿，“不过，为了表现公正公平，你得注意回避。”

“我……正想……找个借口歇几天。”关一品呆头呆脑地傻笑，“带你那小嫂子，出外溜达散散心火。”

“这才是光明正大，我替你向县委请假。”大昌连忙顺水推船，“不过，假戏必须真唱，你还得找个给你配戏的候选人。”

“兄弟，刚才你还说叫我回避，现在又叫我自找配角！”关一品大摇肥头，“还是你随便挑一个吧！可也不能是个破铜烂铁、鸡头鱼刺的角色，那就大煞风景，也扫我的面子。”

“对，对！”

大昌、两名副手和司机，在关一品家大吃大喝了一顿。四盘八碗十二个碟，都是官娘子亲手煎、炒、烹、炸，够得上三星级饭店二级厨帅水平。关一品昨天的酒刚醒过几分，这一顿没喝三杯又溜了桌，大昌的两个副手把他抬进卧室。官娘子坐在了关一品席位上，推杯换盏，喝得大昌和两位副手连声告饶，甘拜下风。

饭后又喝茶吃瓜，大昌吃饱食困，打了几个哈欠，起身告退；官娘子再三挽留不住，才送客出门。

“于主任，请放心，我一定跟你配合得天衣无缝，不露破绽。”

官娘子握着大昌的手，脸上浮现出神秘莫测的微笑，“也请于主任快一点儿给我安排工作，不然我就把梦里的老关喊醒。”说罢，撒手转身回院，关上了门。

两个副手莫名其妙，眨巴着眼睛问大昌道：“这个女人打的是什么哑谜？”

一走出一段路，大昌解开汗衫吹着凉风，清了清嗓子，放声唱起样板戏《沙家浜》中刁德一的一句戏词：“这个女人呀不寻常……”

关一品带着官娘子，走遍全国游山玩水，北到黑龙江的五大连池，南到海南岛的天涯海角，南天一柱。逛完了河南少林寺，又到四川九寨沟，正想到拉萨的布达拉宫转一转，接到了老庄户乡党委亲信工作人员的长途电话，禀告他县里决定，党政各司所职，他被免除了党委书记，专心乡长工作，气得他拍桌子大骂，摔暖壶撒气。待他的火气下降了一些，官娘子才婉言相劝。长途电话报丧也报喜，官娘子被安排到乡政府管民政，职衔待定。官娘子话说天下大势，以她的妇人之见，今后党委管政治，乡政府管经济，书记有人权，乡长有财权，比当书记实惠。关一品听罢，火气全消，又星夜赶奔湖南的桃花源和张家界。

等到尽兴而归，回到老庄户，坐在乡政府大堂的竟是那个泥腿子文人牛蒡。他一着棋错，满盘皆输，只觉得天旋地转，眼前漆黑，大叫一声昏倒。三天之后醒来，发现自己躺在县医院一等病房的病床上，床头挂着吊瓶，胳臂上扎着针管，正在输液。他的舌头发硬，右半身麻木。

“老兄，你这一病，急坏了连元书记！”坐在沙发上的大昌，起身要走，“你死里逃生，我得给他报个平安。”

“不……不……不……”关一品嘴里像含着热元宵，“小仲……跟你……狼狈为奸，合伙……暗算了我，我跟你们……割袍断义……画地绝交！”

“老关，你疯狗咬人呀！”官娘子阴着脸啐骂，“县人大、政协都已经客满，没有你的位子了。仲书记打算把你安排在民政局当局级调研员，人家不忘老交情，你反倒以小人之心度君子之腹。”

“这是打仨巴掌揉一揉！”关一品犯起驴脾气。

关一品患的是一过性脑痉挛，轻度脑溢血，出院后只是行走迟慢，右腿感到沉重，右手不够灵巧，说话有些含混不清，记忆力和表现能力下降。尽管他一百一千一万个不乐意，也只得留在县城，挂个民政局调研员的官衔。不过，官娘子死活要回老庄户乡政府，争取早日转干。关一品只得把他的寡妇老姐姐找来给他操办家务。大昌在锦衣纱帽大院的住房给了他，他那个花园公馆归了大昌。

大昌胆小如鼠，不敢独占花园公馆，分出三分之一，算在牛蒡名下。牛蒡燕雀恋巢，爱刘家锅伙自家的茅屋寒舍。不是万不得已，他不在公馆留宿。所以，整个花园公馆差不多仍是大昌独占。

关一品虽然被从老庄户排挤出去，大昌和牛蒡的二重唱却并不搭调，各吹各的号，各唱各的调，刚一共事便牛蹄两瓣子。

这天晚上，大昌叫岐儿炒几个拿手菜，从酒柜中取出一瓶泸州老窖特曲，把牛蒡留下来。

只要不正襟危坐，不一本正经，不郑重其事，大昌和牛蒡这两个几十年面和心不和的老朋友，便能酒喝千杯不醉，话说万句不够。打牙逗口，满嘴跑舌头，妙语连珠，妙趣横生。

一瓶泸州老窖特曲下去了四分之三，大昌酒兴更浓，脱光膀子，扒下长裤，只穿一条可钻进牛犊儿的大肥裤衩子。牛蒡虽然没有如此放肆，脱光了膀子之后也把长裤的裤腿挽到大腿根，差不多半裸体了。

“一年土，二年洋，三年脱胎换骨大变样。”牛蒡一副馋相，大嚼啭儿的炒腰花，“我这位干姐姐的烹调艺术水平，够不上国厨，也算得个二等市厨。”

“宝剑赠予壮士，红粉送给佳人，啭儿的七荤八素都是为了你的口福，我沾你的光。”大昌打了个饱嗝儿，陈年老醋的酸味儿。

啭儿几十年身心一分为二，身子睡在大昌的床榻，心却黏住牛蒡的土炕。眼下啭儿虽已五十多岁，心胸狭窄的大昌仍旧怀疑啭儿比思春的少女还难把握。

却在这时，热汗淋漓的啭儿走进来。

啭儿进城之前，炒菜做饭热得难受，不但脱下衫子，而且解下兜肚，亮出两只葫芦奶子，在大昌和牛蒡面前毫无顾忌地走来走去。汗水流满胸脯子，痒得像虫子爬，她抓起一条毛巾，扔给牛蒡替她擦得一滴不剩。大昌敢怒而不敢言，一张脸一会儿蜡黄，一会儿土灰，一会儿黑紫，一会儿铁青。

然而，城市化了的啭儿，五十多岁却脸皮儿薄如纸，完全、彻底、干净、全部地改变了热天喜欢赤裸上身的陋习，上身不但穿着短袖汗衫，而且胸前箍着乳罩，隐约可见一抹桃红，老来俏。

“啭儿姐劳苦功高，我敬你一杯！”牛蒡倒满高脚玻璃杯，捧到啭儿面前。

“今晚上我不想喝，我劝你们也别喝过了头。”啭儿整着脸，从饭桌上抢过了酒瓶，“当官的不能是醉鬼。”

牛蒡已有几分醉意，舌头像挂了个秤砣，说：“你不赏我的脸，我可恼了。”

“等你娶媳妇，我喝喜酒一口气灌二斤！”啭儿扭脸儿吆喝大昌道，“你这个当书记的不给乡长找个焐被窝子的娘儿们，他怎么能跟你拧成一股绳。”

“多谢费心，少管闲事！”牛蒡耍弄着手中的空酒杯，“乡长打光棍儿，带头晚婚，对计划生育工作有利。”

“你这个登徒子，装什么柳下惠？”大昌当过小学校长，最喜欢在啭儿面前卖弄学问，表现自己一点也不比牛蒡逊色。“那么多三十岁以下的女人想嫁给你，你一个都不要，是为了吃遍羊肉不惹一身膻。”

“这可是欲加之罪，何患无词！”牛蒡嘻嘻哈哈，“我心里有个人，非她不娶。”

啭儿怕牛蒡说疯话，忙喝道：“你们谁再胡说八道，我可要骂街啦！”

牛蒡马上以牙还牙，以眼还眼，说：“书记乡长现在开会，闲杂人等退席！”

啭儿哼了哼，转身就走，砰地一声关死了门。

42

牛蒡经营民俗小说，混迹作家行列。作家常常出洋访问。一等作家去美国，光宗耀祖油水多；二等作家到西欧，多挣外汇能吹牛；三等作家访日本，眼花缭乱也过瘾；等外作家走苏联，清汤寡水倒赔钱。牛蒡划归又副册，派到苏联却毫无怨言。一是为了朝拜列宁墓，此中道理不必多说。二是为了看看李陵庙。他的曾祖父刘汉根后娶汉爹胡娘李氏女，这个李氏女大有可能是西汉名将李陵与匈奴单于之女的骨血。

牛蒡从莫斯科坐了五天五夜火车，下车又搭乘摇摇晃晃的长途汽车。凭着他那三句半俄语："达瓦利士"（同志）、"哈拉舍"（好）、"死吧塞吧"（谢谢），竟摸到坐落在古之北海今之贝加尔湖南岸的李陵庙。运河家乡节令，正是初秋时节，此地却已草黄霜白。他不由得想起李陵《答苏武书》："韦鞲毳幕，以御风雨。羶肉酪浆，以充饥渴。举目言笑，谁与为欢。胡地玄冰，边土惨裂，但闻悲风萧条之声。凉秋九月，塞外草衰。夜不能寐，侧耳远听。胡笳互动，牧马悲鸣，吟啸成群，边声四起。晨坐听之，不觉泪下……"没见李陵庙，牛蒡原想脚踏这块埋葬曾祖父和后曾祖母的土地时，他会热泪夺眶而出，双膝跪倒叩拜。哪知一见被铁丝网包围的李陵庙，墙坍顶漏，破败低小，竟不如刘家锅伙的土地庙壮观。郭沫若1950年题写的匾额，多年遭到风雨侵蚀，像重病老人脸上又生出大块大块的白癜风。庙门被一座铁香炉堵死。八国联军的老毛子兵，火烧了北京崇文门外蒜市口和尚庙，盗运这座铁香炉回国，不知为何扔在此处。难道是被汉爹胡娘的李氏族人搬抬到李陵庙？那么，当年香火一定十分旺盛。

牛蒡在李陵庙外匆匆一瞥，无意趋前细看，便兴尽而返，掉头而去。没有伤感，没有悲愤，也没有惆怅。只是归国返回刘家锅伙，大病了一场。病后，他的民俗小说越来越表现出浓烈的汉胡混血文化特色。

最近，他又出版了长篇小说《乡河》，艺术水平高，文化含量大。出版社就在府右街黄叶地故居，临街还有个府上书店。府上书店会做生意，恭请牛蒡来店签名售书，作为议价增长百分之二十附加值。

一九八八年八月五日上午九时，一声锣响店门大开，牛蒡在贝多芬田园交响曲的乐声中就位，四位花枝招展的售货员小姐傍角儿，牛蒡颇有《贵妃醉酒》中众星捧月的杨玉环之感，差一点像梅兰芳喊出：“摆驾！”

买书的顾客，在店前排成一字长蛇阵。

打头的是个身穿保安公司制服的小伙子，却又东张西望，前瞻后顾，售货员小姐喊他“交钱”！他也不肯掏腰包，不像个买书人。就在这时，一辆蓝鸟牌小卧车飞驰而来，从车上跳下一个奇装异服的女士，保安小伙子赶忙让位，谄笑道：“我给您抢了个首席。”女士从手袋中抽出一张“老头票”，赏他一百元小费，换来十多声谢谢。

这位女士，看不出三十挂零儿还是四十上下，皮肤白皙，发黄卷曲，高胸丰臀，长身细腰，紫红袍子扎一条墨绿带子，头戴一顶花翎子礼帽，脚穿金黄色半高腰皮靴，像个似是而非、不伦不类的达斡尔人。

“小姐，买两本！”这位女士，京腔中夹杂着内蒙古的土豆汉话韵味。

“我免费赠送第一位读者。”牛蒡掏出专供签名使用的粗笔。

“慢！”女士狡黠地笑道，“请在扉页写上我母亲的名字。”

“令堂怎么称呼？”

“乔簃秋。”

“乔大姑！”牛蒡从沙发座椅上弹跳起来，“她老人家还健在，何时回到北京？”

女士答道：“高雅音像艺术公司要出版《程门立雪》系列盒带，请我母亲录制久已失传的《哭冢》。”

“你是谁？”牛蒡隔着柜台，探过半个身子。

这位奇装异服的女士，一字一板回答：“石囡，鲜卑人。”

“石囡，你长得这么高！”

“我今年四十三，身高一米六八很平常。”

“你现在做什么工作？”

“经营无污染的绿色食品。”

“前来北京开辟市场？”

“已经占领一方码头。”

“这趟是给大姑做伴？”

“同时为了自费出版我父亲的《匈奴史探》，还有后来在王爷庙师专写成的《匈奴钩沉》《匈奴索隐》。”

“我老师可以含笑九泉了。”

这时，排队买书的顾客，等得不耐烦起来，七嘴八舌怨声载道。

“今天是黄道吉日，我奉送每位一册！”说着，石囡掏出一捆钞票，扔给售货员小姐，“不管够不够书价，我只带着五千块钱，多少就是这个数目了。”

牛蒡手不停笔，一口气签了二百册。队尾，是一个八十多岁的老人，架着双拐，伛偻着腰，身旁一名警卫员，身后跟随小卧车。

“牛作家，请你在扉页上写下贱名。”老人谦恭和蔼，有些自卑。

“请问您贵姓高名？”

“路坦。”

牛蒡瞪圆了眼，张大了嘴，说不出一句话，吐不出一个字。石囡却正眼也不看，催牛蒡道："快点儿，我在车上等你，带你去看你的乔大姑。"

牛蒡给路坦签名之后赶快上车，又摇下车窗喊道："路坦同志，跟我同车的是石囡！"

路坦一惊一怔，突然放声大哭，哀叫道："女儿，女儿！"

石囡却脚下一踩油门，蓝鸟飞驰而去。

路坦多想追赶，可是寸步难行，更跑不动，眼巴巴看着女儿不翼而飞。

牛蒡在他死前半年多，跟他交上了朋友。

他住在高义伯胡同一六八号。高义伯胡同原名狗尾巴胡同，狗尾巴不雅，解放前就将狗尾巴改为谐音的高义伯。"文化大革命"中重新命名，叫了十年代代红胡同。玉宇澄清万里埃以后，冤案得到平反，胡同的名字也恢复原状。高义伯胡同不但具有古色古香风味，一六八也与广东官话的"一路发"谐音。所以，许多大款便竞价争购。高干房管部门认为奇货可居，打算举行拍卖大会，起价每平方米16800元。时常在电视台《预测市场风云》专栏上抛头露面。口若悬河的几大侃家，保守分子估计，每平方可能达到66800（路路发）才能一捶定音。激进人士则预言，16800元一平方米的起价还得挂上个达·芬奇画的蛋。

路坦是个老八路，离休之后成为平民百姓，写字作画喜欢自题路老八。高义伯胡同的小痞子（又分雅痞、嬉痞），都叫他路八爷，他觉得十分受用。

那日他走出家门，沿街溜达到府上书店，看见买书的人排成一字长蛇阵。他兴之所至，排在了队尾，自嘲是狗尾续貂，正可跟签字售书的牛蒡多谈几句。两人都感到相见恨晚，过了几天，牛蒡售完书便到高义伯胡同一六八号拜望路坦。

这是一座朱门斑剥墙旧房老的四合院。路坦孤身一人，形影相吊，只有满院花木葱茏，还算有些生气。

牛蒡带来一个食盒的美味佳肴，坐在藤萝架下与路坦对酌，谈古论今。牛蒡惊奇发现，路坦对于诗词、戏曲、国画、书法、古玩、棋艺……都不是只知皮毛，而是颇为通晓，算得上是高雅之士。两人推杯换盏倾诉衷肠，知己知彼结为忘年交。

谁想，只此一面竟成诀别，路坦不久猝发心脏病而死。他生前就留有遗嘱。眼角膜捐献眼科医院，尸体送给医科大学，供解剖、科研、教学之用。不发讣告，不开追悼会，不举行告别仪式，也不散发生平事迹。不过，他仍将活在牛蒡的小说里。

路坦活了八十三岁，如果牛蒡的小说写得有血有肉，有声有色，也许他还能活一个八十三年。

小说能将人起死回生，也就能使人返老还童。牛蒡的小说里再现他爹金榜眼的形象，必须是新视角观察，多方位描写。过去，牛蒡是以爷爷的老眼光看他爹。在爷爷眼里，他爹是个十恶不赦的逆子，到死都骂不住口。哪座坟地没有屈死的鬼？自家人进行平反，也就不必动用红头文件了。

史实也者，就是史不能假。小说写史，也要有枝才能添叶，不可无中生有，想当然耳。史不能假就必须知错必改，随时正误。柳小五从关外返回老家，早已暗中投靠日寇，充当大汉奸殷汝耕的鹰犬。伪冀东防共自治政府粉墨登场，他官任保安大队队长。只因他没有拿到龙牌，天道会的大多数会众跟着路坦改编为抗日游击队。国民党去而复返，回到冀东抢占地盘，柳小五又升任县保安团长。全国解放以后，镇压反革命，柳小五被判处死刑，当然罪有应得。只是判决书只说他杀害了马黑桃和金榜眼，应该据实更正，恢复真相，反倒更烘托金榜眼死得悲壮，惊心动魄就更具有感人肺腑的艺术魅力。

马黑桃入不了正史，更不会青史留名。但是，早已形成村落的菱角淀，村里村外，遍生野桃。牛蒡曾到菱角淀走了一趟，转村看了个遍，摘下野桃尝了尝，苦涩难咽。于是他下定决心，竭尽所能，动员社会各界友好，齐心合力改变桃子滋味。

几天后，牛蒡又跟许百媚匆匆见上一面。

那天，牛蒡在景山公园门外签名售书，卖的是他的长篇小说精装本。一团汽车尾气的恶臭混合着巴黎香水的浓香，扑面吹来，呛得人窒息。他抬头一看，从车上走下一个浓妆艳抹、珠光宝气的贵妇人，戴满宝石戒指的小手，从鳄鱼皮手袋里抓出一大把花花绿绿的美金、英镑、马克、港币……拍在售书台上，说："还有多少本？我都买了。"

牛蒡眯起眼睛，这才看出财大气粗的女顾客原来竟是许百媚：染得漆黑的头发，烫成乱蓬蓬的大小花卷，整容美化的脸上，描出两道拔过毛的细眉，动手术割了双眼皮，也隆起鼻骨丰了乳，镶着雪白假牙，涂起血红唇膏，令人难免想起外国童话中狼外婆的老妖怪形象。

"中国大陆，使用人民币。"牛蒡整着脸子，把许百媚视同路人。

"给你一方（1万元）。"许百媚打开手提保险箱，"拿钱买几件皮尔·卡丹，包装包装自己。"

"几百本书不值这么多钱。"牛蒡并不见钱眼开，推开这四四方方一捆钞票。

"我的儿子就得卖高价！"许百媚瞪起猫儿眼，抛出他们当年的枕席情话。

牛蒡心有所动，改变态度，问道：“你在哪方发财？”

许百媚把一张香味名片扔到牛蒡面前，反问道：“你有吗？交换一下。”

牛蒡看那香味名片上，写的是“凤冠大酒家总经理许艾丽萨”，递过自己的名片讥笑道：“你连名字也换成进口洋货了，潮得贼火呀！”

“老庄户乡乡长、中国作家协会候补理事……”许百媚念着牛蒡名片上的头衔，“土包子！穷酸。”

蓝鸟牌轿车的小白脸儿司机跑过来，说：“黄侃董事长紧急呼您。”

“黄侃是何许人也？”

“坎肩儿呀！”许百媚压低嗓子，“回想咱俩搭伙的那几年，真叫够味儿！”

小白脸儿司机搬装书箱，催道：“总经理，时间就是金钱，赶快起驾。”

“牛蒡，到凤冠大酒家找我，我免费给你开个包间写作！”许百媚钻进卧车之前，抛给牛蒡一个媚眼，一个飞吻。

牛蒡呆若木鸡。

43

牛蒡从北京返回刘家锅伙刚进屋，门外又有刹车声，是一辆北京130小卡车。两个乡政府的工作人员，从车上卸下液化石油气罐和镀镍的灶具，车厢里走出啭儿，身后跟着手拎米面袋子和菜、肉篮子的司机，三人把西屋装备齐全，踮起脚尖告退。

啭儿留下来，一眨眼从身上变出两颗花皮甜瓜，递给牛蒡，说："垫个瓜饱，一走小水又空了肚子，我的抻面也就捞在碗里。"

"真想吃你的抻面！"牛蒡大口啃着香瓜，"上有天堂，下有苏杭，我看都比不了咱们刘家锅伙的吃喝。"

"你这是儿不嫌母丑，狗不嫌家贫，穷家难舍热土难离。"啭儿脱下咖啡色金线绣花短袖汗衫，一边抻面一边训教，"大嘴吃八方，好汉子走四方。浅水洼子养不下大鱼，乡里县里庙太小。我都到县城里住了十来年，你更该到京城坐一把金交椅。"

"我才不想当孙猴子哩！"牛蒡把两个甜瓜生吞活剥到肚里，"离开了花果山水帘洞，挤进天宫才当个弼马温，哪如在自己的老窝快乐逍遥？"

"望乡台上打秋千，不知死的鬼！"啭儿哼道，"你只当仲连元真把你当活祖宗，他是为了讨上级的欢心，拿你当垫脚石，向上爬当大官。"

"我怎会不知道官场无世俗的友谊？"牛蒡淡淡一笑，"仲连元虽然难免官场中人的虚伪，但是他懂得礼贤下士，我为他垫一垫脚也算来而不往非礼也。"

"我就是要像鲁迅先生所说：'有些人们一心一意在造专给自己舒服的世界。这是不能如此便宜的。也给他们放一点可恶的东西在眼前，使他们有时小不舒服，知道原来自己的世界也不容易十分美满。'"说罢，牛蒡狂笑不止，活像装疯卖傻的醉汉。

"笑破了肚皮，死得轻如鸿毛！"啭儿把一大碗拌着鸡蛋、黄瓜、蘑菇卤的抻面，放到牛蒡面前，“尝尝香不香？”

牛蒡拿起筷子挑起一箸，吃在嘴里细嚼慢咽，摇了摇头皱了皱眉，说：“今不如昔。”

啭儿大失所望，满脸的委屈，说：“我比过去抻面花的力气大，怎么反倒没有过去的抻面好吃？”

“只因缺少了你的汗水味儿。”牛蒡说的好像是玩笑话，脸上却是伤感神色，“过去，你光着膀子抻面，汗珠子滴滴答答洒进面盆里，吃起来又香又亲又有情。”

啭儿若有所悟，掩脸哭了。

牛蒡只见天下太平，大昌跟他相敬如宾，乡里给他安装了电话，有个大事小情，随时打电话通知他。党委和乡政府的例会，也不麻烦他出席。他的意见都得到充分的尊重。他只顾埋头在写小说上，不愿一心二用，也就甘当有名无实的挂名“元首”了。有些文件得他画圈。他虽比阿Q识文断字，画圈却没有阿Q画得认真，竟连文件上的一字一句也不看，便照画不误。

谁知，这一回稀里糊涂画圈，却是自己掘井自己跳。

县委书记仲连元一双铁腕，雷厉风行，大力精兵简政，裁汰冗员。县里裁员三分之一，乡里就得减少三分之二，层层加码，难上加难。乡政府的裁减人员中，辞退的有官娘子，牛蒡过了目却不假思索画了圈，这就捅了马蜂窝。

早起，对镜刮脸，换上一身半新不旧的中山装和布鞋。没有打电话给乡政府要车，却兴之所至，给县委书记仲连元的家里打了个电话，宣告从即日起，他要一心不二投入乡长的公务。不想，仲连元却要他一动别动，静候仲连元驱车登门拜望，有要事相商。

仲连元每月下乡视察，都要迂回到牛蒡的泥棚茅舍站一站，看一看，坐一坐，有时也吃顿饭，喝两盅酒。他跟牛蒡见面，绝口不谈官场政闻。话题虽都是古今中外，却是说到中国时只讲古，讲到外国只说今。牛蒡常发惊人之语，仲连元也有不少奇思妙想。奇思妙想转化为奇谈怪论，常令牛蒡目瞪口呆，感到离经叛道，一九五七年一定划右，一九六六年必成牛鬼蛇神。他不看小说，更不喜欢长短不齐的诗句，只爱读古今中外富商巨贾的传记，研究他们的发家史。

“这些家伙的致富之道各有不同，却也有个共同点。”仲连元故意卖个关子，“牛蒡同志，请您猜一猜。”

“残酷无情，不择手段。”牛蒡不假思索脱口而出。

“大作家却是小学生水平。”仲连元摇着头嘲笑道，“他们很讲生财有道，大可借石攻玉。”

“连元，你这可是立场问题呀！”牛蒡虎着脸亮出黄牌。

仲连元也就话到嘴边留半句，适可而止。

然而，他心里明白，牛蒡是他的真正知音。所以，每当他想入非非时，只有找牛蒡一吐为快。在这个县，不可与外人言，也不能跟妻子在枕边耳语。

他的妻子是个老将军的小女儿。老将军是五十年代的中将，先后四娶，生下七男五女，七男有七媳，五女有五婿。二十四名儿、女、媳、婿中，部、省、军级干部八人，司、局、厅、地、师级干部十人，剩下六人是县、团、处。这六个人中是二女三媳一婿，只有仲连元是男性。仲连元官小位卑，妻子甚以为羞。但是，老将军慧眼独具，咬定小婿贵不可言。

早有谣传，仲连元过不了多少日子，就要调任市长助理，下一步的前程，且待两年后的市人代会上分晓了。

牛蒡猜想，仲连元大老远的下乡看他，十有八九是高升上任之前，前来跟他话别，这也是仲连元的精明之处。

仲连元的精明，人所共见，尽人皆知。但是，牛蒡的书生之见却比中将副司令员的眼力入木三分。他感到仲连元聪明外露，缺少大智若愚，这就不够高明了。

不过，他仍觉得，做为官场中人，仲连元不但是人才难得，而且是人品难得。君子之交淡如水，虽不必交往密切，打得火热，却也不可故作清高，冷落人家。于是，他起身出门，到门外迎客。

谁想，一脚刚踏出门外，一脚还留在门里，官娘子像一只奓了毛的疯猫，两腿紧蹬的自行车又像一头火牛，直向牛蒡冲撞而来。牛蒡惊呼一声，慌忙躲闪，虽然没被撞伤，却跌了个石夯砸地的大仰八脚儿。牛蒡刚想爬起来，官娘子的车又要从他的身上轧过去，逼得牛蒡只有一溜十八滚儿。官娘子轧了个空，一头撞在篱墙上，碰得鼻青眼肿，脸蛋子也被豆角秧的毛刺划出七八条血印子。

官娘子搬起石头砸了自己的脚，想占便宜却吃了大亏，便直脖扯嗓尖叫起来："乡长打人啦！"

"官娘子，你不要血口喷人！"牛蒡从地上爬起，拍打身上的泥土怒喝。

突然，官娘子一把撕开身上的花衫，扯断乳罩的背带，一只荷兰乳牛的奶子迸发而出，于是更哭闹起来："乡长耍流氓啦！"

“你这个泼妇，贱货！”牛蒡气昏了头，竟忘了乡长身份。

“我贱到二分钱一斤，也不许你随便摸我的奶子，掏我的螃蟹窝！”官娘子的脸皮，经过十年造反的战斗洗礼，原来的三寸厚到了三尺有余。满嘴脏话臭得就像打开陈年茅房窖子。

牛蒡虽是泥人土性，却又是书生脾气，不会跟官娘子一对一唱叫骂，只气得连声打嗝儿，颤动嘴唇，无言以对。

就在这时，官娘子带来的请愿团，也都骑着自行车蜂拥而来。请愿团的十几名同一战壕的战友，都是乡政府准备裁汰的冗员。

牛蒡面对这一片打、砸、抢的抄家气势，血涌上头，大声嚷道：“你们……你们……你们所为何来？”

请愿团奸相毕露，说：“我们一路飞奔，舍生忘死，前来搭救这位陷入水深火热的孤身女子。”

官娘子本来就是光屁股追贼——胆大不知羞耻的脾性。援军一到，勇气倍增，厚颜无耻却装得软弱可欺，呜呜哭道：“多亏各位同志来得飞快，不然我就给腌臜了清清白白的身子，可怎对得起吃过糠、扛过枪、一生为革命的老关？”

“强奸老革命家属，该当何罪？”请愿团中有人高呼煽动口号。

一犬吠影，百犬吠声，有的喊打，有的喊捆，有的喊臭揍一顿出气，有的喊扭送公安部门法办。

嘀、嘀、嘀……小汽车喇叭连响三声，就像鸣锣开道，请愿团马上闪开一条人巷。能坐小汽车的都是大官，拔根汗毛比他们的腰还粗。

车停在柴门外，仲连元走出来，威风凛凛，虎虎有生气，目光如电，咄咄逼人。请愿团的男男女女，个个像风吹草低，弯腰垂手，屏声静息。

仲连元那凌厉的目光，最后盯在官娘子身上，铁青着脸问道："关大嫂，你带头闹事，得到老关同意了吗？"

"没……没……没有。"

"受谁唆使？"

"没……没……没人。"

"那么，是何用心？"

"牛蒡……乡长，不但……不给我转正，还……还把我辞退，砸了我的饭碗，这……这……"官娘子舌头扭曲，吭吭哧哧，只有大哭放刁遮丑，"这是官报私仇！"

"道听途说，不明真相，便无理取闹，真是愚蠢透顶！"仲连元怒气冲天，"县里为了照顾老关同志，拨给你一个转正指标，难道你不要铁饭碗，偏要乡政府的瓷饭碗？"

"真的？"官娘子大喜过望，不敢相信自己的听觉，"仲书记，我从小就是一头活驴，风风火火的比浑屎虫多一挂下水，您看在老关的面子上，别为我气恼伤身。"

"回县报到去吧！"仲连元凶神恶煞，"上班先交一份检查，我要亲自批阅。"

"坚决执行！"官娘子倒退着出了门，跨上自行车直向县城狂奔。

另外那十几个人，也都得到妥善安排，皆大欢喜，满意而归。牛蒡悄悄心算了一下，乡政府工作人员精简名单中，除了官娘子上调县里，并没有裁减一人。

"连元，我给你火中取栗，你坐享慈善美名呀！"牛蒡觉得白白被人愚弄和戏耍，忍不住火冒三丈，声高八度。

“您误会了。”仲连元不气不恼地笑道，“上级有令，精简暂缓进行，我又何必急躁冒进，伤人过众呢？”

“你变得像个政客！”牛蒡气呼呼走到葡萄架下，跌坐在藤椅上。

“我还要变成商人。”仲连元心平气和，“明天我要到美国、日本、西德、新加坡、泰国和香港考察，回国后就调到市里，还是把挨骂的精简工作留给继任者吧！”

“升任市长助理？”

“我违背了岳父和妻子的意愿，受命组建创世纪实业开发公司。”

“祝贺你退出官场，但愿你为富而仁。”

“仍然是官本位，正局级。”

“看来还是官身不由己呀！”

“牛蒡同志，你陷得不深，应该及早抽身。”仲连元轻声劝道，“北京作家协会，欢迎您当驻会作家。”

“我这个乡长的芝麻绿豆官儿，还没有沐猴而冠当一天哩！”牛蒡梗起脖子，执迷不悟。

仲连元站起身，伸了个长长的懒腰，骨节咯咯直响。突然，大笑大叫：“不到长城非好汉，不到黄河心不死，好个官迷牛蒡！”

屈子行吟，《离骚》歌曰：“回朕车以复路兮，既行迷之未远也。”听人劝，吃饱饭。牛蒡却一条道走到黑，十八匹马也拽他不回。下一任的乡长当不上，他还想竞选刘家锅伙的村长哩！

44

牛蒡的书房，名曰“吾不如老农”斋，同时又自封为一亩三分地的地主。

平日，他寸步不离生身之地的刘家锅伙，住在爷爷留下的泥棚草舍里，承包了一片稻田，两块瓜园，三座暖棚的青菜。锄杆子，笔杆子，他是笔耕之农，泥腿文人，两手都硬。

爷爷留下的泥棚草舍，是他创作小说的生产车间和存放农具的库房。

牛蒡没有妻室儿女，本来是一个人吃饱一家子不饿。不过，这十多年来，他大走红运，种地高产，写小说卖钱，每年收入颇丰，便赡养了两位老人。头一位，是他爷爷的老相好，一百零一岁的张团圆老奶奶。老奶奶孤寡一人，住进乡敬老院，牛蒡于心不安。老奶奶跟爷爷相好多年，当时虽无名分，牛蒡却一直视为祖母。所以，牛蒡理应极尽孝敬。然而，另外一人，却令乡亲们十分奇怪，大惑不解。原来此人竟是黄香粉儿。黄香粉儿活到七八十岁，丧失劳动能力，儿女都不管她，她又算不上孤老户，敬老院也不肯收留。牛蒡只因她跟自己的亲爹有过瓜葛，就到敬老院，每月替她交一笔生活费和管理费；黄香粉儿也就活有所养，死有所葬。这个女人土改时划为地主，几十年来变得胆小如鼠，牛蒡曾到敬老院看过她一回，她竟连金榜眼的影子也想不起来了。

十年河东十年河西，五十个年头五辈人。刘家锅伙的村民百姓，有生有死，有死有生，眼下全村五百二十七口人，三百十七人生于一九四九年新中国成立以后。大多数人不知道金榜、单对子、单老双、申二毛子的名字，更不会知道他们那些陈谷子烂芝麻的恩怨故事。就连开创建立刘家锅伙的村父刘二皇叔，知道的也寥寥无几了。

金榜死对子就亡。单老双失去了爱女，一天比一天衰老，一天比一天枯瘦，一天比一天迷糊，一天比一天眼花，一天比一天腿脚迟慢。终于，有一天他赶着大走驴，驮送一个云游和尚，到盘山一座悬崖上的勒马寺挂单，从此一去不回，不知所终。申二毛子死于一九四七年的土改运动流血斗争，被他的长工们乱棒打死。刘二皇叔死时，出殡那天，张团圆身披重孝，两眼哭出了血。刘二皇叔的孙子牛蒡撒下头一把土，张团圆突然跳进坟坑，要为情人以身相殉。最后，还是被众人死说活劝，连拉带扯，从阴阳界上拽回来。也许，阎王判官惊而赞，敬而畏，勾掉了她的名字，张团圆一活就活到眼前的一百零一岁。从一九四七年到眼前的一九九五年，老人家没有得过病，连头疼脑热都不曾光临一回。她从十六岁到五十三岁，跟刘二皇叔相好三十七载，可算最无“妇德”之人。然而，刘二皇叔死后的四十八个春秋，张团圆敢说是一尘不染，贞而有德，刘家锅伙尊崇她有如天主教徒的圣母玛丽亚。

最孝敬张团圆老人的还是她的干孙子，也就是刘二皇叔的嫡孙狗嫌儿。眼下是刘家锅伙村民委员会主任，俗称村长，兼营民俗小说生意。村长每月拿国家一百五十元俸禄。刘家锅伙是小康村，人均收入人民币二千元，村长享受中上等待遇，年收入三千元，月平均二百五十。他的民俗小说一年也能卖个五六千块。所以，此人年年都是货真价实的万元户。只是这一万元一年比一年含金量减少，水分一年比一年增多。不过，过去挣工分，每工九分钱，扣除大风大雨大雪出不了工，全年三百天满勤，只能分红七十多块钱。七十多块钱含金量多高，也比不了水分增加的一万元。村长小说家虽然尚未致富，却是已经脱贫。村长一职，每年改选。狗嫌儿没有多少官瘾，并不恋栈，却连任七届。宪法规定，省长、市长、州长、县长、乡长、镇长也只能干两任。偏是村长毫无限定，狗嫌儿的村长大有可能成为终身制。坐定了村长宝座，是因为他有十大无与伦比。

他爷爷刘二皇叔是刘家锅伙的村父，正如孙中山先生是中华民国的国父。其次，他爹刘金榜，已被市文史馆确认为抗日志士。而且，他家的成分，也从上中农改正为贫雇农，根红苗正出身好。他本人，学历被追认为“大本”（大学本科），职称评为编外一级作家。从一九九二年起，他被评为市级有突出贡献专家，领取的特殊津贴跟国家级一般多，也是每月一百元（县里认为他为全县争了光，另补五十元。乡里跟市、县同迈一条腿，步调完全一致，又补他二十五元。村党支部书记也来凑热闹，照方抓药照猫画虎照葫芦画瓢，也要每月给他补贴十二元五角，他没有要，送幼儿园给孩子们买糖吃了）。此外狗嫌儿还有三大优势，刘家锅伙没人比得过他，那就是年已六十仍然孤身一人，可算晚婚标兵，计划生育先进分子，彻底解决“天下第一难”的模范优秀公民。最后，他这十四品芝麻官儿（村长）的乌纱帽能够焊在了头上不动摇，还由于有张团圆老人这位“佘太君”保驾。刘家锅伙有谁敢跟干孙子捣鬼，一百零一岁的张团圆老人堵住那家门口骂三天，不必喘气饮场，底气十足，声震屋瓦，扁砖到顶的瓦房哗啦就塌架。

七拼八凑，狗嫌儿每月一两千元进门，接近三星级宾馆服务小姐的明码收入。他把凡是国家发放的俸禄、津贴、补助、奖金，一文不少全数孝敬张团圆老人，他说这是还钱于民，不能美其名曰孝敬。身为村长，官职不大，没有贪污受贿，却也接受不少营养品馈赠，例如可可麦乳精、人参乌鸡精、马家军鳖精，还有化妆品大宝增白粉蜜之类，他也全部敬献张团圆老人，老人也就越发古树发芽青又青了。他自己的吃穿花用，全靠卖文所得。他自刻两枚闲章，一枚刻的是“砚田地主”，一枚刻的是“笔耕农”。

张团圆老人跟前夫生有一子，虽然乳名活驴，却是个二十四孝级的大孝子。活驴死后留下二孙马桩和门闩不是衣冠禽兽，也枉披了一张人皮。大孙子全家蜂拥而入县城，收破烂拾垃圾发了大财，买了两套三居室的新楼单元房，早忘了生身之地的刘家锅伙，更忘了自己还有个高龄老祖母。二孙子和二孙媳，夜晚在河滩的丛林深处，架起几座帐篷，柴油机发电，聚赌嫖宿，更是财源茂盛，滔滔不绝，源源不断。

然而，富而不孝，两个贼子不但不肯赡养奶奶老人家，而且以老祖母跟刘二皇叔相好的陈年旧事为借口，推卸责任，为自己遮羞。狗嫌儿不想惹气伤神，也不跟他们争吵诉讼，完整彻底地把张团圆老人包揽下来。为了名正言顺，他竟快刀斩乱麻，采取引起舆论大哗的惊人之举，为他祖父的木主和张团圆老人大办鬼婚，违反刘家的千年古训，在家谱的刘二皇叔名字旁边，添上二婚出身的继祖母张团圆老人。他这个封建迷信活动，使他失去一次出国访问公费旅行的机会，但是大大提高了他当选村长、乡人大主席团成员和县人大代表的得票率。万事孝当先，老百姓认死埋儿，狗嫌儿意外获得巨大的政治效益。

张团圆老人的二孙子媳妇，是孙小倮子的女儿。

土改中孙小倮子跟傻男人离婚，拣到筐里就是菜，匆匆忙忙嫁给赌鬼二流子阎二旦子，刚分得三间房五亩地，不到一年就输了个精光。吃不饱穿不暖，接二连三生孩子。后来赌鬼把孙小馃子折钱押了注，打开宝盒直了眼，片刻之间就把孙小馃子白送给赢家。孙子馃子被赢家带走，又生了三男四女，日子过得很紧。孙大裤裆死后，她跟丈夫接管了孙家馃子铺。十年内乱割尾巴，馃子铺关了张，孙小馃子的后夫冻饿而死，她又重投旧主，跟赌鬼前夫破镜重圆。赌鬼前夫和女儿阎小蕙儿拉起一支造反团，浑水摸鱼形同抢匪。两派实行了大联合，女儿阎小蕙儿结成了造反夫妻。夫君便是张团圆老人的二孙子。这一对造反夫妻富甲全村，不但不赡养张团圆老人，也不赡养孙小馃子。孙小馃子生儿育女十三人，没有一人管她饭。年过八旬，又抱起花子瓢，拄着打狗棒，叫街喊巷，沿门乞讨。

张团圆老人有了名分也不愿住在刘家的柳篱小院，她说那本是狗嫌儿亲奶奶的住处，占人家的窝寝食不安。老人叫狗嫌儿给她搭一座窝棚，睡在窝棚里能梦见刘二皇叔常来相会。这时，村里正动工给孤寡老人修建幸福院，又称托老所。托老所划分三大类：县级以上，国家拨款，叫福利院。县级以下的乡、镇，集体投资，叫敬老院。基层兴办的便是幸福院。狗嫌儿文化高，思路宽，点子多。他想起颐和园里西太后的那座乐寿堂，便给刘家锅伙的幸福院命名乐寿园。入园的老人不仅是五保户，也可自费入园，自开伙食，张团圆老人便由狗嫌儿全部供奉，一个人住里外两间房。老人没有受不了的苦，却有享不了的福。她爱吃粗粮青菜，不喜欢鸡鸭鱼肉。有一回老人正吃野菜团子，碰巧孙子前来看她，狗嫌儿一见就跳起来，说：“奶奶，您活过了百岁，也别骄傲自满；比起彭祖麻姑，您不过是襁褓女婴。赶彭超麻，您不能缺乏营养。”老人大为不快，瞪眼道：“谁说我营养不够？吃完野菜团子，我还要喝马家王八精（马家军鳖精）哩！”狗嫌儿不想多费唾沫，转身就走。村里新开了个五星饭馆（不是五星级饭馆），他点了几个冷荤热炒肉菜，四两进口泰国米饭，嘱咐掌柜，赶快打发经过美容包装的服务小姐，给张团圆老人送去。老人珍惜来之不易的一粥一饭，不能不硬着头皮吃下这些高营养的饭菜。

老人用过野菜团子午餐，正下定决心，排除万难，去争取胜利，喝下马家王八精，忽听门外有人哀号讨饭，声音凄绝。开门一看，竟是孙小倮子。

“表姑，赏我一口剩饭吧！”

“我刚吃的野菜团子，还剩下半个。”

“呸！我不吃旧社会的猪狗食。”

“那就喝一大碗王八精。”

“天下哪有那么多王八？”

恰好，五星饭馆服务员小姐拎着红漆描金食盒，风摆杨柳走来，老远就笑嘻嘻喊：“老祖宗，您那孙子村长，给您买了一桌满汉全席，我一路飞奔给您送来。”

老人生了气，骂道：“这个败家子！我早吃饱。”

“活该我享这个口福！”孙小倮子不等张团圆老人吩咐，抢步上前为表姑代劳。

形势大好，大好形势。一个老乞婆孙小倮子给大好形势抹黑，无损于形势大好的一根汗毛。

45

牛蒡多年风吹日晒，面老皮肤粗糙，冷眼一看五十开外。啭儿久居县城，风吹不着日晒不到，又喜欢搽胭脂抹粉老来俏，五十四岁就像四十五，比牛蒡还年轻几岁。

城里大兴土木，竞修高级宾馆酒楼。上有所好，下必甚焉，此风也猛吹牛蒡当村长的小村刘家锅伙。三百多口人，八家饭馆开张，你大酬宾，我大奉献，饭菜比城里便宜得多。牛蒡孤家寡人，又烹调无术，便每天到饭馆用餐，老板不敢宰村长，牛蒡花钱不多吃得满意。煎、炒、烹、炸，冷、热、荤、素，一日三餐花样翻新。

这天傍午，牛蒡忙里偷闲写完小说，忽听肚子咕噜噜叫，不必看表就知道午饭时间到了。他放下笔伸个懒腰，擦把脸正要到丰泽园享用午膳，想不到啭儿从天而降，摇曳多姿奔他走来。

刘家锅伙八家饭馆，店名之外都备有牛蒡的封号：丰泽园、全聚德、一条龙、会仙居、东来顺、鸿宾楼、峨嵋酒家，还有一处竟称希尔顿，可见对外开放无孔不至。

啭儿进过两回美容院，头一回是割双眼皮，又一回是文眉，虽没有弄得面目全非，却也脸蛋子白嫩得就像刚剥了壳的煮鸭蛋，总叫人觉得戴着一副假面具。

“喝！老来俏倒开花。”牛蒡每月到县城买书，都在啭儿家蹭饭，时常见面。牛蒡从劳改营放回来，他对啭儿已无一点怀旧的感情，见面只有耍贫嘴，拿这个自作聪明的女人开心取乐儿。

“我看你是灯捻子熬油，一年不如一年，一月不如一月，一天不如一天，一时不如一时，一刻不如一刻，一会儿不如一会儿，一阵儿不如一阵儿。”要嘴皮子啭儿压过牛蒡一头，“你又当作家又当村长，怎么还住这两间狗窝寒窑呀？”

“一没钱二无用。”牛蒡摇着头，吊儿郎当，“我虽脱了贫，可还没致富，一人一口住三间草堂，达到了杜工部（甫）住房标准，我知足常乐。”

“难道你想当一辈子光棍司令？”

“你又不跟大昌离婚，谁肯嫁给我？”

“甭跟我桌子底下要骨头！我就是嫁给你，能给你生儿子吗？”

“我当这个村长，就像老和尚念经，天天宣传计划生育，号召别人一对夫妻只生一个孩儿，那我就一个孩子也不要，劝说别人才嘴硬。”

“你们刘家到你这一辈，可就绝户啦！”

“张、王、李、刘，天下过半，姓刘的绝户我一门，大河里不过少了一滴水。”

“我偏要给你找个对象！”

“狗拿耗子。”

牛蒡无为而治，无为而无不为，才能忙里偷闲，天天都有写小说的时间。不过，也常有人向乡党委和乡政府反映，说他身上潜伏的叔梁纥杆菌，三五天就要发作，找个颜征在野合于桑间陌上，说不定哪一天就会小孔子呱呱坠地（叔梁纥与颜征在野合于尼山之下而生孔丘）。乡派出所有两名民警，刚从侦察兵转业，自信比不了杨子荣，也跟孙达得差不多，便毛遂自荐，尾随牛蒡盯梢。踏破青纱（帐）人未老，他们最后断定，牛蒡躲到背静角落是写小说，也就不再跟踪。谁想，牛蒡得理不饶人，竟敢给派出所打来电话："你们二位不能撤岗呀！没有哼哈二将陪王伴驾，我闷得慌。"两名侦察兵出身的民警羞恼成怒，捉贼拿赃，捉奸拿双，下决心利用业余和休假时间，对牛蒡恢复侦察，一定要人赃俱获，水落石出。

没有不开张的油盐店，瞎猫早晚有一天碰见死耗子，深更半夜在牛蒡的柳篱小院外蹲坑，皇天不负苦心人，有一天终于有所发现，有所突破。这天傍晚，他们从牛蒡的后窗看见，屋里不亮电灯，只有朦胧月光，一个女人被牛蒡搂在怀里，女人哭哭泣泣。于是，一个留守，一个急如星火回所报告。

"那个女人多大岁数？"老所长笑眯眯问道。桃色新闻，最令人感兴趣。

不比孙达得差多少的民警含含糊糊答道："月色朦胧看不清，不是三十多，就是四十几，大不了五十出头。"

"什么眼神儿！"老所长大为不满哼了一声，"这个女人叫什么名字？"

"我听牛蒡管她叫啭儿。"

"你俩马上悬崖勒马，少管闲事！"

"不是牛蒡强暴了她，那个女人怎么会哭个没完没了？"

"她跟牛蒡，说不定谁强暴了谁。"

老所长是本地人，啭儿是他二姨三舅四表兄的女儿，又吃了大半辈子公安饭，全乡谁家有几个老鼠洞都瞒不过他，啭儿的隐私秘事，他又岂能不知道。

“女人哪有强暴男人的力气？”小民警不相信，想不通。

“等你到了我这把岁数，就能破开这个谜了。”老所长挥了挥手，“吃咱们这碗饭，就得腿勤嘴勤，多下村深入生活，少坐在机关里抽烟、喝茶、瞎扯淡。”

理解的执行，不理解的也要执行。小民警打了个立正，响亮答道：“是！首长。”敬礼转身而出。

这个小民警归途走到半路，正遇见那个蹲坑的小民警落荒而回。这个民警喝道：“你怎么敢擅离职守？”那个小民警吐吐舌头，说：“女的主动，男的被动，我得找老所长，问他该抓谁？”早已请示老所长的这个小民警，一本正经代传圣旨：“睁一只眼闭一只眼，民不举官不究。”

啭儿给牛蒡介绍对象，原想顺便捞到一块房基地。但是，牛蒡说她不是农村户口，住房应归城内安排，连垒鸡窝的一疙瘩地界都不给她。啭儿挖窟窿打洞走后门，找到乡长批条子，牛蒡摆出山大王土皇上的架势，拒不执行，顶着不办。最后，逼得啭儿不得不把城市户口变为农村户口，回到刘家锅伙取得农民身份，牛蒡才将一块上等房基地划给她盖起了一座大四合院。然而，啭儿为报这一箭之仇，决心在村长换届时，挺身而出跟牛蒡竞选。

两个干姐弟，一对老相好，翻脸而成刘家锅伙官场的两大政敌。啭儿窝住一口气，得了臌症。两大政敌形成两大对峙的阵营，虽不是水火难容，却也是势不两立。啭儿病入膏肓，却对外封锁消息，牛蒡听说此事，为时已晚。

牛蒡跑进村口，拐过一块菜园就到啭儿家，不想从菜园背后冲来一个高、大、壮的妇人，像一头火烧尾巴的疯牛，整个儿跟他撞了个满怀。他正要口出恶语，认出是蒔儿的亲随母夜叉，吓得没敢吱声。母夜叉也不多言少语，把他像一捆麦秸夹起来，大步流星就走。

蒔儿的山头，四梁八柱都是老娘儿们。这个母夜叉，是个克死三个男人的黑寡妇，却没生过一男半女，浑身都憋足气力。她不是不想嫁人，只是没一个男人敢娶她，都怕被她生吞活剥。猪不吃狗不啃，姥姥不疼舅舅不爱，这才投靠蒔儿；只盼蒔儿当选村长，能有她的好果子吃。

母夜叉黑寡妇把牛蒡挟持到蒔儿的大四合院，直进北房大屋才放下。牛蒡两肋疼痛，好像折断七八九根肋骨。里屋，蒔儿有气无力连叫牛蒡小名："狗嫌儿，狗嫌儿！快进来，进来……"母夜叉黑寡妇高挑门帘，牛蒡看见蒔儿身穿当年拜天地的凤冠、霞披、红袄、彩裙，脸上搽满厚厚的脂粉，浓妆艳抹也掩盖不住十分憔悴的面容。

"姐姐，你哪一天得的病，怎不早叫我知道？"牛蒡含泪走到床头。

蒔儿挣扎着爬起身，正想扑进牛蒡怀里，忽见母夜叉黑寡妇站立门口，活像牛头马面，便怒声喝道："出去！"

"我怕他害了你！"母夜叉黑寡妇嘟哝道。

"滚得远远的！"蒔儿声嘶力竭，扯着脖子大喊。

母夜叉黑寡妇一摔门帘子，呸呸连啐着骂道："我早看透你这个娘儿们，一见你这个野汉子就软成肉蒲团。"说着，骂骂咧咧走出大门口，哐啷关死了街门。

牛蒡上前一步，抱紧蒔儿，说："姐，这几个月咱俩唱对台戏，不该萁豆相煎呀！”

啭儿深深叹了口气，说：“狗嫌儿，我活不过这个月了。你不来看我，我就要找你投降，死在你的炕头上。”几句话就累出满头虚汗，闭上双眼淌下了泪。

“话多伤神，歇息一会儿吧！”牛蒡把啭儿放倒床上，啭儿却抓住他的手不放。

歇一会儿，喘一阵儿，迷迷糊糊睡了片刻，啭儿又睁开眼，气息微弱地问道：“狗嫌儿，看见我的穿戴了吗？我是为你打扮的。”

“当年那个新娘子，我怎能忘？”牛蒡阵阵心酸，却不得不强笑为欢，“瞧着好看，碰就扎手，老虎屁股谁敢摸？”

“我都清清白白，干干净净给了你呀！”啭儿咯咯一笑，又泣不成声，“你这个一辈子不叫我省心的冤家，冤家……冤家呀！”她一阵气噎，昏迷过去。

此后，啭儿的病情时好时坏，起伏不定，牛蒡想把她送进肿瘤医院；她画地为牢，死活不去。牛蒡虽然每天都到她的床头坐一会儿，日久天长也就麻痹大意，没有想过她随时都会撒手归西。

昨天夜晚，啭儿打发母夜叉黑寡妇叫他快去，牛蒡快如奔驰来到啭儿府上，只见啭儿身穿新衣，面带红晕，眼含春光，可谓徐娘虽老，风韵依旧。

“狗嫌儿，我离婚啦！”啭儿眉梢挂喜。

“啭儿，有骨气！”牛蒡高呼，“你若不嫌弃我这个冤家，我立马娶你。”

啭儿冷着脸子摇摇头，说：“你家不娶二婚之女，祖坟不埋再嫁之妇。”

“学大寨，早平了我家祖坟。”牛蒡嘻嘻笑道，“我倒插门，男到女家。”

“狗嫌儿，我的亲人！”啭儿号啕大哭，“下辈子转世投胎，我念大学，开眼界，有本领，当定了你的媳妇。”说罢，仰身躺倒，沉沉大睡。一连沉睡三天三夜，最后心脏停止了跳动，魂飞天外，青云直上。

46

啭儿咽了气，已跟于大昌离了婚，也没有留下一男半女。牛蒡虽愿当啭儿的继任丈夫，但是并无官书认可，也就名不正言不顺。如何将啭儿安葬，他不敢自作主张。

于是，他想起啭儿的生身之母，将他奶大的干娘荷包。这个走出刘家锅伙便头也不回的女人，改嫁到刘嫁锅伙以北数里的四王子村，平日里跟亲生女儿互不音问。眼下她已七十八岁，四王子村的男女老少都管她叫荷包奶奶。

荷包给牛蒡吃了两年奶，乳汁一天比一天减少。要想有奶就得怀孕，这时她的丈夫（啭儿的亲爹）已死一年多，寡妇怎能生孩子？为了牛蒡有奶吃，只得前走一步。她年过三十，一张丑脸儿，谁看得上她？恰巧，四王子村有三个长工，是亲哥仨，老大六十，老二五十，老三四十，三个老光棍想留下一条根，合伙买一个老婆。老大应名，哥仨分享。荷包上天入地都无路，只有当这个三夫之妇。啭儿此时已经九岁，知道了香臭好歹，她娘被接走那天，追到村外骂不住口，还摔了个瓦盆咒她娘过不了河就一头栽死。从此，娘儿俩人抓了脸树揭了皮，几年数月来往一回。

牛蒡一日不可无奶，睡在干娘背上当了个“拖油瓶”。

三个男人从没尝过女人滋味，洞房之夜都不放过荷包。整整一月，夜夜如此，荷包得不到片刻喘息，月底就怀了孕。怀孕奶水干涸，她就给有奶水的女人家打短工，不要分文工钱，只为牛蒡换口奶吃。村俗，女人生女不生男，可找外姓男孩“暖窝”，也就是叼着那个女人的奶头睡一个被窝，直到那个女人坐了胎，外姓男孩才被“解聘”。远来的和尚会念经，外村的男孩更受欢迎。牛蒡就像占全了色、味、香的野花（家花不如野花香），招蜂引蝶，客户盈门。他的“穴头”荷包挑肥拣瘦，有话在先。牛蒡有奶便是娘，谁给牛蒡奶吃，牛蒡就给谁服务。所以，奶水源源不断，流入他的口中。活该他人前显贵，傲里夺尊；被他暖过窝的女人，没一个不生儿子。干娘荷包分娩之前还在换工，一天正给村外一家的菜园撒粪，忽然腹中疼痛，孩子坠落在裤裆里，回到家掏出一看，是个面目丑陋的小丫头儿，便感到阵阵恶心。三个男人见不是男孩，也不愿多一张嘴吃饭。荷包一狠心一咬牙，两眼一闭两手掐住小丫头儿的脖子，亲生女儿没哭一声蹬了腿，无声无息断了气。三个男人收工回来，见荷包昏迷不醒，也不顾她的死活，从邻居家抢回牛蒡，赶快吃奶暖窝怀贵子。

牛蒡在四王子村住了三年多，三年多里吃遍了年轻媳妇的奶，这些女人生下儿子便跟牛蒡结为干兄弟，不多不少十八条好汉。十年内乱，刘家锅伙也不是牢不可破的保险柜，牛蒡有时就躲到四王子村避难。他那十八条好汉的盟弟，都在党（支部）政（大队）军（民兵连）群（造反派）内身居要职。十八条好汉虽有观点分歧，互相不肯臣服，但是牛蒡众望所归，都愿把他奉为盟主。当时他还不是党员，党支部却把他算是“地下党”，而且凌驾于党支部书记之上。大队设立核心小组，他是核心小组之核心。民兵连并无政委一职，民兵连长却尊他为政治委员。造反团更会巧立名目，三顾茅庐聘他为顾问。这个官衔有多大，谁也说不清，听说“旗手”江青只把这个官衔封赏她的康（生）师傅，可见品级够高，权力够大。

不过，盟主头上还顶着个女皇。女皇何许人？干娘老荷包。

荷包的三个丈夫，已经死了老大和老二，眼下跟着老三一夫一妻过日子。她没给三个丈夫留下一寸根苗，却有百八十的干字号儿孙绕膝。牛蒡是她的干儿子，十八条好汉之外还有三十六名干儿义女，干儿义女的儿女也就管她叫奶奶了。

荷包掐死亲生小丫头儿之后，沉睡了七天七夜，不吃不喝，不死不活，一动不动，赛过僵尸。这一天日上三竿，她睁开眼一跃而起，跳下炕光着双脚，两眼直勾勾直奔河边奶奶庙，蹿上供桌盘膝大坐，把善男信女的供品吃了个一干二净三光，填满了水米不打牙的七天空腹。吃饱喝足从奶奶庙走出来，就像留学欧美得了博士，满身镀金，无所不能。不但会接生而且能正骨、算卦、跳大神。

四王子村是个古怪的村庄，许多村俗与乡风不合。比如，在婚姻上，小叔子可以娶寡妇嫂子，大伯子也可以娶寡妇弟媳，甚至大不过十岁的寡妇后娘，竟能改嫁前房的儿子。放在刘家锅伙，便是乱伦。牛蒡却由此更加肯定，四王子村是匈奴部落的后裔和遗址。昭君出塞，嫁给呼韩邪单于为阏氏（胭脂），呼韩邪单于死后又改嫁呼韩邪单于的长子。不过，解放以后，经过多次政治运动，寡妇后娘改嫁前房儿子已无一例。寡妇嫂子改嫁小叔子，寡妇弟媳改嫁大伯子，仍很盛行。

古怪的村庄才有层出不穷的怪现象，牛蒡能成“地下党”，把荷包奶奶奉若神明，都可算怪得出奇，四王子村却是见怪不怪。

在那血雨腥风的日子里，牛蒡躲到四王子村两手不闲，脑力劳动更是紧张。四王子村村里村外的大字报和标语口号，花花绿绿都是出自牛蒡之手。标语口号有的是颜字，有的是柳字，有的是欧字，全看牛蒡正拿哪家的字帖练笔。大字报内容，专门摘抄狗头军师张和金棍子姚文痞那些狗屁文章中最臭而不可闻的段落，这是为了锻炼耐心和养性。

四王子村被他打扮得一枝红杏出墙来，接连得到县和公社政工部门的奖赏，树为“高举”和“突出”（政治）的典型。大队每天给他记满工十分，都挂在荷包奶奶的工分本上，而且还享受工匠待遇，一日三顿大米白面，有酒有肉。他住在干娘荷包奶奶家里，娘儿俩和荷包奶奶的丈夫老三分享口福。

娘儿俩的贴心话儿，就像大河淌水，说不完淌不干。然而，一沾啭儿的名字，干娘就翻脸。

“谁……”荷包奶奶翻脸便像化为厉鬼，“听说有个叫啭儿的官太太，一身臭架子，狗眼看人低，她娘造孽下出来的骚货。”

“虎毒不食子，她是您的亲生女儿呀！”牛蒡急得跺脚。

“我的亲生女儿早被我双手掐死了。”

一说起这个屈死的小丫头儿，牛蒡深感罪疚，无话可说了。

这几年牛蒡百事缠身，分身无术，只能逢年过节到四王子村走一走，看一看。他那十八条好汉的盟弟，早想把他绑架到四王子村，扣留不放，黄袍加身。只是荷包奶奶没有点头，他们还不敢冒犯牛蒡。不过，牛蒡已有耳闻，干娘对他也常有怨言。

所以，他到四王子村报丧，可谓战战兢兢，忐忑不安，每走一步都像戴镣而行。

望村情更怯，看见四王子村的树梢，牛蒡脑瓜子里风车打转，站住脚进退两难。忽然，急中生智，计上心来，又像关云长单刀赴会，走进四王子村村口。

村里静悄悄。男人出外打工，女人在家种地。他一路无阻来到荷包奶奶的小院，柴门大开，直出直入。荷包奶奶这二年脑软化，颠三倒四，拿东忘西，在葫芦架下拧着蒲团就睡着了，口角挂着一大串口水。

牛蒡不敢惊醒干娘，一声不吭双膝跪倒，捂紧了嘴忍泣吞声。突然，一只黑老鸹哇哇叫着，飞过小院上空。沉睡的荷包奶奶醒过来睁眼一看，面前跪着满脸淌泪的干儿子。“儿呀，这十八个混账东西还是绑架了你，我找他们拼出这条老命！”七十八岁的荷包奶奶竟能暴跳如雷。

“娘，我没被绑架。”牛蒡抱住干娘双腿，号啕大哭，“我姐姐……死啦！”

“你说谁？”荷包奶奶身子摇晃了一下。

“啭儿姐死了。”牛蒡泣不成声。

“我的女儿，娘的肉呀！”荷包奶奶哀叫一声昏厥过去。

刘家锅伙开饭店发财的大款，刚买来一辆自备轿车，听说牛蒡到四王子村去接干娘，赶忙不失时机地给村长拍马屁，闻风开车而至。荷包奶奶清醒过来，在干儿子的搀扶下，坐上小轿车光临刘家锅伙旧地。

跟多年不见的女儿照了面，荷包奶奶没有落泪，只是看见女儿一只眼睁着，她动手给女儿闭上，说了声：“丫头，娘不生你的气了，上路吧！”转身看见屋里有个花团锦簇的花篮，便问牛蒡是谁送的。

牛蒡看了看缎带，只得如实相告：“生前好友于大昌敬挽。”

“我×他的妈（大昌的妈是荷包奶奶的胞姐）！扔猪圈去。”老人家脑软化仍然宝刀不老，必要时还能虎虎有生气。

47

坐在夕阳柴门外，眼睁睁盯着脚下大河的老头子，乳名狗嫌儿，学名儒林，别名牛蒡，文人里的泥腿子，泥腿子中的文人。河边这个小村，名叫刘家锅伙，是他的生身之地；背后这座柳篱小院，是他家的老宅。他今年六十有五，看河时的一副呆相，像七十出头；扒袄脱裤子下河浮水，又像不到五十。半斤老酒下肚，土炕上躺倒大睡，梦见的不是三岁捉蚂蚱，就是五岁掏鸟蛋。月光下偷瓜，歇晌时摘桃，下雨天打枣儿，更是保留节目。大半辈子，曾有大出风头的过五关斩六将，更有骄兵必败的走麦城，却比不得捉蚂蚱、掏岛蛋、偷瓜、摘桃、打枣儿记忆深刻，值得怀念，因而一回也不被梦见。

狗嫌儿刚会摇摇摆摆走鸭子步，就不安于室，滚着爬着到门外看大河。眼下狗嫌儿以牛蒡闻名于世，同乡还是改不了童年老习性。他在河边一坐就是两个钟头。大河像一面镜子，照见的不是六十五岁的老头子嘴脸，而是六岁半的村童面目。他小时乡下没有照相馆，也就没能留下一张儿时的照片。然而，大河给他录了音和录了像，留存着他的儿时百态。

狗嫌儿吃百家奶活了命，村妇的奶水喂大了他。活到眼下六十五岁，成了个运河滩装不下的名门，一时半会儿还死不了。

夕阳已经西下，河面只剩一片残光。岸边呆坐多时的牛蒡，看见大河里有一张女人的鬼脸，正是毁容的干娘荷包留在他记忆里的面孔。他一阵心酸难忍，淌下的老泪洒入大河。人老泪多，大河不会干涸。

牛蒡是个男人，但他一辈子想要做到的却是：“我吃的是草，挤出的是奶和血。”

似我非我，非我似我。亦真亦幻，亦幻亦真。真真假假，虚虚实实；不可不信，也不可全信。令人半信半疑，也就不算满纸荒唐言。

魔幻，传奇的现实，现实的传奇。

一九九二年双春之日至一九九五年前中秋节

后　记

此时此刻，一九九六年四月二十九日上午八时二十分，我被免死。

四月九日，人民文学出版社与我签订出版《村妇》的正式合同，电视台的记者还摄入了新闻报道镜头。谁想，四月十一日我就被发现产生大量肝腹水。多少年来，我拿着蓝本却不愿出入医院。这一回也是拖到四月十七日，腹胀如鼓，压迫心脏，呼吸困难，才不得不接受初步检查。疑为癌症，四月十九日住院，又进行全面深入的检查和核磁共振扫描，直到今日出来结果，排除了癌症，却有多种脏器都出了毛病，像一只机件全部伤损的老表。

从四月十七日到四月二十九日的十二个日日夜夜，我就像被判处绞监等候“秋决”。现在死刑改为死缓，还必须好自为之，争取命运的宽大处理。

死亡威胁下的心境，难以笔述言传。不过，我倒也显得冷静。花了不到一天的时间，在病床上思考急需料理的后事。正如鲁迅先生所说，要赶紧做，不然就来不及了。首先我想到的是《村妇》在送交印刷厂之前，还应将前前后后的文字梳理一遍。

于是，我从住院的头一天起，挺着装满九公斤腹水的大肚子，蜷缩在病床上，对《村妇》进行了文字梳理，五日而成。

中风偏瘫八年以来，我的身体已经大大不如从前，但是多活一天就是为了多干一天活，也就不肯养生。而且，十个指头按跳蚤，将十分有限的精力分散使用。《村妇》第一部（卷一、卷二）竟从一九九二年正月初一双春日，到一九九五年前八月十五日中秋节才写出来，正是我“不务正业”的铁证。

一个人浑身是铁，能捻多少颗钉？从阴阳界上归来，我痛恨自己太缺乏自知之明了。今后，死马要当活马医，不再破车揽大载。自我幽禁，闭门谢客，婉辞约稿，一心不二写成我的《村妇》。

一九九六年四月二十九日记于宣武医院九二七室

一九九七年六月人民文学出版社出版

图书在版编目(CIP)数据

村妇·荆钗 / 刘绍棠著. — 北京 : 北京十月文艺出版社，2018.5
(刘绍棠文集)
ISBN 978-7-5302-1772-6

Ⅰ. ①村… Ⅱ. ①刘… Ⅲ. ①长篇小说—中国—当代 Ⅳ. ① I247.5

中国版本图书馆 CIP 数据核字 (2017) 第 321744 号

村妇·荆钗
CUNFU · JINGCHAI
刘绍棠 著

出　版　北京出版集团公司
　　　　北京十月文艺出版社
地　址　北京北三环中路 6 号
邮　编　100120
网　址　www.bph.com.cn
发　行　新经典发行有限公司
　　　　电话 (010) 68423599
经　销　新华书店
印　刷　固安县铭成印刷有限公司
版　次　2010 年 5 月第 1 版
　　　　2018 年 5 月第 1 次印刷
开　本　850 毫米 ×1168 毫米 1/32
印　张　8.625
字　数　200 千字
书　号　ISBN 978-7-5302-1772-6
定　价　32.00 元
质量监督电话　010-58572393
如有印装质量问题，由本社负责调换。